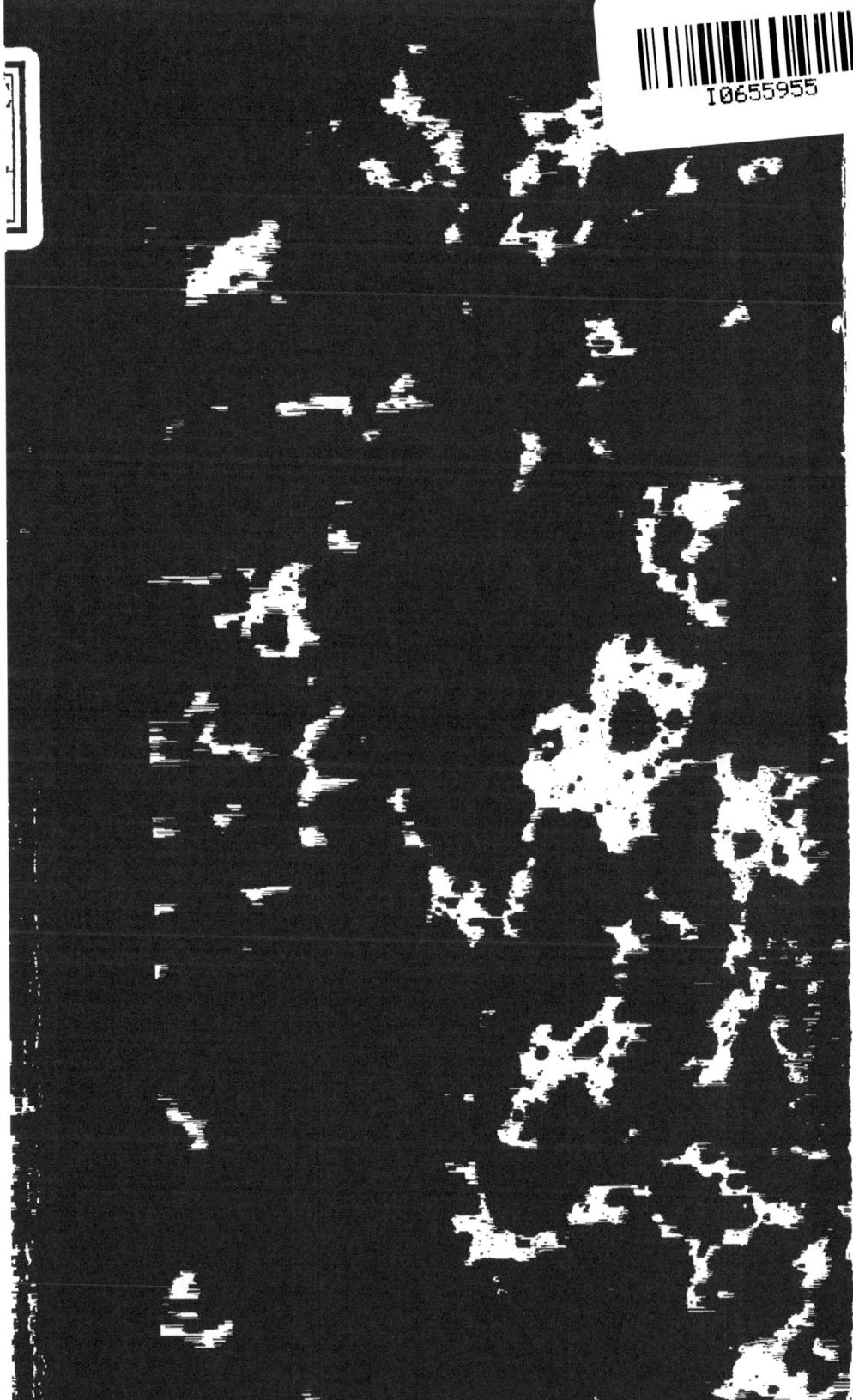

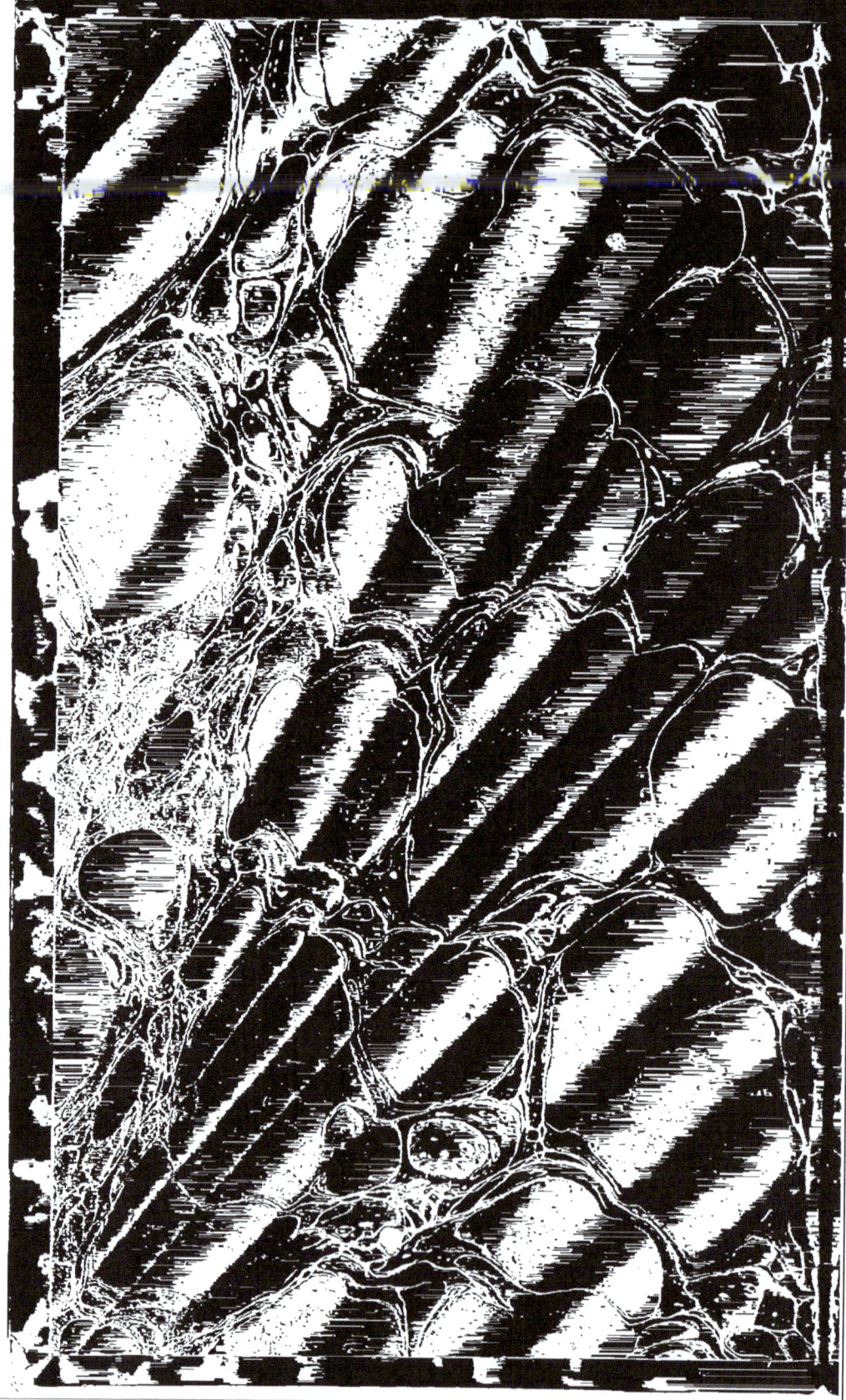

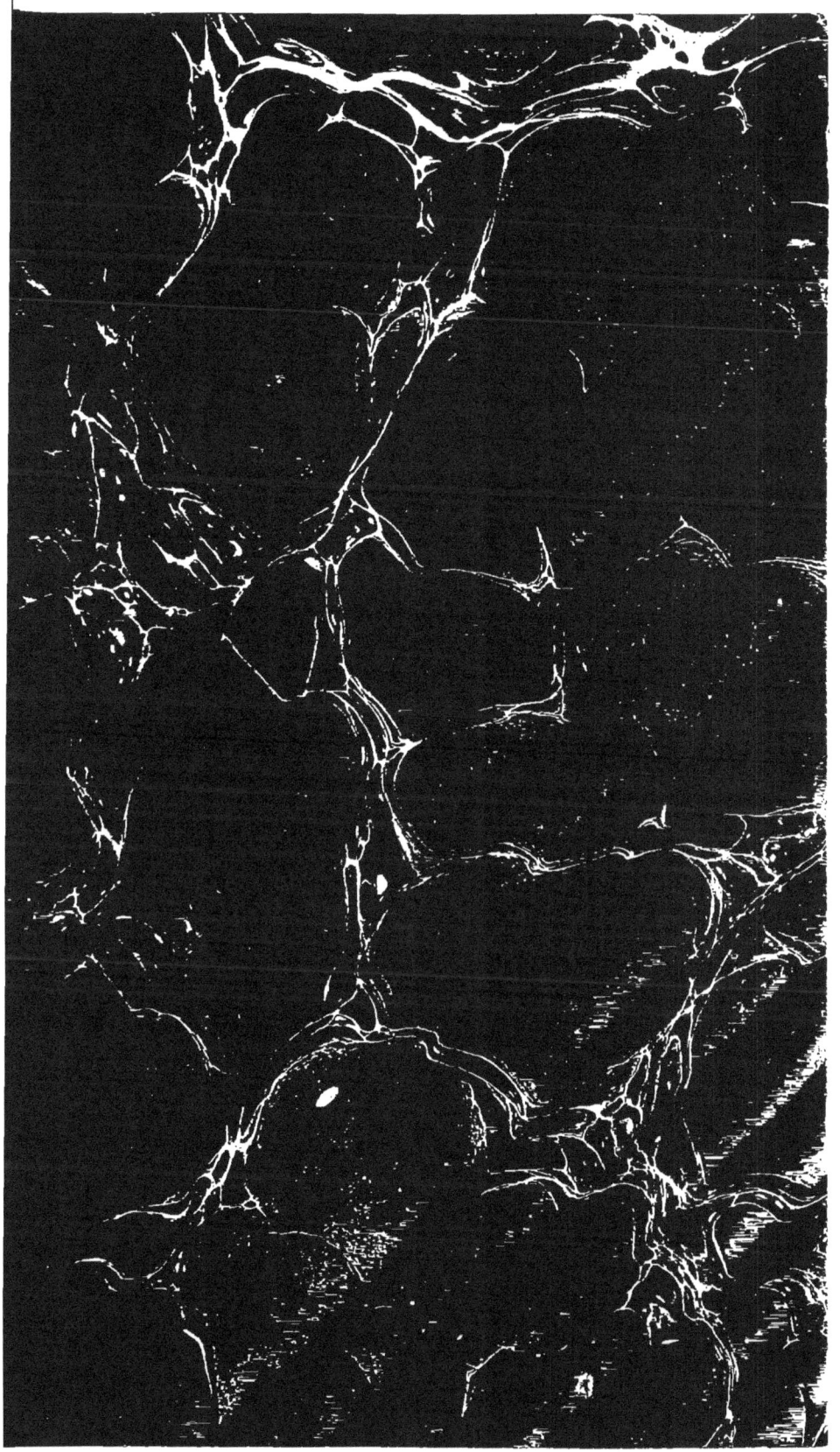

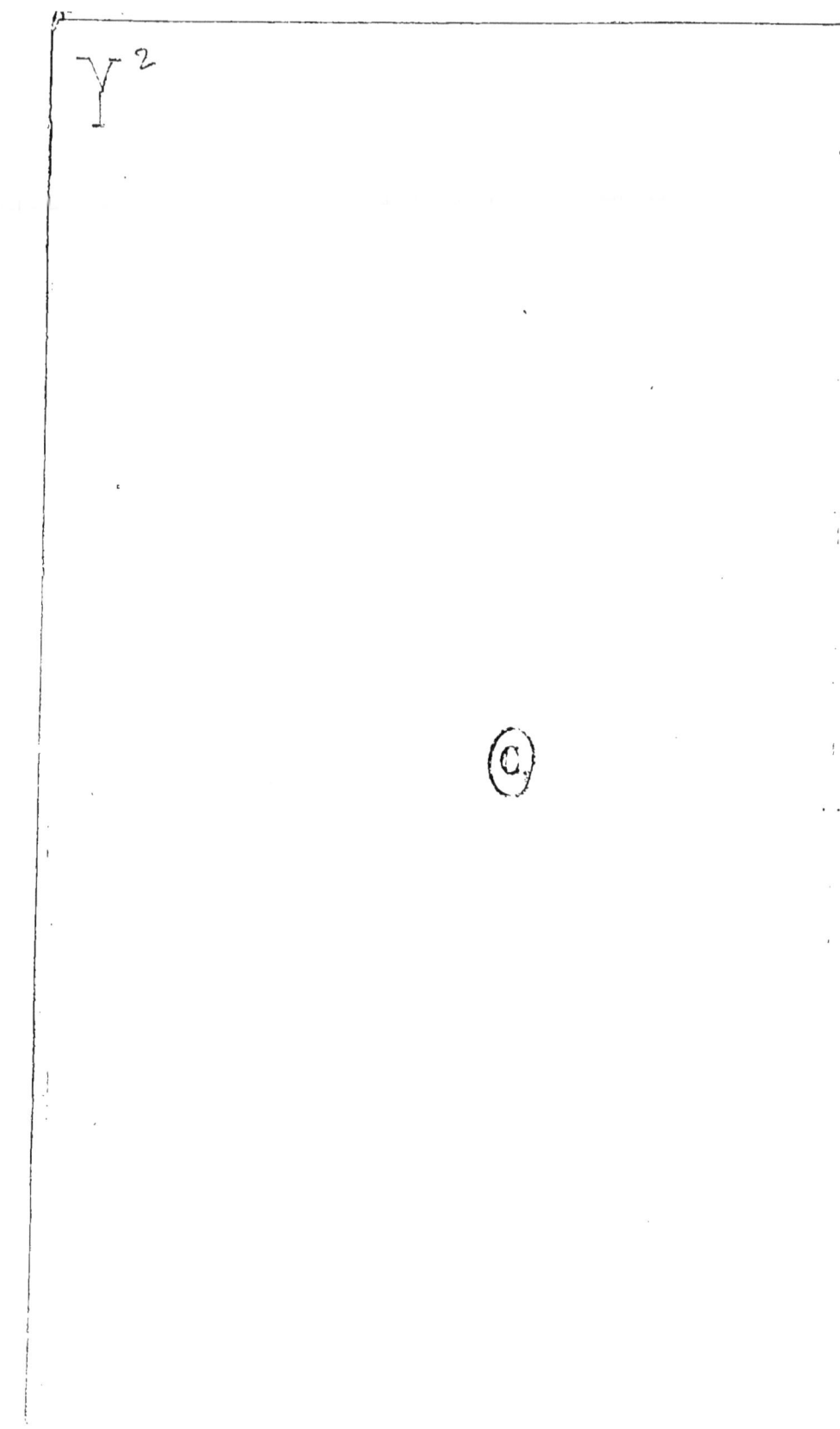

LES ENFANS

DE LA PROVIDENCE.

PARIS. — IMPRIMERIE DE COSSON,
rue Saint-Germain-des-Prés, n° 9.

LES ENFANS
DE LA PROVIDENCE,

OU

AVENTURES
DE TROIS JEUNES ORPHELINS;

PAR Mme JULIE DELAFAYE-BREHIER.

AVEC HUIT BELLES GRAVURES.

Dieu laissa-t-il jamais ses enfans au besoin ?
Aux petits des oiseaux il donne leur pâture,
Et sa bonté s'étend sur toute la nature.

ATHALIE, acte II.

Troisième Édition.

TOME PREMIER.

PARIS,

FRUGER ET BRUNET, LIBRAIRES

RUE MAZARINE, N° 30.

1836.

François Delafaye-des-Rabbiers,

MON BEAU-PÈRE.

MON PÈRE,

Lorsque je vous ai témoigné le désir de placer votre nom à la tête de ce petit ouvrage, votre modestie s'est alarmée de ce projet, et la crainte que vous avez eue de mes éloges fait voir, bien mieux que tout ce que je pourrais dire, combien vous les méritez sous tous les rapports. Je me priverai cependant, pour vous obéir, du plaisir que j'aurais à vous rendre publiquement la justice qui vous est due, et je me bornerai à vous offrir ce léger témoignage de mon affection. Quelle que soit la gravité de votre âge et de votre caractère, j'ose espérer que

vous ne lirez point sans intérêt les aventures de
mes jeunes Orphelins, et que vous les accueillerez
avec bienveillance au milieu de leurs infortunes.
J'espère aussi que vous excuserez la médiocrité de
ce présent, en faveur des sentimens tendres et respectueux de votre fille,.

JULIE DELAFAYE-BREHIER.

PRÉFACE.

J'ai montré dans l'histoire des petits Béarnais ce qu'une bonne éducation et les soins réunis d'une famille vertueuse, peuvent produire sur des enfans bien nés. J'ai fait voir comment le châtiment d'une faute naît presque toujours de cette faute même, et combien, avec de la docilité et de la tendresse, on acquiert de vertus dans le jeune âge.

Ici je conduis mes lecteurs au même but par un chemin différent. Mes héros, sans parens, sans protecteurs, jetés sur un sol étranger, mais ayant déjà reçu des semences de sagesse, luttent avec avantage contre tous les genres d'adversités. La Providence, qui les protége, les fait passer successivement dans des mains capables de les bien diriger. Non seulement ils deviennent vertueux, mais une éducation brillante les place au premier rang de la société. Dans cet ouvrage comme dans l'histoire des petits Béarnais, je me suis attachée à faire ressortir la morale de tous les évènemens; il convient aux mêmes lecteurs, peut-être même à un âge plus avancé, car je conduis mes orphelins jusqu'à l'âge de vingt-deux ans et au-delà. Je marie l'aîné des deux frères; mais, malgré cette dernière circonstance, je ne sors ni de mon sujet, ni de la route que je me suis tracée jusqu'ici dans mes livres d'éducation. La peinture d'une passion dangereuse à mettre sous les yeux de la jeunesse, ne se mêle point à mes leçons. Toutes sont de mon domaine, hors celle-là qui ne m'y semblerait point à sa place.

En choisissant la Suisse pour le lieu de la scène, j'ai dû faire mention de beaucoup de choses intéressantes qui s'y rencontrent; mais dans le grand nombre, il était difficile de les discerner entre elles, et, malgré tous les soins que j'ai pris, il se pourrait que j'eusse mal rencontré. Livrée à mes propres lumières, je demande quelque indulgence pour une partie qui m'a coûté beaucoup de travail, et un travail ingrat. Je n'ai point copié les auteurs auxquels j'ai eu recours; je me contente de rendre fidèlement leurs instructions dans des termes qui me sont propres. On ne pouvait parler de la Suisse sans faire mention des Châlets, et du *Ranz-des-Vaches*, qui est un air national que J.-J. Rousseau a rendu célèbre. On trouvera au reste dans le cours de l'ouvrage quelques notes propres à en donner l'intelligence aux jeunes gens pour lesquels il est écrit ; mais je les multiplie le moins possible, parce qu'elles ne sont propres qu'à satisfaire leur paresse en les dispensant de consulter les dictionnaires et autres ouvrages à leur portée.

Une de ces notes expliquera pourquoi je me suis permis d'enrichir mon ouvrage de plusieurs morceaux de littérature. Qu'on ne m'accuse point surtout de blesser l'unité des temps, en citant dans le dix-septième siècle des auteurs qui ont fleuri de nos jours. Pour peu qu'on y fasse attention, on verra que j'ai prévu ce reproche en n'annonçant les vers de J.-B. Rousseau, de Delille, etc., que comme une traduction récente des morceaux cités par mes personnages.

J'ai besoin aussi qu'on ne juge pas trop sévèrement la petite pièce de vers que j'ai osé glisser parmi les citations des grands maîtres

1.

sur la comparaison des hommes et des
ruisseaux. Je sais que cette comparaison
n'est pas neuve, et que Mme Deshoulières
en a fait le sujet d'une fort jolie idylle;
mais son but était trop différent du mien
pour que je pusse profiter de ses vers; et,
faute de savoir où en trouver qui rendis-
sent exactement la pensée de Zaccharie,
je me suis hasardée à les composer moi-
même.

Pour ne blesser aucune opinion religieuse, et afin que ce livre pût trouver
place entre les mains de tout le monde,
j'ai soigneusement évité de parler de ce
qui concerne cette matière délicate, quoique la position de mes Orphelins semblât
m'y inviter. Cette attention laisse même
une espèce d'obscurité sur leurs opinions,
sur leur manière de vivre en plusieurs
circonstances que je n'éclaircirai point à
dessein. Comme une plus vive lumière à ce
sujet n'ajouterait rien ni à l'intérêt ni à
la moralité de l'ouvrage, et qu'elle pourrait blesser quelques personnes, on me
permettra de n'en pas répandre davantage.

LES ENFANS
DE LA PROVIDENCE.

CHAPITRE PREMIER.

La Chaumière suisse.

Vers la fin du dix-septième siècle. on voyait
à l'entrée du village de Kanderstœg, dans la
partie du canton de Berne qu'on appelle l'Oberland, une grande et belle chaumière entourée
de riches possessions. Une vaste prairie, environ-
née de saules, la séparait du village, et on entendait de là le bruit du torrent de la Kander qui
roulait ses eaux au milieu de la vallée. Trois
énormes châtaigniers répandaient leur ombrage
sur cette chaumière, et présentaient à ses habitans pendant l'été un asile aussi frais qu'a-
gréable.

Meldorf, le maître de ces lieux, après avoir
servi dix ans sous les ordres du grand Condé,
s'était retiré encore jeune dans cet asile, où
pendant plusieurs années il avait fait le bonheur
d'une épouse ; mais, Dieu ayant appelé à lui sa

compagne. Meldorf se trouva seul dans sa vieillesse. Il était riche ; il était le premier magistrat
de sa commune : on lui conseilla de se remarier,
et, quoiqu'il eût soixante-deux ans, beaucoup de
mères le souhaitaient pour leurs filles.

— Il n'est pas bon que l'homme soit seul, lui
disaient-elles tous les jours ; les valets sont la
ruine d'une maison. Prenez avec vous quelque
jeune personne sage et laborieuse pour gouverner votre ménage. Sa gaîté vous réjouira, ses
soins vous soulageront dans les maux de votre
vieillesse. Une jeune vigne fait bien sur un vieil
ormeau. — J'y penserai, leur répondait Meldorf
en souriant.

Un jour il monta sur sa mule et s'en alla dans
la sombre vallée de Gastern. Il y avait là, dans
cette vallée, une nièce de sa femme qui s'était
mariée inconsidérément avec un tisserand en
mousseline, nommé Ludger, quoiqu'il fût pauvre et elle aussi. Les sages conseils de sa tante
n'avaient pu la détourner de cette folie. Bernina,
à peine âgée dix-sept ans, s'imagina que la misère
n'altérerait point le bonheur de deux époux qui
s'aimaient tendrement ; mais, au bout d'une année, elle s'aperçut de son erreur. Ludger, mécontent de son sort, devint capricieux et difficile.
Il accusa sa femme de manquer d'économie,
malgré toutes les peines qu'elle se donnait pour

bien gouverner leur petit ménage. Elle pleura d'abord ; elle finit ensuite par se fâcher , parce qu'elle trouvait son mari injuste. Sans être ouvertement désunis , Ludger et Bernina passaient des jours malheureux, et la naissance d'un enfant vint augmenter leur infortune.

« On a mauvaise grâce de se plaindre d'un »malheur qu'on s'est volontairement attiré, dit » Sénèque. »

Aussi Bernina ne se plaignait jamais de la rigueur de son sort. On le devinait à sa contenance, à la pauvreté de sa maison , à la pâleur qui avait remplacé sur ses joues les roses de la jeunesse, à la tristesse habituelle de son visage , où jadis on voyait éclore le sourire de la gaîté. Ludger ne méritait point le sacrifice qu'elle avait fait en sa faveur, si toutefois on peut donner ce nom aux extravagances que la passion fait commettre. Il était envieux et menteur , défauts dont une âme basse est ordinairement susceptible.

Meldorf, touché de la détresse de ces jeunes époux, avait engagé plusieurs fois sa compagne à les appeler auprès d'elle; mais la tante de Bernina ne pouvait lui pardonner d'avoir méprisé ses conseils, et elle répondait à Meldorf qu'il était bon que les insensés portassent la peine de leur folie. Meldorf, devenu veuf, suivit ses inclinations généreuses ; il amena chez lui ces infortunés avec leur fils, âgé de trois ans.

— Maintenant, leur dit-il, il n'est plus question de savoir si vous avez bien ou mal fait de vous mettre ensemble, mais seulement de vivre en bons et fidèles époux, dans une intelligence parfaite, et de vous accorder pour n'offrir à ce petit enfant que des exemples vertueux.

Ludger et Bernina le lui promirent, et comme la misère était la seule cause de leur désunion, ils n'eurent aucune peine à ramener la paix entre eux, dès que cette cause n'exista plus. Ludger continua de travailler à son métier de tisserand; Bernina s'occupa du ménage et de faire de la dentelle dans ses momens de loisir.

Il courut d'abord un bruit dans le village de Kanderstœg que Meldorf avait été prendre une seconde femme sur les confins du Valais. Cette nouvelle déconcerta beucoup de prétentions. Les mères qui l'engagaient si fort au mariage, dans l'espérance qu'il choisirait une de leurs filles, en étaient outrées de dépit, et se promettaient de fort mal accueillir la nouvelle venue.

Au bout de deux jours la vérité se découvrit, et Meldorf dit à ses voisines :

— Il est imprudent de tenter deux fois la fortune. J'ai été heureux avec ma chère Rébecca; j'ai passé avec elle mes meilleures années; pourquoi ferais-je cette injure à sa mémoire de la remplacer dans mon cœur ? Elle n'a fait que me devancer dans la tombe. Lorsqu'on se dispose à revoir un ami, on se garde bien de rien faire qui puisse vous attirer de sa part un mauvais accueil.

Les voisines de Meldorf convinrent qu'il avait raison; dès ce moment elles aimèrent Bernina, et vécurent avec elle en bonne intelligence.

Ludger et Bernina habitaient depuis deux ans la chaumière de Meldorf, lorsque le maire de Moullinen fit inviter les hommes de Kanderstœg, en état de porter les armes, à se réunir aux citoyens de sa commune pour s'emparer d'une troupe de brigands dont on avait découvert la retraite. Ludger s'y rendit comme les autres. Quelques vieillards voulaient partir aussi, mais Meldorf leur représenta qu'il était plus sage de demeurer et de se tenir sur ses gardes, de peur que les brigands ne vinssent piller leur village pendant qu'on les poursuivrait d'un autre côté. Il endossa son habit d'uniforme, et se mit à la tête des vétérans, qu'il distribua par postes pour la sûreté de sa commune. Ce petit état de guerre dura jusqu'au retour des jeunes gens, qui revinrent au bout de trois jours en chantant leur victoire. La plupart des brigands avaient été faits prisonniers, et conduits à Berne sous bonne escorte.

Ludger racontait à son oncle comment, malgré les glaces et la neige (ceci se passait à la fin de l'hiver), on avait poursuivi vivement les malfaiteurs à travers des routes impraticables; qu'une partie des braves citoyens de Moullinen s'était mise en embuscade dans les ruines du château qui leur servait de retraite,-pendant que les hommes de Kanderstœg battaient la campagne aux environs. Dans le temps, dis-je, que Ludger faisait cette relation intéressante, un valet, qui revenait de conduire le bétail à l'abreuvoir, dit à Meldorf qu'il avait rencontré sur sa route trois petits étrangers transis de froid; que les deux plus âgés paraissaient avoir onze à douze ans, et portaient tour à tour, sur leurs épaules, une petite fille d'environ six ans; que l'un des deux garçons lui avait adressé la parole; mais que, bien qu'il eût prononcé quelques mots allemands, il lui avait été impossible de comprendre, autrement que par les gestes dont il les accompagnait, que ces jeunes étrangers demandaient de prompts secours. Meldorf, étant sorti de sa maison, aperçut au bout de la prairie les petits inconnus, qui s'avançaient lentement du côté de la chaumière. Le plus grand portait effectivement la jeune fille sur ses épaules, tandis que l'autre prenait entre ses mains ses petites mains engourdies, et s'efforçait de les échauffer de son haleine. La pauvre petite, le visage encore couvert delarmes, laissait tomber sa tête sur l'épaule de celui qui la portait, et commençait à ressentir l'influence de ce sommeil dangereux que produit l'engourdissement, et dont le réveil est la mort. Meldorf, attendri, s'avança à leur rencontre, en leur criant de prendre courage.

— Ayez compassion de notre pauvre petite sœur, lui dit un des jeunes étrangers. Nous sommes Français et malheureux; accordez-nous un asile dans votre chaumière.

Ces paroles, traduites en assez bon allemand, étaient cependant peu intelligibles pour Meldorf, à cause de l'accent étranger qui les accompagnait; mais dès qu'il eut compris qu'ils venaient de la France, il se hâta de leur répondre dans le langage de leur pays, qu'il parlait assez bien pour un Suisse:

— Soyez les bien venus, mes petits amis; j'aime les gens de votre nation.... Hélas! cette pauvre enfant a grand besoin de secours.

Il prit la jeune fille dans ses bras, et l'emporta dans sa chaumière, où les jeunes étrangers le suivirent, en se félicitant d'avoir rencontré un homme qui entendait leur propre langue.

Bernina, après avoir fait prendre à la jeune fille quelques gouttes d'eau de cerises, qui est une liqueur spiritueuse et fortifiante, l'enveloppa

dans une couverture de laine bien chaude. L'en
fant se ranima, et ses premières paroles furent
d'appeler son père. Cet appel fit tressaillir Léon
et Joseph, ainsi se nommaient les petits étrangers. Ils embrassèrent tristement leur sœur sans
lui répondre, et comme elle continuait de demander l'auteur de ses jours :

— Pourquoi nous demandes-tu, lui dit Joseph,
celui que la mort nous a enlevé pour toujours ?...

A ces mots la jeune fille poussa des cris plaintifs, et arrosa d'un torrent de pleurs le lit sur
lequel on l'avait déposée.

— O Caroline, reprit Léon, ne trouble pas
notre âme si abattue par le spectacle de ta douleur. Songe que nos malheurs sont étrangers à
ceux qui nous environnent, et qu'il faut craindre
de les importuner ; pour l'amour de nous, retiens
tes cris déchirans.

Caroline obéit avec docilité ; elle s'efforça
d'étouffer ses sanglots. Cependant Meldorf, que
ce peu de mots intéressait vivement, adressa
quelques questions à ses jeunes hôtes ; mais leur
infortune était si récente, qu'ils avaient à peine
la force d'en parler. Meldorf apprit seulement
que leur père avait été tué deux jours auparavant par une troupe de malfaiteurs, qu'il jugea
devoir être la même qu'on venait heureusement
de détruire ; qu'ils étaient orphelins, et qu'ils se

rendaient à Lausanne auprès d'une sœur de leur malheureux père.

Dès le lendemain de leur arrivée chez Meldorf, les deux frères demandèrent qu'on leur confiât une bêche. Interrogés sur ce qu'ils avaient dessein d'en faire, ils répondirent en versant des larmes :

— Nous voulons ensevelir le corps de notre père... Nous n'avons eu que le temps de le couvrir d'un peu de neige qui se fond tous les jours.

— Mes enfans, répliqua Meldorf en leur serrant la main, je vous estime d'avoir cette pieuse sollicitude ; mais la terre est encore trop dure, et vos bras sont trop faibles pour que vous puissiez l'ouvrir vous-mêmes. Laissez-moi m'occuper de ce triste soin ; je sais ce qu'on doit de respect aux dépouilles mortelles d'un bon père.

Meldorf souhaitait d'éviter à ces orphelins un spectacle pénible et de nouvelles douleurs. Léon lui indiqua si bien l'endroit où le corps de leur père était abandonné, qu'il put s'y rendre avec Ludger et quelques jeunes hommes de Kanderstœg. Son dessein était de faire porter le corps dans le cimetière de la commune ; mais les efforts qu'il fallut faire pour se rendre seulement à la moitié du chemin lui donnèrent la crainte d'exposer les jours des vivans dans un trajet aussi considérable. Il fit déposer le cercueil dans la petite vallée de Geschen, où l'on ne voyait alors pour toute habitation qu'un châlet à demi ruiné, assis sur le penchant de la montagne, et qui appartenait à Meldorf. On creusa une fosse au pied d'un rocher taillé en voûte, à l'ombre d'un bois de mélèzes, qui s'élevait sur un terrain incliné ; on y descendit le cercueil, et un peu de terre sépara à jamais du reste des mortels un Français persécuté qui avait fini ses jours loin de sa patrie ; un père infortuné, enlevé à ses enfans à la fleur de son âge.

Au bout de quelques semaines, lorsque les orphelins voulurent partir pour Lausanne, ils demandèrent avec instance à être conduits dans ce lieu funèbre. Un valet les y accompagna. Ils virent avec reconnaissance l'honorable sépulture que le maire de Kanderstœg avait accordée à leur père ; mais Léon, ne pouvant souffrir qu'aucun indice ne rappelât le nom de celui qui y reposait, prit une pierre tendre détachée du rocher, et y grava avec la pointe d'un couteau le nom d'*Emmanuel de Norbert*. Il plaça cette pierre sur le tertre encore revêtu de neige, et s'éloigna en pleurant avec son frère. Ce fut au retour de cette triste visite que les orphelins, pénétrés d'estime et de reconnaissance pour Meldorf, lui racontèrent avec tous ses détails la déplorable aventure qui les avait conduits dans sa maison.

○○○

CHAPITRE II.

Le dévouement d'un père.

Le comte Emmanuel de Norbert devait le jour
à un brave officier pour qui l'honneur était tout
et la fortune peu de chose. Aussi laissa-t-il à ses
enfans de riches exemples et de très-pauvres re-
venus. Honorine, sa fille, prévoyant qu'elle
trouverait peu de partis à choisir, se maria,
après la mort de son père, à Jacques Léonard,
simple propriéraire de l'Angoumois, qui avait
lui-même une fortune assez médiocre, mais dont
la réputation était sans tache. Le comte Emmanuel approuva ce mariage, parce qu'il ne confondait pas l'honneur avec cette vaine gloire de
la naissance, de laquelle il faisait peu de cas. Le
nom de son père lui aurait paru respectable dans
quelque condition qu'il fût né; et il prétendait
que l'honneur héréditaire pouvait se rencontrer
dans la maison d'un pauvre laboureur comme
dans celle d'un homme titré. M. Léonard, vertueux et bien élevé, désirant faire le bonheur
d'Honorine, M. de Norbert l'admit avec plaisir
au sein de sa famille. Deux ans après, il se maria lui-même à une riche héritière qui lui pro-

oura à la fois une belle fortune et une épouse estimable : Léon et Joseph devinrent les premiers
fruits de cet hymen.

Quelque tendresse que l'épouse de M. de Norbert ressentît pour eux, elle souhaitait vivement
une fille, et demandait au ciel cette faveur sans
laquelle son bonheur ne pouvait être parfait. Cinq
ans après la naissance de Joseph, elle donna le
jour à Caroline.... et perdit la vie!.... Les premiers cris de cette fille tant désirée furent le signal de la mort de sa mère.

« Ainsi notre empressement pour la vie heu-
» reuse ne sert qu'à nous en éloigner davan-
» tage. [1] »

M. de Norbert, qui avait partagé le vœu in-
discret de son épouse, devint inconsolable de sa
perte, et pendant long-temps la vue de Caroline
aigrissait tellement ses regrets qu'on la tenait
soigneusement éloignée de lui. Il fit transporter
le corps de cette chère épouse dans la vallée de
Montmorenci, où il avait une fort belle terre :
il lui fit ériger un tombeau orné d'une statue
dont la ressemblance était parfaite. Deux jeunes
peupliers, à peu près égaux, croissaient à la tête
du monument, et au pied un peuplier beaucoup
plus faible achevait de compléter le nombre al-

---

[1] Pensées de Sénèque.

légorique qui désignait les enfans de Caroline, car c'était aussi le nom de cette mère infortunée; elle avait désiré que sa fille le portât. Autour du monument croissait un bois épais composé des arbres les plus tristes, tel que le cyprès, l'if, le thuya, le mélèze. Leur noir feuillage, moins sombre que le cœur de ce fidèle époux, répandait une obscurité qu'on ne pouvait regarder sans tristesse. Les colonnes de marbre blanc, et la statue couchée sur le tombeau, dans l'attitude d'une personne expirante, formaient au milieu de cette masse d'ombres un contraste qui semblait en augmenter la profondeur.

Ce luxe de tristesse ne consola point M. de Norbert; il sentit que rien ne saurait exprimer ses regrets et encore moins les soulager. Résigné à une douleur éternelle, il s'occupa de ses devoirs de père, puisque c'étaient les seuls qui lui restassent à remplir. Honorine, devenue mère après plusieurs années de mariage, se trouvait menacée à son tour du même malheur que son frère. Son mari, atteint de la goutte dans un âge peu avancé, avait un besoin continuel des soins de son épouse, et cette malheureuse circonstance privait M. de Norbert du plaisir de les voir dans sa maison. Le comte faisait de temps en temps quelques voyages dans leur province; mais l'éducation de sa famille le retenait à Paris.

Il avait enfin triomphé de l'espèce de répugnance que lui inspirait la pauvre Caroline; à
mesure que cet enfant se développait, il retrouvait en elle les traits de sa mère, ses grâces, sa
douceur; et ces rapports touchans lui causaient
à la fois de la joie et du désespoir. Il aima bientôt sa fille jusqu'à la passion, c'est-à-dire jusqu'à la faiblesse. Autant sa tendresse pour ses
fils était sage et bien entendue, autant elle était
folle et imprévoyante à l'égard de Caroline. —
Joseph, et surtout Léon, partageaient les sentimens de leur père. Ces trois personnes ne sem-
blaient respirer que pour le bonheur de Caroline,
et les domestiques, fidèles imitateurs de leurs
maîtres, volaient au devant de ses moindres
fantaisies; de sorte qu'elle eût pu devenir un
fort mauvais sujet, si ses inclinations l'y eussent
disposée; mais la nature l'avait heureusement
douée de mille vertus aimables, et les seuls défauts de Caroline étaient l'indolence et la
paresse.

Léon annonçait un caractère froid, réfléchi,
et beaucoup d'aptitude au travail. Il avait,
comme son père, des pensées délicates sur l'honneur; mais son opinion était celle d'un enfant
qui confond facilement les apparences avec la
réalité. Quoiqu'il n'y eût entre eux qu'un an de
différence, la diversité de leur humeur établis-

sait entre la raison des deux frères une distance bien plus considérable. Joseph, vif, emporté, tenait, pour ainsi dire, son cœur ouvert à toutes les impressions : peu appliqué dans ses études, il ne devait ses progrès qu'à l'excellence de sa mémoire.

Une perspective paisible et heureuse semblait attendre cette aimable famille, lorsque les événemens de 1685 vinrent y jeter le trouble et la consternation. A cette époque, Louis XIV révoqua l'édit de Nantes, par lequel Henri IV avait assuré aux protestans la paix et la liberté de leur culte. Cette révocation fut précédée et suivie de persécutions violentes qui obligèrent des familles entières à s'expatrier. M. de Norbert était membre de l'église persécutée. En voyant enlever sous ses yeux des enfans à leur malheureuse famille, il trembla pour les siens, et résolut de quitter la France avant qu'on pût s'opposer à ce dessein. Il fit d'abord un voyage dans l'Angoumois, où sa sœur, devenue veuve, achevait dans la retraite les années de son deuil. Née d'une mère qui suivait la communion romaine, madame Léonard professait la même doctrine, et les ennemis de son frère ne menaçaient point sa tranquillité.

Au retour de ce voyage, dont M. de Norbert ne parla point à ses enfans, il régla à la hâte, et

dans le plus profond secret, les affaires qui lui
restaient encore à terminer, et partit sans suite,
sans bagage, comme s'il n'avait dû faire qu'une
simple promenade. Il affectait un visage serein,
tandis que son âme, cruellement déchirée, re-
grettait la froide poussière d'une épouse. L'exil
auquel il se condamnait lui paraissait affreux,
et, magré l'injustice qui le chassait de sa patrie,
il ne pouvait l'abandonner sans répandre des
larmes.

« Le pays natal a je ne sais quel charme qui
» nous rappelle sans cesse, et ne permet pas de
» l'oublier[1]. »

En arrivant à Genève, M. de Norbert apprit
à ses enfans qu'ils ne devaient plus retourner en
France.

L'intérêt de notre religon, ajouta-t-il, nous
oblige de lui dire un éternel adieu, puisque nous
ne pouvons plus l'habiter sans trahir notre foi :
ne nourrissez contre elle aucun ressentiment
Un homme d'honneur, au milieu des mé-
contentemens qu'il éprouve, peut abandonner sa
patrie, mais il ne doit jamais la haïr. Quelque
nation qui vous accueille, ne lui prêtez jamais
votre bras contre un pays qui conserve les osse-
mens de vos pères. Peut-être un jour le souve-

---

[1] Ovide, lettres écrites du Pont.

rain éclairé rendra justice à des sujets fidèles, et se repentira des malheurs qu'il nous cause.

— Où demeurerons-nous donc à l'avenir ? demanda Léon. — C'est ce que je n'ai point encore déterminé, répondit M. de Norbert ; j'attends ma sœur à Lausanne, où je lui ai donné rendez-vous ; ma décision dépendra de cette entrevue.

Léon, Joseph et Caroline, presque étrangers à leur tante et au jeune Léonard son fils, se réjouirent d'une circonstance qui leur procurerait au moins le plaisir de les connaître. L'enfance ne considère jamais que le bon côté des choses. Pendant que M. de Norbert s'affligeait de son exil et de l'influence qu'il pouvait avoir sur l'éducation de ses enfans, ceux-ci n'apercevaient que le plaisir de voyager et de voir des objets nouveaux. Genève leur parut une ville beaucoup plus belle que Paris, et ils ne se lassaient point d'admirer le magnifique tableau que présentent de toutes parts les montagnes qui l'environnent. De l'hôtel même où ils étaient logés, des fenêtres de leur chambre, la vue s'étendait sur le beau lac Léman, bordé de villes charmantes, de maisons de plaisance, de bois et de jardins délicieux. Sa vaste étendue, la belle couleur et la limpidité de ses eaux le mettent au premier rang des lacs européens. Celui de Constance peut

seul entrer en comparaison avec lui. Les côtes
de la Suisse étalent une multitude de paysages
gracieux qui contrastent agréablement avec les
côtes escarpées et sévères de la Savoie.

> D'un tranquille océan l'eau pure et transparente
> Baigne les bords fleuris de ces champs fortunés;
> D'innombrables coteaux ces champs sont couronnés;
> Bacchus les embellit : une insensible pente
> Vous conduit par degrés à ces monts sourcilleux
> Qui pressent les enfers et qui touchent les cieux [1].

En allant de Genève à Lausanne, on passe
par les petites villes de Copet, de Nyon, de Rolle
et de Morges, entre lesquelles s'étendent et mû-
rissent au bord du lac ces vignobles renommés
qui produisent les vins dits de la Côte. Presque
toutes ces villes ont été habitées depuis par des
hommes célèbres.

Lausanne, quoique moins grande et moins
magnifique que Genève, fit oublier cette dernière ville à nos jeunes voyageurs. Rien ne valait à leur gré ses promenades délicieuses. Le
tillage de Saint-Sulpice au bord du lac, celui
d'Ouchi qui sert de port à Lausanne, les rives
de la Venoge, petite rivière qui traverse un
paysage entrecoupé de collines, de vallons, de
cabanes et de bosquets au milieu desquels elle

---

[1] Épître au lac de Genève. (VOLT.)

forme, en se jouant, mille cascades variées, étaient parcourus tous les jours avec un plaisir toujours nouveau.

— Combien de belles choses demeurent inconnues à ceux qui ne voyagent point ! s'écriait Léon. Les descriptions les plus parfaites ne sauraient produire l'étonnement qu'inspire la vue des objets mêmes. J'ai lu dans mes leçons de géographie des détails curieux sur la Suisse ; mais que j'étais loin d'imaginer ce que je vois !

— Tout ce que nous apercevons d'ici est admirable, sans doute, ajoutait Joseph ; cependant je voudrais encore étendre mes regards en montant sur ces hautes montagnes. Je voudrais toucher ces neiges qui brillent au soleil, sans se fondre jamais.

M. de Norbert, qui voyait avec satisfaction le goût des beautés de la nature se développer dans le cœur de ses enfans, promit à Joseph de lui procurer le plaisir qu'il désirait, et, en attendant l'arrivée de madame Léonard, il les mena faire une excursion dans les montagnes de l'Oberland. Si le seul aspect des Alpes avait étonné les deux frères, les beautés sublimes qu'elles renferment frappèrent bien plus fortement leur imagination. La magnificence des cascades, la hauteur perpendiculaire des rochers, leurs formes bizarres, les gorges étroites d'où s'élancent les torrens,

les sentiers rapides , les abîmes , les vallées profondes que les rayons du soleil éclairent à peine
pendant quelques heures , les vues admirables ,
les lacs , les châlets, ce mélange inconcevable
de tableaux délicieux , effrayans et sublimes,
leur faisait éprouver des transports que la vue
des glaciers de Grindelwald vint porter à leur
comble. M. de Norbert leur expliqua ainsi l'origine de ces vallées de glace qui ont quelquefois
neuf, dix et douze lieues de longueur.

La neige qui tombe pendant neuf mois de l'année dans les vallons les plus élevés des montagnes , les avalanches de neige qui se précipitent
de leur sommet dans ces mêmes vallons, y forment un amas que la chaleur du soleil n'a pas le
temps de fondre. Le retour de l'hiver durcit cette
masse, l'augmente, et la force de s'étendre; elle
suit le plan incliné qu'elle rencontre, et descend
peu à peu jusque dans les vallées inférieures,
où une température plus douce l'oblige de s'arrêter. Quelquefois , lorsque l'hiver est rigoureux, ces froides vallées , en franchissant leurs
bornes habituelles, envahissent un terrain fer-
tile ; mais on remarque aussi qu'après ces accrois-
semens extraordinaires, elles diminuent pendant
plusieurs années de suite. La chaleur fait fondre
la surface inférieure du glacier qui repose sur la
montagne , et la creuse en forme de caverne,

dont la vaste embouchure donne passage à un torrent. Ces glaciers prennent la figure du sol sur lequel ils se forment ; leur surface est égale sur un terrain uni et peu incliné. Lorsqu'ils descendent au contraire le long d'une paroi escarpée, sur des rochers et des ravins, leurs bancs s'amoncellent, se brisent d'une manière bizarre. Il s'y forme de profondes crevasses, de larges fentes, des pyramides, des vagues parfaitement semblables à celles de la mer. Ensevelis tout l'hiver dans un profond silence, les glaciers font entendre pendant l'été des craquemens et des bruits souterrains. On entend de toutes parts circuler dans leur sein des ruisseaux qui se fraient un passage à travers les glaces. L'air renfermé dans ces cavités fait, pour s'en échapper, des efforts incroyables, qui produisent des fentes de cent pieds de profondeur, dont les belles couleurs bleue et verte se laissent distinguer de fort loin. Il en sort quelquefois un vent impétueux et glacial, qui disperse dans les airs une légère poussière de neige. Il arrive ainsi qu'une énorme pierre, échauffée par la chaleur du soleil, tombe du haut de la montagne sur le glacier, fend la glace tout autour d'elle, et s'enfonce par son propre poids. C'est l'origine de ces puits qu'on y rencontre fréquemment. C'est encore aux chutes des rochers et aux avalanches, qu'on rapporte la formation de ces hautes collines de pierres que les glaciers poussent devant eux à l'extrémité inférieure comme une espèce de digue; mais on n'explique pas aussi clairement celle de ces morceaux de pierres, arrondis en forme de tombeaux, et disposés parallèlement sur une ligne fort étendue, qui se trouve quelquefois dans les hautes vallées de glaces. On les appelle gouffrelines. On estime que les glaciers dispersés sur les Alpes, depuis le Mont-Blanc jusqu'au Tyrol, formeraient réunis une mer de cent trente lieues carrées.

C'est en descendant du grand glacier de Grindelwald, que M. de Norbert donnait à ses enfans ces détails instructifs. Ils voyageaient dans un petit char de montagne, sous la conduite d'un guide, sans faire attention à la route qu'ils suivaient. Le soleil commençait à baisser; une solitude effrayante environnait les voyageurs, quand tout à coup le guide saute en bas du char, lâche un coup de sifflet et disparaît derrière des rochers. M. de Norbert alarmé veut essayer de le poursuivre; il est saisi par des brigands d'un aspect farouche, qui le désarment avant qu'il ait pu faire usage de son épée. On le terrasse; on le maltraite.... Léon et Joseph s'élancent du char, et se jettent à travers les brigands sur le corps de leur père.... Ils l'entourent de leurs bras, ils poussent des cris plaintifs.... Tandis que Caroline, qui ne pouvait descendre du char, demandait grâce en étendant vers ces misérables des mains suppliantes.

— Ne le tuons pas, dit un des brigands en montrant M. de Norbert; il parle le français et l'allemand, il pourra nous servir dans l'exécution de notre projet.

Cet avis est adopté; on fouille soigneusement M. de Norbert; on lui prend tout ce qu'il avait sur lui, jusqu'à son portefeuille; on lui attache une corde au bras, ainsi qu'à Léon et à Joseph; un des brigands emporte Caroline, et cette abominable troupe les force de marcher devant elle à travers des glaciers et de profondes solitudes : on arrive au bout d'une heure au pied d'un rocher fort élevé, au sommet duquel on aperçoit à peine des ruines et une tour; on grimpe sur des débris de montagnes, qu'un noir abîme séparait du rocher. Un des brigands place une longue échelle au dessus de cet abîme, et monte hardiment sur la plate-forme; six autres montent après lui; ils forcent M. de Norbert à les suivre. Léon, Joseph et Caroline, assis sur les épaules de trois hommes vigoureux, franchissent avec horreur ce dangereux passage.

Un ancien château dont il ne restait plus d'entier qu'une seule tour, servait de retraite à

2.

ces misérables. M. de Norbert fut enfermé dans
une des chambres de la tour, malgré les pleurs
de ses enfans, qu'on ne voulut point accorder à
ses prières. On les consigna eux-mêmes dans un
autre réduit, où d'horribles menaces les forcè-
rent bientôt au silence. Ils passèrent la nuit à
gémir sur le sort de leur père, à s'apitoyer sur
leur propre malheur; renfermés sans lumière
dans une mauvaise chambre où on leur avait
jeté un peu de paille, ils écoutaient avec effroi
le sifflement des vents qui ébranlaient ces ruines
élevées, et le bruit des torrens qui se précipi-
taient de toutes parts. Léon s'imaginait que ces
vents furieux renverseraient dans le précipice la
tour isolée où languissait leur malheureux père,
et il ne pouvait comprendre le lendemain comment ce terrible accident n'était pas arrivé.

Dès qu'il fut jour, le brigand qui avait sauvé
la vie à M. de Norbert vint leur apporter à déjeuner, et leur demanda d'un ton brusque s'ils
entendaient l'allemand. Léon lui répondit en
tremblant qu'ils l'avaient appris autrefois en
France, mais que le défaut d'habitude les empêchait de s'exprimer librement. Rodolphe,
c'était le nom du brigand, avec un peu d'attention, comprit cependant ces paroles, et s'efforça
de leur bien expliquer celles-ci.

— Vous ne vous trouvez point entre nos mains

pour vivre comme des fainéans. Il y a long-temps que nous souhaitons de rencontrer des serviteurs qui nous dispensent de mille petits ouvrages minutieux, incompatibles avec nos goûts : puisque le sort est tombé sur vous, tâchez de bien vous pénétrer de votre devoir. Nous sommes ici vingt personnes à servir : nos lits, que nous partageons de deux en deux, ne sont que des matelas étendus sur de la paille ; votre premier soin chaque jour sera de les arranger proprement, de nettoyer la salle qui les contient, et de battre avec des baguettes les dix peaux d'ours qui leur servent de couverture. Vous rassemblerez ensuite les vêtemens que chacun de nous aura laissés dans un endroit convenu ; vous irez tous trois les laver dans l'eau de la citerne qui se trouve au pied de la tour ; de là, vous reviendrez dans la salle des lits, et si vous y trouvez des armes, vous les nettoierez soigneusement de la manière qu'on vous le fera voir. Cet ouvrage achevé, vous remonterez à la cuisine pour m'aider à préparer le repas de nos gens ; car c'est moi que cet article regarde, jusqu'à ce vous soyez assez habiles pour me remplacer tout-à-fait ; vous emploierez le reste du temps à tirer de l'eau pour remplir la citerne qui ne doit jamais en manquer.

Les pauvres enf..ns avaient peine à contenir

leur douleur en écoutant ces paroles. Ces humi-
liantes fonctions s'offraient à leur esprit sous des
couleurs si terribles, que la seule crainte de la
mort pouvait les effrayer davantage. Rodolphe
les mena d'abord dans la salle des lits ; elle était
creusée dans le roc, longue, étroite et mal
éclairée par deux lampes ; à la tête des lits,
rangés parallèlement sur une même ligne, pendaient, la nuit, les armes des brigands. Derrière
la tour se trouvait, à une grande profondeur au
dessous du rocher, un torrent qui fournissait
l'eau nécessaire à la consommation : on se la
procurait par le moyen d'une longue corde attachée à une pièce de bois fixée à la tour ; un seau
pendait à la corde qu'on faisait aller et venir assez facilement à l'aide d'une poulie. La citerne,
creusée dans le roc, recevait l'eau du torrent, et
c'était une loi parmi les brigands de tirer tous les
jours dix seaux d'eau, afin que la citerne ne dés-
emplît jamais.

Quelque rebutant que fût ce travail pour
Joseph et Léon, qui n'étaient point accoutumés
à la fatigue, la vue de la tour où gémissait leur
père leur causait encore plus de douleur. Pendant que l'un d'eux tirait péniblement le seau,
l'autre, appuyant ses lèvres contre le mur de la
tour, adressait doucement au prisonnier des paroles touchantes que ce dernier n'entendait

point : il était plus à plaindre qu'eux, parce qu'il avait plus de prévoyance. Non seulement il partageait leur malheur présent ; mais il frémissait surtout pour l'avenir. Des enfans, livrés dans une si tendre jeunesse à la merci des plus pervers des hommes, pouvaient devenir aussi scélérats que leurs maîtres. Les heureuses dispositions de la nature ne résistent pas toujours au danger du mauvais exemple. Chaque jour en s'écoulant redoublait les tourmens de ce malheureux père ; il calculait en gémissant les progrès que le vice avait pu faire dans une seule journée ; et, au milieu du désespoir où le jetait cette horrible appréhension, il demandait à Dieu qu'il daignât rappeler à lui ces innocentes créatures. Chaque fois que les brigands entraient dans sa prison, il se jetait à genoux devant ces misérables, et demandait ses chers enfans, comme un autre aurait demandé la liberté ; mais les doux sentimens de la nature ne trouvaient point d'accès dans l'âme de ces malfaiteurs, accoutumés au meurtre et au carnage.

Un des leurs, établi dans les environs de Lauterbroun, où il faisait profession de guider les étrangers dans un char de montagne, leur avait facilité plusieurs fois le moyen de faire d'excellentes prises. Quoique M. de Norbert fût sans suite, ses manières nobles et généreuses, les

bienfaits qu'il répandait sur sa route, firent deviner au perfide conducteur qu'il était riche. Il
se hâta d'en avertir ses complices, qui trouvèrent effectivement sur M. de Norbert de l'or et
quelques bijoux d'un grand prix. Le motif de
Rodolphe, pour lui conserver la vie, se rapportait à un dessein antérieur. Cette bande de
voleurs se trouvait liée avec une autre bande du
pays de Vaud, dont la plupart des membres
étaient Français. Ces deux troupes souhaitaient
de se réunir, et d'abandonner la Suisse, où elles
commençaient à être connues, pour se jeter
dans le midi de la France; mais parmi la troupe
du château, le guide seul entendait assez bien
le français; les autres étaient obligés de s'en
rapporter à lui, ce qui les contrariait infiniment; car les scélérats se défient continuellement les uns des autres. Rodolphe imagina de
se servir de M. de Norbert pour faire apprendre
le français à toute la troupe et à lui-même. Il
n'était point le chef de ces brigands; mais son
âge lui donnait parmi eux une certaine influence,
et son projet fut généralement approuvé. M. de
Norbert, qui avait d'abord rejeté avec mépris
l'emploi dont on voulait le revêtir et bravé les
menaces de ces scélérats, songea ensuite à en
tirer parti pour l'intérêt de ses enfans. Il offrit
ses services, à condition qu'on le réunirait à sa

famille : cette condition fut modifiée ; on lui accorda chaque jour une demi-heure d'entrevue en présence de Rodolphe, et il fallut accepter ou mourir.

Avec quelle impatience M. de Norbert attendit cette première entrevue ! que de tendres caresses, que d'exhortations touchantes remplirent le court intervalle qu'on lui accorda ! Il y avait trois mois que ce malheureux père était privé de ce bonheur. La maigreur de Léon et de Joseph lui découvrit les durs travaux auxquels on les condamnait : lui-même, réduit depuis trois mois à une nourriture grossière, privé d'exercice, dévoré d'inquiétudes, il était pâle et souffrant. Caroline lui parut la moins changée ; ses frères redoublaient de zèle et de courage pour lui éviter de la fatigue, et M. de Norbert les bénit d'une si généreuse attention.

Depuis le moment où cette faveur lui fut accordée, M. de Norbert ne respira plus que pour en jouir. Rodolphe, toujours présent à ces entrevues, se laissa insensiblement attendrir par un tableau si touchant, et M. de Norbert ne s'en fut pas plus tôt aperçu, qu'il saisit avec avidité cette lueur de compassion qui pénétrait dans l'âme d'un coupable. Il attaqua vivement son cœur par le souvenir de sa première innocence, par les menaces du ciel, par les prières les plus ardentes. Quelque infructueuses que furent d'abord ses premières tentatives, il les renouvela si souvent et avec tant de force, que Rodolphe, ébranlé, consentit à faciliter son évasion ; il fit plus, il résolut de le suivre et d'abandonner à jamais la carrière du crime ; mais il avertit en même temps M. de Norbert que l'audace pouvait seule faire réussir cette entreprise ; que le château, gardé de toutes parts, hors du côté de la tour, ne lui offrait absolument d'autre moyen de s'échapper qu'en se laissant glisser le long de la corde qui descendait dans le torrent. M. de Norbert frémit et n'hésita point : l'innocence de ses enfans lui était plus précieuse que leur vie.

Rodolphe remit aux fugitifs un flacon d'eau-de-vie, un sabre et une paire de pistolets. M. de Norbert demanda en vain son portefeuille ; Rodolphe ne put le satisfaire, parce qu'il ignorait l'endroit où on l'avait déposé. Ces cinq personnes s'avancèrent au bord du rocher au pied duquel bouillonnait le torrent. L'escarpement de la paroi, rendu plus effrayant encore par la faible lueur de la lune à son déclin, le reflet sinistre du torrent qu'on apercevait comme un point au milieu d'une masse d'ombre, étaient capables d'épouvanter l'homme le plus intrépide.

— Chers enfans ! dit à voix basse M. de

Norbert, je vous conduis peut-être à la mort.

— Prenez courage, répondit Rodolphe ; la corde est forte, et nous trouverons à gauche, dans le torrent, de grosses pierres sur lesquelles nous pourrons le traverser.

M. de Norbert attacha Caroline autour de lui, et, saisissant la corde que Rodolphe avait fortement fixée à la pièce de bois par un nœud coulant, il descendit en invoquant le secours de Dieu. Arrivé au pied du mur, il trouva un endroit sec formé par des attérissemens, où il attendit avec angoisse que ses fils eussent franchi à leur tour ce dangereux passage. Ce qu'il avait éprouvé de terreur, en descendant lui-même, n'était rien auprès de ce qu'il ressentit en voyant ses enfans suspendus à cette faible corde. Les bras étendus vers eux, le cœur serré, il priait continuellement sans savoir même ce qu'il disait. Ces quatre infortunés se trouvaient enfin réunis, et Rodolphe se disposa à les suivre. Déjà il n'était plus qu'à cinq pieds du sol, lorsque la corde se détacha tout à coup ; il tomba rudement et se foula un pied : la douleur était si vive, qu'il lui fut impossible de marcher à plus de cent pas du torrent.

— Fuyez, dit-il à M. de Norbert ; je suis incapable de vous suivre ; je vais me cacher dans quelque caverne jusqu'à ce que je puisse faire

usage de mon pied : pour vous, ne perdez point
de temps, et ne soyez point en peine de moi ;
je me suis muni de pain et d'eau-de-vie.

M. de Norbert l'abandonna à regret : quelque
peu d'estime qu'il méritait, le service qu'il venait de leur rendre, et sa résolution de changer
de conduite, effaçaient un peu l'horreur de sa
vie passée.

Il avait neigé le jour précédent ; le froid était
très-vif. Presque à chaque pas il fallait sonder le
terrain, de peur de s'enfoncer dans des précipices, et chercher des yeux les perches placées
de distance en distance pour indiquer la route la
plus sûre ; précaution qui rendait leur marche
aussi lente que pénible. Au point du jour, ils découvrirent sur le revers d'une montagne un
groupe d'hommes que M. de Norbert prit pour
des chasseurs de chamois, mais qui se trouvaient
être plutôt les citoyens réunis de Kanderstœg et
de Moullinen. En même temps, ayant jeté les
yeux derrière lui sur les hauteurs qu'ils venaient
de descendre, il aperçut les brigands qui le
poursuivaient avec ardeur. Il les voyait sauter
de rochers en rochers en s'appuyant sur la pointe
de leur sabre, et suivre la trace de ses pas em-
preints sur la neige. M. de Norbert, jugeant qu'il
lui était impossible de leur échapper à cause de
l'embarras de sa marche et de la neige qui la

trahissait, prit une résolution désespérée. Il se trouvait entre deux ponts jetés sur des torrens au sortir d'un ravin extrêmement étroit, par où les brigands devaient nécessairement passer pour l'atteindre. M. de Norbert embrassa tendrement ses enfans.

— Nous sommes perdus ! leur dit-il ; hâtez-vous de traverser se second torrent et de gagner cette vallée où j'aperçois la fumée de quelques maisons... Les chasseurs doivent être descendus de ce côté... Hâtez-vous ;... je vais protéger votre fuite. Léon, souviens-toi de Caroline et n'abandonne point Joseph... Mes chers enfans !... je prie le ciel d'avoir pitié de vous... Au nom de Dieu, fuyez...

Les malheureux enfans, étourdis, alarmés, se mirent à fuir sans se douter du dessein de leur père. Leur marche devenait plus facile à mesure qu'ils descendaient dans la vallée habitée. Ils rencontrèrent bientôt une partie des hommes de Moullinen qui les conduisirent dans une maison où on leur donna l'hospitalité; mais ces bons paysans suisses comprenaient fort mal leur langage, qui ne s'était nullement formé parmi les brigands; car l'horreur que ces scélérats leur inspiraient était si grande, qu'ils se tenaient constamment éloignés d'eux, et ne leur adressaient jamais la parole sans une extrême néces-

cité. Ils attendaient M. de Norbert dans la cabane
où on les avait reçus jusqu'au moment où ils
virent passer les citoyens des deux communes
réunies qui emmenaient les brigands prisonniers
à Moullinen. Cette vue leur inspira d'abord tant
d'effroi qu'ils se cachèrent; mais lorsqu'ils eurent
entièrement disparu, les pauvres enfans, alarmés de ne point voir arriver leur père, retournèrent à l'endroit où ils l'avaient laissé. La neige,
bouleversée par le vent, ne permettant plus de
suivre la trace du sentier, ils eurent beaucoup
de peine à reconnaître le chemin. Cependant en
prenant pour signal trois sapins qui croissaient
d'une manière remarquable entre les fentes
d'un rocher, ils arrivèrent aux deux torrens. Ils
n'y virent point M. de Norbert. Des traces
sanglantes qu'ils remarquèrent avec effroi les
conduisirent à une roche blanche et unie, sur
laquelle ces mots français étaient grossièrement
écrits avec du sang :

« Je meurs pour avoir voulu vous arracher au
» crime... Mes chers enfans ! souvenez-vous de
» votre malheureux père et soyez fidèles à l'honneur... Rendez vous à Lausanne auprès de vo-
» tre tante... Dites-lui que votre père mourant...»

L'infortuné n'avait pu en tracer davantage; le
courage et la vie lui manquèrent en même temps;
il tomba mort au pied de la roche; ses enfans

découvrirent son cadavre à moitié enseveli sous la neige.

Un de ces hasards, si communs dans la vie, ayant révélé sa fuite aux brigands du château avant le temps que Rodolphe avait convenablement espéré, la poursuite de ceux-ci fut d'autant plus ardente que leur sûreté pouvait en être compromise. M. de Norbert, dans le seul espoir de sauver au moins ses enfans, s'était vaillamment défendu à l'entrée du ravin, où l'avantage de sa position lui fit soutenir quelque temps les efforts de ses ennemis. A la fin, couvert de blessures et vaincu par le nombre, il allait être massacré, lorsque les brigands eurent avis des troupes envoyées pour les surprendre. Ils abandonnèrent leur victime; mais la mort, plus impitoyable qu'eux, lui laissa à peine le temps de se traîner au pied du rocher, et d'y tracer avec son sang les tristes paroles que ses enfans venaient de lire.

Les orphelins se précipitèrent sur ce corps inanimé, en faisant retentir de leurs cris les cavernes sauvages de ces lieux. Ils baisaient avec ardeur ses joues livides, ses yeux que la mort avait fermés pour jamais : ils s'efforçaient par une douce chaleur de le rappeler à la vie. Rebutés de ces vains efforts, ils jetaient les uns sur les autres des regards désespérés, et retombaient de nouveau sur le corps glacé de leur

généreux père. Tout à coup Caroline cessa de
pleurer, ses membres se raidirent, elle demeura
sans connaissance entre les bras de Léon. Joseph, qui avait encore sur lui le flacon d'eau-
de-vie, lui en fit avaler quelques gouttes qui la
ranimèrent; mais Léon comprit que la douleur
et le froid exposaient en ces lieux les jours de
cette faible créature. Ils achevèrent de couvrir
de neige le corps de M. de Norbert, et ils repre-
naient en gémissant le chemin de la vallée habitée, lorsqu'un de ces vents impétueux connus
sous le nom de tourmente, éleva subitement un
épais nuage de neige qui pensa aveugler les malheureux orphelins. Ils se refugièrent à la hâte
dans une caverne, saisis d'effroi et persuadés
qu'ils touchaient à leur dernière heure. En un
moment les passages furent obstrués par la
neige, et les perches qui indiquaient le chemin
ensevelies ou renversées. La tourmente dura un
demi-quart d'heure. Au bout de ce temps, les
orphelins sortirent de la caverne, et, ne sachant
plus de quel côté diriger leurs pas, ils suivirent
au hasard les bords d'une petite rivière assez
paisible qui les conduisit à un moulin. Le meunier qui l'habitait avec sa femme les accueillit
généreusement, et se montra sensible à leur
douleur, quoiqu'il en comprît mal le sujet. Il
les invita à prendre leur part d'un assez bon sou-

per : mais, avant la fin du repas, cet homme sensible et hospitalier, plongé dans une coupable
ivresse, devint dur et furieux. Il querella sa
femme, ses valets, blasphéma contre le ciel, et
voulut maltraiter ses hôtes, qui furent obligés
de céder à l'orage et de se réfugier dans une
étable où la meunière les fit cacher. Ils ne pouvaient revenir de leur étonnement, en voyant
ce qu'avait produit dans cet homme l'usage im-
modéré du vin, et ils se promirent d'éviter soigneusement un si grand défaut. Le lendemain
le meunier vint lui-même leur faire des excuses.
Il maudit de bonne foi sa fatale habitude, et
répara ses torts de la veille par toutes les poli-
tesses qu'il put imaginer. Il fit conduire les orphelins jusqu'auprès du village de Kanderstœg,
où il les assura qu'ils trouveraient un asile et des
moyens de gagner le pays de Vaud.

Tel fut à peu près le récit que Léon fit à
Meldorf, à l'exception de quelques détails qui
n'étaient point encore parvenus à sa connaissance.

CHAPITRE III.

L'espérance trompée.

MELDORF avait écouté attentivement ce récit, que les pleurs des orphelins interrompirent plusieurs fois. Lui-même n'avait pu l'entendre sans donner à la tendresse courageuse de M. de Norbert des marques d'attendrissement et d'admiration. Il promit à ces jeunes infortunés de les conduire lui-même entre les bras de madame Léonard; mais il réfléchit que depuis sept mois, qu'ils avaient quitté Lausanne, cette dame, n'entendant plus parler de son frère, pouvait être retournée en France; que, dans l'incertitude où l'on était de la rencontrer, il devenait inutile de traîner après soi, dans des chemins fatigans, trois enfans aussi jeunes, et qu'il suffisait que Léon l'accompagnât à Lausanne. Léon témoigna d'abord de la répugnance à quitter son frère et sa sœur; il rappela à Meldorf les dernières paroles de leur père, et il fallut lui faire envisager de puissantes raisons d'économie et le danger que courait la santé de Caroline, pour triompher de cette répugnance. Joseph fut assez raisonnable pour consentir à cet arrangement, qu'on se garda bien de faire connaître à Caroline avant son exécution ; car ses frères n'auraient pu se résoudre à la contrarier.

Lorsqu'elle apprit à son réveil le départ de Léon, elle se livra à une affliction que Joseph eut beaucoup de peine à modérer ; quelque amitié qu'elle eût pour celui-ci, sa tendresse pour Léon était encore plus vive.

— S'il n'allait plus revenir ! s'écriait-elle ; si les brigands allaient faire de lui comme de notre père !

On avait beau lui dire que les brigands recevaient en ce moment le châtiment de leurs crimes, elle s'imaginait toujours que ces hautes montagnes en étaient remplies. Léon revint avec Meldorf. Toutes leurs recherches, au sujet de madame Léonard, n'avaient servi qu'à leur faire découvrir qu'arrivée à Lausanne trois semaines après leur départ, elle en était repartie depuis quatre mois, sans qu'on pût savoir de quel côté elle avait dirigé ses pas. Léon lui écrivit en France, où Meldorf supposa qu'elle devait être retournée ; mais ses lettres demeurèrent sans réponses, et Meldorf jugea que ces malheureux enfans n'avaient plus d'appui sur la terre.

Léon était loin d'envisager leur sort avec tant de rigueur. Le désir qu'il éprouvait de sortir d'une situation aussi précaire le portait à se flatter que le silence de sa tante était dû à quelque hasard malheureux qui l'empêchait de recevoir ses lettres, et il ne laissait passer aucune occasion de lui en adresser de nouvelles.

Cependant Meldorf, ayant pris à part sa nièce et son neveu, leur expliqua ainsi ce qu'il avait dessein de faire :

— Je ne sais, leur dit-il, de quel œil vous regardez ces malheureux orphelins ; pour moi, je ne saurais songer à leur abandon sans me sentir ému jusqu'aux larmes. Non seulement ils sont pauvres et dénués de tout secours, mais leur âme est aussi en danger de périr, si une main charitable ne veille à sa conservation. Dépourvus d'expérience, ils seront bons ou méchans, selon les exemples qu'on leur mettra sous les yeux. Le ciel, en nous les adressant dans leur détresse, semble nous prescrire ici notre devoir. Grâce à ses bénédictions, nous sommes au dessus du besoin ; pourquoi ne deviendrions-nous pas les protecteurs de ces jeunes orphelins ? ils ont déjà reçu des principes de vertu qu'il nous est facile de cultiver.....

— Y pensez-vous, mon oncle ? interrompit Ludger ; ces enfans sont nés dans une classe au dessus de la nôtre ; l'orgueil perce souvent dans les discours de Léon ; ils ne se réduiront jamais à vivre en simples paysans, et s'ils ne travaillent point, que ferez-vous de trois hôtes inutiles et désœuvrés ?

— Le malheur abat les plus superbes, répondit Meldorf; ces enfans ont déjà assez de raison pour apprécier leur détresse et le bien que je veux leur faire : ils répondront à nos bontés, puisqu'ils sont nés sensibles.

— Ah! mon oncle, reprit Bernina, j'avais bien pensé que vous ne renverriez pas ces malheureux enfans. Hélas ! que deviendraient-ils sans votre secours ? Dieu nous préserve de vous détourner jamais de cette bonne action ! Si notre pauvre petit Erni se trouvait ainsi abandonné, nous mériterions qu'on lui fermât toutes les portes.

— Ce n'est point pour détourner notre oncle d'une bonne action que je cherche à lui montrer les inconvéniens de celle-ci, répliqua Ludger; mais c'est que je suis certain d'avance que les orphelins ne s'accoutumeront point à nos mœurs, qu'ils mépriseront nos travaux et ne voudront point les partager.

— Eh! quand ils ne travailleraient pas, ajouta Bernina, faudrait-il pour cela les renvoyer impitoyablement? ils sont si jeunes !

— Moi, j'espère qu'ils seront laborieux et dociles, reprit Meldorf, et je le souhaite moins pour nous que pour eux-mêmes; car notre part nous

est assurée, si nous faisons cette œuvre de bienfaisance.

Ludger branla la tête et ne répliqua rien; mais
lorsqu'il se trouva seul avec son épouse, il lui reprocha de compromettre leurs intérêts, en exci-
tant Meldorf à se charger des trois orphelins.

— N'est-ce rien, ajouta-t-il, que trois enfans
de plus dans cette maison? et la fortune de Meldorf lui permet-elle de faire de telles charités?
n'est-ce pas ôter à notre fils une portion de son
héritage? Qui nous assure qu'un jour il ne les
adoptera pas tout-à-fait au préjudice de sa propre
famille?

— Eh! mon Dieu, répondit Bernina, pourquoi prévoir de pareilles choses? Mon oncle, naturellement bon et généreux, ne nous a pas re-
tirés de la misère pour nous abandonner ensuite.
Au lieu de regarder avec envie le bien qu'il veut
faire aux autres, méritons une part de la récompense qui l'attend, en y participant de tout notre
pouvoir.

— La récompense est facile à prévoir, répondit Ludger; vous avez là-dessus des idées fort
extravagantes; mais nous verrons bientôt comment ceci finira.

Jusqu'alors les orphelins avaient vécu parfaitement libres au gré de leurs caprices, se levant
à l'heure qu'il leur plaisait, et passant toutes leurs

journées dans des amusemens frivoles; mais dès que Meldorf eut pris la résolution de les élever comme ses propres enfans, il leur déclara qu'il fallait désormais régler leur genre de vie et se livrer au travail.

— Mes bons amis, leur dit-il, le plus grand malheur qui puisse nous arriver dans cette vie, c'est de ne pas nous rendre un compte exact de notre véritable situation. Tant qu'on se trompe là-dessus, on ne saurait se conduire comme il faut, ni bien remplir ses devoirs; car ils ne sont pas les mêmes pour tous les états. Il y a des devoirs pour le pauvre; il y en a pour le riche : il est donc essentiel de se mettre à sa place afin de les pratiquer. Le sort, qui vous avait fait naître dans une heureuse situation, vous a précipités tout d'un coup dans la pire de toutes. Votre fortune, votre rang se sont évanouis; vous voilà seuls au monde, sans biens, sans forces, sans expérience. Toutefois je vous offre un asile et un protecteur; et puisque la main de Dieu vous a conduits entre mes bras, je veux vous regarder comme mes enfans.

— Votre bienfaisance ne trouvera point de cœurs ingrats, répondit Léon; nous sommes pénétrés de vos bontés, et vous éprouverez certainement les effets de notre reconnaissance, lorsque nous aurons enfin le bonheur de retrouver

notre famille. Je viens d'écrire encore à l'un des
amis de notre père.....

— Eh! mes chers enfans, interrompit Meldorf,
les meilleurs amis sur lesquels on puisse compter,
sont la patience et le travail. En attendant des
secours illusoires, votre jeunesse se passe dans
l'oisiveté; vous n'amassez rien pour l'avenir.
Croyez-moi; ne regardez pas derrière vous, mais
jetez plutôt les yeux sur ce que vous êtes aujour-
d'hui, et faites en sorte d'agir d'après cette triste
vue. Réduits à vivre comme nous, partagez nos
travaux; ils n'ont rien de déshonorant, et peuvent se proportionner à votre force. Caroline,
toute jeune qu'elle est, commencera une dentelle sous les yeux de Bernina; Joseph s'exercera
à tisser de la mousseline à côté de Ludger; Léon,
plus grand et plus fort, m'aidera à cultiver les
fruits de la terre.

— Voilà des occupations bien différentes de
celles que nous avions autrefois! s'écria Léon.

— Je le crois, répliqua Meldorf; mais aussi
votre sort n'est plus le même. Je ne puis vous
donner les maîtres que vous aviez alors, et aujourd'hui même ils vous seraient moins utiles que
les travaux que je vous propose.

— Moins utiles! reprit Joseph; vous voulez
rire. N'est-il pas beaucoup plus essentiel de savoir le latin, les mathématiques, l'histoire et les

belles-lettres, que de tisser une pièce de coton ?

—Dans notre vallée, continua Meldorf, toutes ces sciences ne serviraient de rien pour gagner sa vie, au lieu qu'avec un métier....

— Mais nous ne resterons pas toujours dans cette vallée, répliqua Léon ; notre tante fera des efforts pour nous retrouver ; nous redeviendrons riches, et nous ne vivrons pas toujours comme des paysans et des ouvriers.

— Dieu le veuille ! répondit Meldorf ; en attendant, il est bon d'agir comme si vous n'aviez aucune espérance, et surtout de ne point mépriser ces deux états qui valent bien tous les autres, puisqu'on peut y vivre en honnête homme, aussi bien que dans quelque profession que ce soit. J'ai même entendu raconter une petite historiette qui prouve qu'un métier est souvent préférable aux sciences ; la voici :

LE SAVANT ET LE CHARPENTIER.

Un riche bourgeois d'Appenzel avait deux fils, auxquels il fit donner une brillante éducation. L'aîné, doué de la plus rare intelligence, et d'une mémoire extraordinaire, fit de grands progrès dans les hautes sciences. Toujours renfermé dans son cabinet, il ne vivait que pour l'étude ; sa pensée ne pouvait être ailleurs, et il méprisait tous les devoirs de la société qu'il fuyait elle-même, comme une chose importune. Ceux qui étaient en état de l'apprécier estimaient beaucoup son savoir; mais les autres, et c'était le plus grand nombre, ne cessaient de se moquer de lui, et de le trouver l'homme le plus maussade qui fût au monde. Son frère entendit si souvent de semblables discours, qu'il prit dès-lors les sciences en horreur. Il est vrai qu'il y était naturellement peu propre; cependant il aurait sans doute vaincu sa légèreté à cet égard, si l'excès dans lequel donnait son frère ne l'en eût entièrement dégoûté. Bon, aimable, recherchant les plaisirs de la société, il ne pouvait souffrir que son frère vécût pour ne songer qu'à une vaine érudition, aussi étranger aux autres hommes que s'il eût été d'une nature différente.

Comme il fallait prendre un parti quelconque, et que l'oisiveté est pire que tout le reste, ce second fils, nommé Guillaume, demanda à apprendre l'état de charpentier. Toute sa famille se révolta d'abord contre cette proposition; on lui reprocha la bassesse de ses goûts; mais Guillaume persista tellement dans son dessein, que son père fut obligé d'y consentir. On parla beaucoup dans la ville de cette singularité; toutefois, comme Guillaume était aimable, et d'une des premières familles d'Appenzel, cela ne l'empêcha point d'être admis dans la bonne société. Le matin, il

prenait son tablier de cuir, et travaillait dans l'a-
telier de son maître ainsi que le plus pauvre ou-
vrier; et le soir, il se rendait dans les assemblées
vêtu avec une grande recherche ; on ne l'appela
plus par la ville que l'élégant charpentier. Il fit
de tels progrès dans ce métier, qu'il inventa des
plans de construction dignes d'un homme de
génie. Il embellit sa ville natale d'édifices publics,
où l'élégance et la solidité s'unissaient admira-
blement [1]. A Schaffhouse, le Rhin, qui a quatre
cents pieds de large, et s'écoule avec une extrême
rapidité, avait emporté plusieurs ponts de pierre.
Guillaume en construisit un en bois, avec tant
d'art qu'il paraissait plutôt suspendu qu'appuyé
sur la pile qui le supportait. L'homme le moins
pesant le sentait trembler sous ses pieds, et cependant les voitures les plus lourdes le traversaient
sans danger. Enfin, Guillaume fit voir que l'état
le plus obscur peut illustrer l'homme laborieux
et inventif qui sait en tirer parti; mais son frère
le savant, loin de convenir de cette vérité, méprisait Guillaume, qu'il regardait comme un vil
artisan indigne de son mérite.

Au bout de quelques années, un immense héritage à recueillir les appela l'un et l'autre en Asie,

---

[1] Ce pont couvert, qui fut brûlé en 1709, par suite des
malheurs de la guerre, avait effectivement été construit à
Schaffouse par un charpentier d'Appenzel.

3.

dans la ville de Kaboul. Quelque répugnance que le savant eût à se détourner de ses occupations sédentaires, il méprisait trop son frère pour lui confier ses intérêts, ou consentir à se charger des siens. Il crut lui accorder beaucoup en s'embarquant avec lui sur le même vaisseau, et en le reconnaissant publiquement pour son frère. Il emporta de grandes caisses remplies de livres, d'instrumens convenables aux sciences, et Guillaume, ses outils les plus nécessaires. Une heureuse traversée les conduisit en peu de temps au port de Surate, où ils passèrent quelques semaines à se reposer de leur voyage. Le savant se tint renfermé là comme à Appenzel, peu curieux de connaître cette contrée et les mœurs de ceux qui l'habitaient. Guillaume, au contraire, rechercha la compagnie de quelques Européens établis à Surate, qui se firent un plaisir de lui montrer ce qui s'y trouve de curieux; il examina les édifices publics, les objets de commerce, et cette foule de marchands de différentes nations, Chinois, Persans, Arabes et Tartares, qui s'y rendent de toutes parts. Il s'appliquait à comprendre leur langage, et formait une note des mots les plus usités.

En allant à Kaboul, ils traversèrent les belles campagnes de Delhi, de Lahor, de Cachemire, qui ressemblent, dit-on, à un jardin continuel;

mais à quelque distance de là , leur guide les
ayant abandonnés tout à coup avec plusieurs
effets qu'il leur avait dérobés , les deux frères
allèrent s'engager imprudemment dans un vaste
désert de sable qui borde les contrées délicieuses
qu'ils venaient de parcourir. Ils ne tardèrent
point à rencontrer une troupe de Tartares , qui
venaient d'échanger en Perse des pelleteries.
La vue de leurs chameaux , chargés de caisses
de livres , était plus que suffisante pour les tenter; ils prirent les deux frères pour de riches
marchands, s'en emparèrent sans résistance , et
les emmenèrent dans leur pays en qualité d'esclaves. A l'ouverture des caisses , les Tartares ,
fort mécontens de n'y trouver que des livres , au
lieu d'argent, comme ils s'y attendaient , s'en
vengèrent en traitant leurs esclaves avec plus de
rigueur. Le savant fut obligé de renoncer à ses
nobles travaux pour se livrer à une humiliante
servitude. Dépourvu de force et d'adresse , il
était châtié souvent, malgré les secours que lui
prêtait son frère. Au milieu de son désespoir , il
pensa que les Tartares changeraient bientôt leur
dure autorité en un profond respect , si son mérite pouvait leur être connu, et il ne vit d'autre
remède à sa misère que celui de s'expliquer
parfaitement dans leur idiome. Les études qu'il
avait faites lui aplanissant beaucoup de difficul-

tés, il ne tarda point à s'instruire dans la langue tartare. Son frère savait déjà une foule de mots que l'attention et le commerce des hommes lui avaient seuls appris. Il avait su dérober un temps précieux pendant lequel il construisit un modèle de maison, dont la charpente légère se démontait par pièces, et s'emportait facilement sur un cheval; il en fit présent à son maître. Cette invention, si utile pour un peuple nomade, fut reçue avec de vifs transports de joie; on lui accorda aussitôt tous les moyens de l'exécuter en grand, et le prix de son travail fut sa liberté, et un rang honorable, que les Tartares lui offrirent dans leur tribu. Le savant, qui commençait à s'expliquer facilement dans leur langue, indigné des honneurs que recevait son frère pour prix d'un travail qui lui paraissait méprisable, se présenta au milieu de ce peuple, et s'efforça de leur persuader qu'il était infiniment au dessus d'eux et de son frère. A l'entendre, le ciel et la terre n'avaient aucun secret pour lui. Il savait par cœur les histoires de toutes les nations; il connaissait la cause secrète des vents; pourquoi les hommes sont noirs dans quelques pays, et blancs dans les autres; enfin, il semblait avoir assisté au mystère de la création. Les Tartares l'écoutèrent d'abord avec surprise, puis ils lui demandèrent à quoi tout cela pouvait leur être

bon? si leurs jumens en auraient plus de lait , si
leurs pâturages en seraient meilleurs ? Mais lorsqu'il voulut leur expliquer les constellations qu'il
appelait une *ourse*, un *chien*, une *écrevisse*, les
Tartares se moquèrent de lui, ne voyant rien
dans le ciel qui ressemblât à ces animaux. Ils lui
tournèrent le dos comme à un pauvre fou ; et
ce fut tout ce qu'il obtint de son long travail
pour apprendre la langue tartare. Il serait mort
en esclavage sans l'adresse de son frère, qui le
racheta enfin à force d'inventions utiles. Ils quit-
tèrent cette tribu, où le nom de Guillaume fut
long-temps en honneur, et retournèrent dans
leur pays après avoir recueilli l'héritage de leurs
parens. Le savant lui-même fut obligé de convenir qu'il devait à Guillaume sa liberté , et que
toute son érudition lui avait été moins utile que
le rabot de son frère.

CHAPITRE IV.

Les premières leçons.

Cette histoire amusa les orphelins sans les
persuader. Ils avaient vu plus d'une fois le savoir
et l'amabilité réunis dans la même personne, et
M. de Norbert en était un exemple trop cher à

leur souvenir, pour qu'ils pussent en douter. Ils répondirent à Meldorf que tout le monde n'était point destiné à vivre parmi des Tartares, et que peu de charpentiers se distinguaient comme Guillaume. Meldorf en convint ; mais il leur fit observer que le but de cette petite histoire était de prouver qu'un honnête métier, quel qu'il soit, ne saurait avilir celui qui le pratique. Léon et Joseph, ne sachant que devenir, et comblés déjà des bienfaits de Meldorf, n'osèrent lui résister ouvertement. Ils cédèrent à leur malheureuse destinée, sans toutefois perdre l'espoir d'en sortir par le moyen de madame Léonard.

— Nous la retrouverons, dit Léon à son frère ; elle nous remettra à notre place qu'on nous force aujourd'hui de quitter, et personne ne devinera notre humiliation ; personne ne saura à quoi nous sommes réduits dans ces tristes vallées. Quelle honte pour nous si nos amis nous voyaient vêtus en paysans et condamnés à cultiver la terre ou à tisser du coton ! nos valets eux-mêmes croiraient avoir le droit de nous mépriser.

— Toute confusion à part, reprit Joseph, n'est-ce rien que le mortel ennui de rester tout le jour assidu au même travail ? Je me plaignais en France d'avoir trop de leçons à étudier ; mais au moins ces leçons m'offraient de temps en temps des détails variés et curieux; je causais quelquefois avec mes camarades de classe, et nous nous dédommagions, dans les heures de récréation, de l'ennui de nos études. Ici je n'aurai d'autre compagnon que le taciturne Ludger; les larmes m'en viennent aux yeux lorsque j'y pense.... Ah ! si tu m'en croyais, nous chercherions ailleurs un asile plus convenable.

— Où le trouver ? répliqua Léon ; Meldorf n'est-il pas un des habitans les plus aisés de cette commune ?

— Allons dans une ville, continua Joseph ; nous ne pouvons manquer d'y trouver quelque personne riche qui se fasse un devoir de nous accueillir. Les histoires sont remplies d'illustres orphelins qu'on adopte, et dont la carrière finit toujours par être extrêmement brillante.

— Il serait dangereux de s'assurer trop sur de pareils exemples, reprit Léon ; on ne met dans les livres que l'histoire de ceux qui réussissent, et on oublie le nombre, beaucoup plus grand, des orphelins qui périssent misérablement. Nous ne sommes point seuls, notre sœur a besoin de repos et d'assistance ; souffrons plutôt que de l'exposer inconsidérément.

Dès le lendemain matin, Meldorf pressa le lever de ses hôtes.

— Le sommeil n'est plus un repos lorsqu'on

s'y livre avec excès, leur dit il ; il faut prendre de bonne heure l'habitude de la vigilance. Vous serez dédommagés de cette petite privation par le spectacle d'une belle matinée. Venez voir le soleil levant qui dore la pointe des montagnes et qui fait briller de mille couleurs leur riche manteau de neige. Il y a des beautés dans nos Alpes dont on ne peut jouir que le matin. Les petits oiseaux forment ensemble des concerts délicieux ; les pâtres, en jouant de la cornemuse, pressent vers les pâturages élevés les pas tardifs de leurs troupeaux. Dans une heure il n'y aura plus de rosée.

Léon et Joseph, d'abord un peu chagrins de quitter leur lit, se levèrent avec empressement pour jouir, par leurs propres yeux, de la peinture qu'on venait de leur faire. Caroline dormait profondément ; Léon demanda en grâce qu'on ne l'éveillât point, et il sortit avec Meldorf et son frère. La matinée était charmante. Le sol de la vallée, couvert de fleurs et de verdure, s'abaissait doucement vers le centre pour former le lit de la Kander, qui roulait ses eaux écumeuses entre des aunes et des peupliers. Sur les deux rives du torrent, s'étendaient de vertes prairies, et au dessus de ces prairies des champs et des vignobles s'élevaient jusqu'aux rochers stériles. Tout le paysage paraissait entrecoupé de bois, et des montagnes couvertes de neige le couronnaient à une grande hauteur.

Meldorf, en se promenant avec les deux frères, surveillait les travaux de ses serviteurs. L'un formait des rigoles au milieu de la prairie, l'autre labourait un champ pour l'ensemencer, d'autres nettoyaient les étables. Ludger cultivait le jardin ; Bernina, aidée d'une servante, rangeait le ménage et battait le beurre dans une baratte.

— Vous voyez, leur dit Meldorf, que tout le monde est déjà occupé, quoiqu'il soit encore de grand matin ; voudriez-vous être les seuls à ne rien faire, sous le frivole prétexte que ces travaux ne sont pas dignes de vous ?

— Nous voici prêts à vous obéir, répondit Léon en soupirant ; dites-nous seulement ce qu'il faut faire.

— Fort bien, mes amis, reprit Meldorf ; je suis content de votre docilité. C'est moins pour mon avantage que pour le vôtre que je vous sollicite au travail ; mais avant tout, il faut invoquer les secours de Dieu ; car, sans lui, que pourrions-nous ? Il me semble que vous négligez un peu ce devoir si saint et si consolant. Avouez-moi la vérité : priez-vous Dieu soir et matin ?

— Nous l'oublions quelquefois, répondit Léon ; depuis la mort de notre père, notre esprit a été tellement troublé par le chagrin....

—C'est-à-dire, interrompit Meldorf, que vous avez négligé le remède au moment même qu'il vous était le plus nécessaire. Que fussiez-vous devenus si Dieu vous avait délaissés comme vous le délaissez vous-mêmes ?

—Hélas ! il ne s'occupe guère de nous, reprit Joseph. En nous ôtant notre bon père, en nous privant d'une tante qui est devenue notre unique ressource, en nous réduisant pour ainsi dire à la mendicité, n'est-ce pas assez nous abandonner à notre malheur ?

—Vous seriez donc bien surpris, continua Meldorf, si je vous forçais de convenir que vous n'eûtes jamais plus de grâces à lui rendre ? cependant rien n'est plus vrai. A travers vos infortunes, je vois une foule de miracles qui attestent la main de Dieu. N'en est-ce pas un que votre fuite du château ? n'est-ce pas Dieu qui a amolli en votre faveur l'âme criminelle de ce Rodolphe ? Avec plus d'expérience vous apprendrez combien une pareille conversion est rare et difficile ; plus on a vieilli dans le crime, plus on a de peine à briser ses liens. Est-ce votre courage qui vous a fait résister à la rigueur des frimas ? Sont-ce vos lumières qui vous ont garantis des précipices cachés sous la neige ? Souvenez-vous que l'homme n'est rien sans le secours de Dieu. Dès que l'*Eternel retire son souffle, la créature défaille et retourne en poussière.* Bénissez Dieu de ce que vous n'êtes point morts de froid ou de fatigue, de ce que vous n'êtes point engloutis au fond d'un abîme, de ce qu'il vous a fait rencontrer des cœurs bien disposés. Bénissez-le surtout de vous avoir arrachés des mains de ces brigands qui vous auraient rendus aussi pervers qu'eux-mêmes, et dites-lui, le cœur pénétré d'une vive reconnaissance : « Seigneur ! » notre père est mort pour nous préserver du » vice; accordez-nous de répondre constamment » à ses généreuses intentions ! »

Les orphelins attendris se jetèrent à genoux, et demandèrent pardon à Dieu de leur ingratitude. Meldorf les aimait davantage à mesure qu'il les trouvait dociles à ses leçons. Il s'inquiétait peu de quelques défauts dont la source n'avait rien d'alarmant, et il espérait tout, au contraire, de la bonté de leur cœur. Lorsqu'ils eurent achevé leur prière, il leur répéta encore que ce Dieu qu'ils venaient d'invoquer était le seul qui pût les protéger constamment.

—Les hommes, ajouta-t-il, ne sauraient offrir qu'un appui faible comme eux. La légèreté des uns, l'impuissance des autres les font manquer au besoin. La mort met quelquefois un terme aux meilleures intentions ; mais Dieu, qui est le maître de la mort même, ne change jamais, et

sa puissance ne connaît point de bornes. De
faibles et abandonnés que vous voilà, il peut
vous rendre tout à coup riches et heureux. Toutefois, qu'il vous suffise d'être sages. La sagesse
est le seul trésor qu'il nous soit permis de demander. Nos voies ne sont pas les voies du Seigneur! Conformez-vous donc à sa volonté, et
laissez agir sa bonne Providence.

Les valets et les maîtres se réunirent à l'heure
du déjeuner pour prendre ensemble leur repas;
tout le monde s'assit à la même table. Léon et
Joseph (Caroline était encore au lit) se retirèrent
à part sous les châtaigniers, ayant le sot orgueil
de ne vouloir pas se mettre à table avec les valets. Meldorf ne faisait aucune attention à cette
petitesse, et s'imaginait simplement qu'ils trouvaient plus de plaisir à déjeuner tête à tête sous
un riant ombrage; mais Ludger ne laissa point
échapper l'occasion d'en faire malignement la
remarque.

— Ce sont des enfans, répondit Meldorf, ils
ne sauraient être sans défauts; le temps les cor-
rigera de celui-ci; mais je ne vois point Caroline; dormirait-elle encore?

— Eveillée depuis une heure, répliqua Bernina, elle n'a pu trouver encore le courage de
se lever, quoique je l'en aie pressée plusieurs
fois: elle joue avec Erni.

— Il faut prendre garde de lui laisser contracter une si mauvaise habitude, reprit Meldorf. Je consens qu'on la laisse dormir pour ne point chagriner ses frères ; mais ne souffrez point que la paresse devienne chez elle un besoin.

Meldorf alla lui-même au lit de Caroline ; il la gronda doucement de perdre ainsi un temps précieux, pendant que tous les habitans de la chaumière s'occupaient utilement dès le matin. Il lui demanda si, parmi tant d'exemples à suivre, elle n'avait point de honte de choisir celui du petit enfant de Bernina. Caroline baissa les yeux, et se mit en devoir de s'habiller. Chacun était déjà retourné au travail. Joseph alla prendre, sous les yeux de Ludger, sa première leçon de tisserand ; Léon suivit Meldorf dans une pépinière où il élevait de jeunes arbres fruitiers, et le vieillard lui disait en lui montrant les différentes manières de greffer :

— Les jeunes arbres sont comme les enfans des hommes ; abandonnés à eux-mêmes, ils ne produisent que des fruits âcres ou inutiles. Ils ont besoin qu'un sujet déjà formé leur communique une vertu qui adoucisse leur séve. Parmi ces arbres que j'ai tous cultivés, les uns sont greffés et donnent des fruits ; les autres sont encore sauvages : beaucoup paraissent faibles et languissans, mais tous m'intéressent, parce qu'ils sont l'ouvrage de mes mains. Je suis à leur égard comme Dieu envers les hommes. Qu'ils soient petits ou grands, qu'ils soient riches ou pauvres, il les reconnaît pour ses enfans, et s'occupe de les sauver tous. C'est en vain que l'orgueilleux voudrait mépriser quelques uns de ses frères; ils n'en sont pas moins appelés comme lui à mériter une place dans le royaume de Dieu. Ceci me rappelle un trait d'un roi de France, qu'on m'a raconté pendant que je faisais la guerre. Ce roi, dont j'ai oublié le nom, avait un fils très-jeune, que son orgueil rendait déjà insupportable à tout le monde; il l'appela un jour, et lui montrant de la cire préparée:

— On vante votre adresse, lui dit-il, à tous les ouvrages qui demandent de la délicatesse et de la patience. Emportez cette cire, et faites-moi de petites statues qui représentent les diverses classes des hommes, depuis le monarque jusqu'au mendiant; je serai flatté d'avoir une telle collection de votre main.

Le prince obéit, et quelque temps après il apporta au roi de petites figures parfaitement travaillées; les unes vêtues de pourpre avec la couronne en tête, les autres armées de toutes pièces, comme les guerriers, d'autres avec l'habit de paysan ou le tablier de manœuvre, ou les haillons de la misère. Le roi donna de justes éloges à la délicatesse de l'exécution , à la vérité des détails.

— A présent, dit-il au prince , dites-moi laquelle de ces statues vous estimez davantage ?

— Sire , répondit le prince , je les ai façonnées avec une égale attention, parce qu'elles vous étaient toutes destinées ; aucune ne me paraît préférable à l'autre.

— Quoi ! reprit le sage monarque, vous ne prisez pas plus cette figure couronnée que celle-ci qui ne porte que des lambeaux ?

— Votre majesté veut se divertir , continua le jeune prince ; elle voit bien comme moi qu'une même cire m'ayant servi pour ces deux figures, je ne dois pas faire entre elles de différence.

— Dites-moi à présent , répliqua le roi , de quelle manière Dieu a créé le premier homme , et si les fils d'Adam sont plus que leur père ?

— Non., sans doute, répliqua le jeune prince; ce premier homme ayant été formé avec de l'argile, nous devons nous considérer comme en étant aussi.

—Puisque vous savez toutes ces choses, ajouta le roi, pourquoi méprisez-vous vos frères, dans quelque classe qu'ils se trouvent ? Dieu ne doit-il pas considérer le genre humain du même œil que vous regardez ces figures de cire ? et des décorations plus ou moins brillantes changent-elles en rien la matière dont il nous a formés ? Apprenez que ceux qui se placent le plus haut dans ce monde périssable, se trouveront assis au dernier rang dans le monde éternel, et que le pauvre vertueux sera beaucoup plus au dessus d'un mauvais roi, que le mauvais roi n'est à présent au dessus du pauvre.

Léon rougit ; il sentit que cette leçon lui était applicable. — Je conviens, répondit-il à Meldorf, que le jeune prince avait grand tort de mépriser ses frères ; mais le roi lui-même ne gardait-il pas la majesté de son rang ? On ne voit guère de princes vivre familièrement avec leurs serviteurs ; et mon père, qui était le meilleur des maîtres, ne se mettait point à table avec les siens.

—Votre père suivait en cela des usages établis avant qu'il fût au monde, repartit Meldorf, et il ne le faisait pas sans doute par fierté; mais celui qui, sans nécessité, affecte de se distinguer des autres, est un être vain et orgueilleux.

CHAPITRE V.

Les orphelins quittent la chaumière.

MELDORF n'était pas assez instruit pour triompher entièrement des défauts de ses élèves, naturéllement portés à se croire plus savans que lui. Il réussit cependant à leur inspirer de la confiance en Dieu. Très-religieux lui même, il persuadait facilement en parlant de l'excellence de la piété. Personne ne suivait plus régulièrement les saintes asssemblées, et n'observait avec plus de dévotion les jeûnes publics et particuliers. Il savait par cœur tous les psaumes et cantiques, toutes les prières liturgiques, tous les proverbes de Salomon. Le repos du dimanche était gardé chez lui aussi scrupuleusement que chez les juifs le jour du sabbat. Au sortir du temple, il se renfermait dans sa maison avec sa famille et ses domestiques, et passait le reste du jour à chanter des psaumes, à faire des lectures pieuses. Les commandemens de Dieu, écrits en grosses lettres sur des tableaux de carton, se trouvaient suspendus dans plusieurs endroits de sa chaumière, afin, disait-il, qu'on les eût toujours devant les yeux, et pour se conformer à cette ordonnance de Moïse :

«Tu les écriras sur les poteaux de ta maison » et sur tes portes. »

On peut dire qu'il portait un peu à l'excès de si louables occupations, et qu'il s'asservissait trop aux pratiques de la piété ; mais l'ennui que ces pratiques inspiraient quelquefois aux habitans de la maison, n'affaiblissait ni le respect ni l'amour

qui lui étaient dus, parce qu'il agissait plutôt
par ignorance que par hypocrisie, et que ces
devoirs minutieux ne lui faisaient négliger aucune véritable vertu.

Léon, naturellement laborieux, s'acquittait
assez bien des travaux qui lui étaient confiés,
quoiqu'il n'y prît aucun goût, et que son amour-
propre les lui représentât toujours sous un aspect humiliant. Vainement une année entière
venait de s'écouler depuis leur arrivée chez Meldorf, sans leur apporter aucune lumière sur le
sort de madame Léonard ; l'espoir de la retrouver
n'en vivait pas moins dans le cœur de Léon, qui
se consolait par lui de sa disgrâce. Joseph avait
beaucoup moins de résignation ; il était repris
souvent par Meldorf, au sujet de son étourderie,
de son peu de constance. Il faisait négligemment son ouvrage, et Ludger en avertissait secrètement son oncle ; mais le traître tenait avec
son élève un tout autre langage. Il le plaignait
de se trouver réduit à un pareil métier. Il excitait sans cesse son désir de changer d'état. Il
déplorait adroitement le sort qui les tenait ensevelis dans cette vallée, où leur tante ne les découvrirait peut-être jamais. En laissant échapper ces fausses marques d'intérêt, Ludger priait
Joseph de les cacher à Meldorf. Son but était
de dégoûter les orphelins du séjour de la chau-

mière, et de les déterminer à l'abandonner.
Leur présence alarmait l'intéressé Ludger, qui
ne pouvait voir sans jalousie le bien que leur
faisait son oncle.

De son côté, Bernina n'était point satisfaite de
Caroline; cette enfant, accoutumée à ne suivre
que ses fantaisies, ne pouvait se réduire au travail qu'on exigeait d'elle, ni à vaincre son indolence; elle ne prenait qu'en pleurant son métier
à dentelle, et passait les trois quarts de son
temps à démêler ses fuseaux. D'ailleurs, le ton
criard et commun de Bernina lui déplaisait singulièrement; elle écoutait avec mépris les discours diffus et peu fleuris de la pauvre paysanne,
qui, n'ayant pu toucher son cœur, ne pouvait
rien sur son esprit. Bernina, sans être méchante,
s'emportait facilement; elle avait imposé plusieurs pénitences à Caroline sans qu'elles pro-
duisissent aucun effet; ennuyée de soins et de
sermons inutiles, elle s'impatienta un jour jusqu'à lui donner un soufflet. Meldorf présidait ce
jour-là le conseil de la commune; Ludger se
trouvait à la foire à Moullinen; Léon et Joseph
attachaient de la vigne à peu de distance de la
maison, en s'entretenant de leurs malheurs. Joseph racontait à son frère que Ludger ne cessait
de lui répéter qu'ils ne retrouveraient jamais
madame Léonard s'ils n'abandonnaient cette

vallée, et il l'exhortait vivement à prendre ce parti. Léon résistait par affection pour Meldorf, dont la tendresse ne s'était point ralentie. Il ne pouvait lui entrer dans l'esprit qu'il fût possible de s'engager ainsi imprudemment dans une route sans posséder une obole. Ils raisonnaient de cette manière, quand leur sœur s'approcha d'eux tout éplorée, et leur montrant sa joue encore rouge, se plaignit amèrement de l'insulte qu'elle venait de recevoir. Au chagrin de voir pleurer Caroline se joignit dans le cœur de Léon un vif ressentiment. Joseph, voyant la colère briller dans ses yeux, profita de cette disposition pour lui demander s'il pouvait hésiter encore à suivre le projet qu'il venait de lui proposer.

— Non ! s'écria Léon ; dussions-nous être rebutés partout, je ne veux plus exposer ma sœur à la brutalité d'une misérable villageoise ; elle n'outragera pas deux fois la fille de M. de Norbert. Cependant, avant de nous retirer, plaignons-nous à Meldorf, dénonçons-lui l'indigne procédé de sa nièce, afin qu'il ne nous accuse pas d'ingratitude ; mais où irons-nous sans guide, sans argent ?

— Consultons Ludger, reprit Joseph ; je le vois qui revient de la foire. Cependant ne disons rien de Bernina, de peur de le mécontenter.

Ils déclarèrent donc à Ludger que, ne pouvant

résister plus long-temps au désir de chercher leur tante, ils voulaient retourner à Lausanne; mais qu'ils étaient arrêtés par la crainte que Meldorf ne s'opposât à leur départ, au lieu de le favoriser comme ils en avaient besoin. Ludger, enchanté de cette ouverture, leur répondit qu'ils se gardassent bien d'en parler à son oncle; qu'il se faisait fort de les conduire lui-même chez un riche négociant de Lausanne qui possédait une terre dans la vallée de Fronttingen, et qui passait pour être tellement généreux, qu'il ne doutait pas de les en voir accueillir avec empressement; mais qu'il fallait se cacher surtout de Meldorf, parce que ce négociant en était haï à cause de la différence de leur religion. Ce mensonge s'établit sans difficulté dans le cœur ingénu des orphelins, et déjà ils souriaient à la plus agréable perspective. Comme ils s'étonnaient cependant que Ludger leur eût caché si long-temps cette heureuse circonstance, le tisserand leur répondit qu'il venait ce jour même d'en apprendre les détails à la foire de Moullinen. Il fut donc convenu que Ludger prétexterait une affaire dans le Gasterthal, pour dérober à Meldorf la part qu'il devait prendre à leur fuite, et qu'ils partiraient tous les quatre de grand matin.

Bernina, un peu honteuse de son emportement, s'attendait à en recevoir des reproches

de la part de Léon ; mais la colère de ce dernier s'était évanouie pour faire place au trouble
que lui inspirait son hardi dessein ; il éprouvait
un secret remords, non seulement d'abandonner
Meldorf, mais encore de l'abandonner furtivement comme un homme dangereux, et sans emporter sa bénédiction. Pendant toute la soirée,
il sentit un si pressant besoin de lui découvrir
la vérité, que la crainte de chagriner son
frère et sa sœur retint seule sa confidence prête
à lui échapper. Meldorf se serait infailliblement
aperçu de son trouble s'il n'eût été lui-même
occupé des affaires qu'il venait de discuter avec
le conseil. Joseph avait l'imagination tellement
remplie d'espérances flatteuses, qu'il ne pouvait
songer à autre chose ; il lui tardait d'être au lendemain pour en voir se réaliser une partie. De
son côté, Caroline jetait sur Bernina des regards
triomphans, par lesquels elle semblait lui dire :
Je ne vous craindrai plus.

Après la lecture, le chant des psaumes et la
prière, chacun se retira dans son lit, où Léon
ne fut pas plus tôt en liberté qu'il se soulagea par
des larmes. Joseph, qui partageait son lit, le
consola, et s'efforça de ranimer son courage par
la peinture des brillantes chimères dont il se re-
paissait lui-même.

— Qu'est devenue, lui disait-il, cette fermeté

que tu estimais si fort, et à laquelle tu voulais accoutumer ton âme?

— Ah! Joseph, il est permis d'en manquer lorsqu'on craint de faire une mauvaise action ; je tremble que Meldorf ne nous taxe d'ingratitude : c'est un vice si odieux ! si humiliant !

—Nous serions coupables en effet, reprit Joseph, si nous perdions le souvenir de ses bontés ; mais ne les as-tu pas, comme moi, gravées au fond de ton cœur, et notre reconnaissance dépend-elle du lieu que nous habitons?

— Non, sans doute, répliqua Léon ; quelque part que la Providence nous conduise, je me souviendrai toujours de Meldorf.

— Avec ces sentimens, que je partage, continua Joseph, on ne peut donc pas être des ingrats.

— Mais l'apparence tournera contre nous. Meldorf ne peut pas lire dans nos cœurs ; il nous jugera d'après notre conduite.

— Eh bien ! c'est lui qui aura tort et non pas nous.

— Ah, Joseph ! que l'idée de passer pour ingrat dans son esprit est affligeante et pénible ! Sans doute l'approbation de Dieu doit être la première chose ; mais celle des hommes est nécessaire aussi : sans elle, on n'est point réputé homme d'honneur.

— Une fois établis chez ce négociant de Lausanne, répondit Joseph, qui nous empêche d'écrire à Meldorf, de l'assurer que nous sommes toujours pénétrés de ses bienfaits? De grâce, mon cher Léon, ne trouble point les charmantes peintures que je me fais de l'avenir. Je ne sais quel pressentiment me flatte, m'entraîne et me persuade que nous allons devenir parfaitement heureux.

Ludger se leva une demi-heure avant le jour, prépara un panier de provisions, et feignit de partir pour la vallée de Gaster. Les deux frères, et Caroline elle-même, fortement occupés de leur fuite, ne dormaient pas. Avertis par Ludger, ils s'habillèrent à la hâte, et sortirent sans bruit de la maison pour aller rejoindre le tisserand qui les attendait. Léon s'éloigna avec une véritable douleur et en répandant de nouvelles larmes.

Au lieu de les mener du côté de Fronttingen, Ludger prit sa route vers l'orient, à travers les vallées de Scharnacthal et de Kienthal, et s'engagea dans les hautes montagnes qui séparent cette dernière de celle de Lauterbroun, en suivant le bord des glaciers.

Les sites extraordinaires qui frappaient leurs regards attirèrent bientôt l'attention des orphelins, et dissipèrent insensiblement la douleur de

Léon. Ils demandaient sans cesse le nom de ces montagnes, des cascades et des vallées qui leur paraissaient les plus dignes d'admiration; mais le fourbe Ludger, qui ne cherchait qu'à les dépayser, leur citait au hasard des noms imaginaires. Vers la moitié du jour, ils s'arrêtèrent pour cueillir des fraises dans un petit bois d'aunes qui couronnait de sa verdure un triste et froid glacier. Les orphelins, prenant plaisir à voir le printemps et l'hiver se donner pour ainsi dire la main, proposèrent à Ludger de manger en ce lieu une partie de leurs provisions, puisqu'aussi bien la nature leur y présentait déjà un mets fort agréable. Ils avaient à peine commencé leur repas, que Caroline, qui s'était levée de grand matin, s'endormit : ses frères suivirent bientôt son exemple. Ludger leur promit de veiller sur eux; mais le traître ne les vit pas plus tôt plongés dans le sommeil qu'il s'éloigna à grands pas, en s'applaudissant de les avoir engagés dans une démarche capable de les rendre odieux à Meldorf.

4.

●●○○●○○○●○○○○●○○●○○●○○●○○●○○○○●○○●○○○●○○○●○○●○○○

CHAPITRE VI.

Quels singuliers personnages rencontrent les orphelins.

Les cris de Caroline, qui appelait Ludger avec effroi, éveillèrent en sursaut Léon et Joseph.

— Nous sommes perdus! s'écria-t-elle en pleurant : Ludger nous a abandonnés!

— Abandonnés! répliqua vivement Joseph; c'est une chose impossible, il ne peut être loin.

— Pourrions-nous croire à tant de perfidie? reprit Léon.

Ils se levèrent, et se mirent à appeler de nouveau Ludger, en regardant de tous côtés. Les échos seuls répondaient à leur voix; la consternation s'empara d'eux.

— Quelle affreuse trahison! s'écria Joseph; voilà donc le but de ses perfides conseils! c'était pour nous abandonner lâchement qu'il nous faisait paraître un si grand zèle!

— Notre malheur vient moins de lui que de nous-mêmes, reprit Léon. Après tant de raisons de compter sur Meldorf, devions-nous avoir moins de confiance en lui qu'en son perfide neveu? Tu vois à présent si j'avais tort de gémir et de craindre.

— Qu'allons-nous devenir ? continua Caroline ; comment sortir de cette campagne déserte ?

— Traître Ludger ! s'écria Joseph en frappant du pied ; que tu as bien fait de te mettre à l'abri de mon ressentiment ! Si j'avais pu soupçonner ton odieux projet, quelle que soit ma jeunesse, j'aurais trouvé le moyen de t'en faire repentir.

— Une colère impuissante et d'inutiles lamentations ne répareront point notre imprudence, reprit Léon. Réfléchissons plutôt à ce qu'il nous convient de faire. Devons-nous retourner chez Méldorf, ou tenter ailleurs la fortune ?

— Je sais bien ce que je pense, répondit Joseph ; mais je n'ose plus te donner mon avis, après le malheur dans lequel je t'ai entraîné.

— Et toi, Caroline ?

— Je ferai tout ce qu'on voudra, repliqua-t-elle ; cependant, s'il était possible de trouver la maison de ce négociant....

— J'ai bien peur, mes chers amis, que cette espérance ne soit une invention de Ludger.,... Mais au milieu de tout cela, je découvre que vous seriez fâchés de retourner à Kanderstœg. Je partage à présent votre opinion. Quelque motif qu'on donne à notre fuite, elle ne peut manquer d'irriter contre nous le respectable Meldorf. Ne

pouvant nous justifier qu'on dénonçant la conduite de Ludger, il vaut mieux nous sacrifier
que de le perdre, et porter ainsi la désunion
dans la famille de notre bienfaiteur. Renonçons
donc à cet asile, que nous regretterons peut-
être plus d'une fois, et demandons à Dieu qu'il
nous pardonne et nous conduise.

Ce sage raisonnement fut applaudi. Ils firent
ensemble une courte prière, et suivirent au hasard le sentier qui leur parut le plus facile. L'a-
bondance de leurs provisions, en augmentant
leur fatigue, leur ôtait au moins la crainte de
manquer de nourriture avant la rencontre de
quelque habitation. Le chemin qu'ils avaient
pris les conduisit, avant la fin du jour, à un
signal ¹ fort élevé, d'où ils purent voir le soleil
descendre majestueusement derrière les montagnes de l'ouest. Assis tous trois sur la crête d'un
rocher, et fidèles à l'éducation religieuse de
Meldorf, ils chantèrent, à la vue des flots de
lumière qui se pressaient autour du soleil cou-
chant, ce psaume si noblement traduit par
J.-B. Rousseau :

¹ Un signal est une petite cabane où l'on met du bois pour
allumer, en cas d'événement, un feu qui serve à la commu-
nication des cantons. Ils sont toujours placés sur de hautes
montagnes.

Les cieux instruisent la terre
A révérer leur auteur.
Tout ce que leur globe enserre
Célèbre un Dieu créateur.
Quel plus sublime cantique
Que ce concert magnifique
De tous leurs célestes corps ?
Quelle grandeur infinie !
Quelle divine harmonie
Résulte de leurs accords !

De sa puissance immortelle
Tout parle, tout nous instruit.
Le jour au jour la révèle,
La nuit l'annonce à la nuit.
Ce grand et superbe ouvrage
N'est point pour l'homme un langage
Obscur et mystérieux :
Son admirable structure
Est la voix de la nature,
Qui se fait entendre aux yeux.

Dans une éclatante voûte
Il a placé de ses mains
Ce soleil, qui dans sa route,
Eclaire tous les humains.
Environné de lumière,
Cet astre ouvre sa carrière
Comme un époux glorieux
Qui, dès l'aube matinale,
De sa conche nuptiale
Sort brillant et radieux.

L'univers, à sa présence,
Semble sortir du néant.
Il prend sa course, il s'avance
Comme un superbe géant.
Bientôt sa marche féconde
Embrasse le tour du monde
Dans le cercle qu'il décrit;
Et par sa chaleur puissante,
La nature languissante
Se ranime et se nourrit.

Oh ! que tes œuvres sont belles !
Grand Dieu, quels sont tes bienfaits !
Que ceux qui te sont fidèles
Sous ton joug trouvent d'attraits !
Ta crainte inspire la joie :
Elle assure notre voie :
Elle nous rend triomphans :
Elle éclaire la jeunesse,
Et fait briller la sagesse
Dans les plus faibles enfans.

Soutiens ma foi chancelante,
Dieu puissant; inspire-moi
Cette crainte vigilante
Qui fait pratiquer ta loi.
Loi sainte, loi désirable,
Ta richesse est préférable
A la richesse de l'or;
Et ta douceur est pareille
Au miel dont la jeune abeille
Compose son cher trésor.

Mais sans tes clartés sacrées,
Qui peut connaître, Seigneur,
Les faiblesses égarées
Dans les replis de son cœur?
Prête-moi tes feux propices;
Viens m'aider à fuir les vices
Qui s'attachent à mes pas :
Viens consumer par ta flamme
Ceux que je vois dans mon âme,
Et ceux que je n'y vois pas.

Si de leur triste esclavage
Tu viens dégager mes sens,
Si tu détruis leur ouvrage,
Mes jours seront innocens :
J'irai puiser sur ta trace,
Dans les sources de ta grâce;
Et de ses eaux abreuvé,
Ma gloire fera connaître
Que le Dieu qui m'a fait naître,
Est le Dieu qui m'a sauvé [1].

Les orphelins passèrent la nuit dans le signal
et reprirent le lendemain leur course aventu-
reuse, impatiens de rencontrer enfin un pays

___

[1] Je ne voulais d'abord qu'indiquer les premiers vers de ce
beau morceau de poésie, mon goût m'a entraîné à le transcrire
entièrement. Pourquoi le retrancherais-je? Où trouver des leçons plus belles et plus dignement exprimées? La jeunesse,
pour qui cet ouvrage est fait, ne peut-elle profiter de l'occasion
pour orner sa mémoire d'un chef-d'œuvre si propre à nourrir

habité ; car depuis le jour précédent, ils n'a-
vaient aperçu aucune maison. Après avoir cô-
toyé de longs glaciers, traversé une forêt de
sapins et des pâturages alpestres, ils entendirent dans l'éloignement l'aboiement de quelques
chiens qui leur annonça un village. Joseph, qui
s'était détourné un peu de la route pour tâcher
de le découvrir, crut entrevoir un nid dans un
buisson. Il écarte doucement les branches ; une
bourse tombe à ses pieds, se délie, et laisse
échapper des pièces d'or. Joseph pousse un cri
de joie, et se hâte d'appeler Léon et Caroline.

De l'or ! de l'or ! s'écrièrent-ils tous trois avec
des transports que leur détresse rendait bien
excusables. Avec cela, nous n'avons plus d'hu-
miliations à craindre, et notre voyage se fera
sans difficultés.

Ils s'assirent au pied du buisson ; Caroline
vida la bourse sur ses genoux, et ils trouvèrent
qu'elle contenait 300 fr.

— Il me semble, reprit Joseph d'un air triomphant, que c'était le meilleur protecteur que

---

la vraie piété ; et les livres classiques auraient-ils seuls le pri-
vilége de s'enrichir de pareils présens ? Je pense, au contraire,
qu'il est convenable de citer de temps à autre, et selon l'occasion, les œuvres des grands maîtres ; dans les livres d'éducation, quelque frivoles qu'ils soient d'ailleurs, afin de familia-
riser la jeunesse avec ce qui est noble et beau.

De l'or! de l'or! s'écrièrent-ils tous trois.

nous pussions rencontrer ; mais d'où vient que tu parais rêveur, Léon? Ta joie s'est bientôt évanouie. Je gage que quelque importun scrupule.....

— Il est vrai, répondit Léon, je n'ose plus me livrer au plaisir que j'ai ressenti d'abord ; je crains que ce trésor ne nous soit pas légitimement acquis ; cette bourse appartenait à quelqu'un qui l'a sans doute perdue ; nous est-il permis de profiter de l'infortune d'autrui ?

— Si nous en connaissions le propriétaire, il serait juste de lui restituer son argent, répliqua Joseph ; mais puisque notre ignorance là-dessus est parfaite, pourquoi laisserions-nous cette bourse dans ce buisson où elle ne profite à personne ?

— Nous sommes assez malheureux pour la regarder comme un don que le ciel nous envoie dans notre misère, ajouta Caroline.

— Mes chers amis, reprit Léon, qu'on est malheureux à notre âge de manquer de guides et de conseils ! on est toujours inquiet de mal agir. Si vous m'en croyez, nous poursuivrons notre route, et nous ne disposerons point de cet argent, avant d'avoir consulté quelque personne sage.

— Quelque personne sage ! s'écria Joseph ; il s'en trouvera peut-être qui nous paraîtront

telles, et que l'envie d'avoir notre bourse portera à nous tromper.

—J'admire l'effet de l'or, continua Léon; te
voilà déjà comme le savetier de La Fontaine.

> Du moment qu'il obtint ce qui cause nos peines [1],
>   Le sommeil quitta son logis;
>   Il eut pour hôtes les soucis,
>   Les soupçons, les alarmes vaines.

—Cite tant que tu voudras, reprit Joseph en
souriant, tu ne m'empêcheras pas de regarder cet
argent comme une chose infiniment précieuse
pour nous.

—Tu as raison, mon frère, et je ne souhaite
rien tant que de pouvoir le conserver sans reproche.

—Chut! reprit Caroline; j'aperçois quelqu'un.
Ils virent en effet, à cinquante pas d'eux, un
vieillard singulièrement vêtu, assis à une porte
pratiquée dans le rocher même. Il portait une
longue robe de laine noire, assez semblable à
celle des docteurs, avec un large chapeau dont
les bords rabattus lui abritaient entièrement le
visage. Sa barbe blanche et touffue descendait
en ondes sur sa poitrine, et lui donnait un air si
vénérable, que les orphelins se sentirent pénétrés
de respect en l'apercevant.

[1] De l'or. — Le Savetier et le Financier (fable.)

— Certainement, dit Léon, c'est Dieu qui nous a conduits ici; dans le besoin que nous avons de conseils, où espérer d'en trouver de plus salutaires qu'auprès de ce personnage dont l'âge et la vie retirée sont si propres à inspirer de la confiance?

En s'approchant de lui ils virent qu'il tenait sur ses genoux un gros volume in-folio, dans lequel il paraissait lire si attentivement que les orphelins arrivèrent tout près de lui sans qu'il eût détourné les yeux. Léon prit la parole et lui dit :

— Bon vieillard, vous voyez devant vous de malheureux orphelins sans asile et sans protecteur...

— Qu'est-ce à dire? s'écria le vieillard avec plus de vivacité que son grand âge ne permettait de l'espérer; que me veulent ces petits vagabonds? je n'assiste point les mendians de votre âge.

— Nous ne sommes ni des mendians ni des vagabonds, répondit Léon avec beaucoup de fierté, et cette bourse peut vous en convaincre encore mieux que nos paroles.

Les orphelins, indignés de la dure apostrophe du vieillard, allaient se retirer, quand celui-ci les arrêta.

— Je ne souffrirai point que vous me quittiez ainsi, mes chers enfans, leur dit-il, je n'y vois pas bien clair, et vos paroles m'ont jeté dans l'erreur. Il y a tant de petits misérables qui ne cher-

chent qu'à abuser de la bonté des gens de bien,
que vous devez excuser ma méprise. Mais aussi
c'est votre faute ; comment, avec une bourse si
bien garnie, pouvez-vous dire que vous êtes sans
asile et sans protecteur? Ignorez-vous que l'argent procure aisément toutes ces choses?

— L'argent ne fait point acheter de bons conseils, repartit Léon, et votre expérience devrait
vous avoir appris qu'ils sont plus nécessaires à
des enfans de notre âge qu'une bourse pleine d'or.

— Ah! quel ravissement de vous entendre
parler ainsi! s'écria le vieillard; pendant que la
jeunesse folle et insensée fuit presque partout la
morale, en voici trois qui la recherchent comme
un souverain bien! Mes enfans, gardez-vous
d'aller perdre, dans un monde corrompu, de si
belles semences de sagesse, restez auprès de moi.
Je m'appelle le philosophe Buccoris; je me suis
retiré dans ce lieu solitaire avec un de mes amis,
pour y étudier plus librement les secrets de la
nature. Je connais les vertus d'une infinité de
plantes, par le moyen desquelles je guéris les infirmités des hommes; et pendant le grand nombre d'années que j'ai vécu, j'ai découvert des
choses extraordinaires. Je devrais vivre dans l'a-
bondance; mais l'ingratitude du siècle m'oblige
de recourir à mon industrie pour en retirer un
modeste bénéfice, et je compose des remèdes

que mon ami Sylvanor va vendre dans les villages voisins ; mais je ne pense pas que vous devez avoir besoin de vous reposer et de prendre un peu de nourriture.

A mesure que le philosophe parlait, les orphelins étaient frappés de la vivacité de ses regards, et de je ne sais quelle expression singulière qui animait toute sa physionomie. Bien qu'ils conservassent encore un peu de ressentiment, et qu'ils eussent perdu l'envie de le consulter, ils se rendirent à son invitation à cause de Caroline, qui se trouvait fatiguée, et dans l'espérance qu'il leur indiquerait sûrement la route. Buccoris se leva, et, prenant une béquille, il marcha tout courbé dans l'intérieur de la grotte où il faisait sa demeure, et où les jeunes aventuriers furent assez surpris de voir une salle régulière taillée dans le roc vif. Deux ouvertures percées en forme de fenêtres l'éclairaient parfaitement. Sur des tablettes rangées autour se trouvaient d'énormes paquets de plantes sèches, classées séparément, et des pots avec des étiquettes, sur lesquelles on lisait en gros caractères :

Onguent universel !

Remède à tous les maux !

Liqueur pour vivre un siècle !

Le triomphe de la médecine !

L'effroi de la mort !

et autres titres pompeux à peu près semblables, qui parurent plus plaisans qu'admirables à nos jeunes orphelins. Buccoris posa sur une petite table, du fromage de brebis, du pain et du lait, dont ses hôtes se régalèrent comme de véritables voyageurs, tout en répondant aux questions du vieillard. Ils ne lui déclarèrent pas toutefois entièrement la vérité, et lui découvrirent seulement qu'ils voulaient se rendre à Lausanne, où ils comptaient retrouver une personne de leur famille ; c'est alors qu'ils reconnurent combien Ludger les avait indignement trompés ; car, au lieu d'avoir suivi le chemin de la vallée de Fronttingen, ils se trouvaient alors à une demi-lieue du lac de Brientz, du côté du bourg de Bœningen. Buccoris continuant de les embarrasser par ses importunes questions, Joseph lui demanda à son tour pourquoi il prenait le titre de philosophe au lieu de celui de médecin, comme il paraissait qu'il l'était.

—C'est que la philosophie embrasse plus d'une science, répondit le vieillard, et que je ne me borne pas à celle de la médecine. Suivez-moi dans mon laboratoire, vous en jugerez bientôt.

Les orphelins, en l'accompagnant, reconnurent que cette demeure était très-vaste et divisée en plusieurs pièces presque toutes bien éclairées et taillées dans le roc. Il y avait une cuisine, une chambre à coucher, une vaste salle, des loges pour mettre des animaux domestiques.

— Qu'il a fallu d'argent et d'ouvriers pour construire une pareille habitation ! s'écria Joseph.

— Un seul homme, et vingt-cinq années de patience ont exécuté tout ce travail, répliqua Buccoris. Les habitans du pays assurent que, dans les siècles passés, un seul ermite l'entreprit et l'acheva [1]. Cela est admirable, sans doute, mais ce que je vais vous montrer ne l'est pas moins.

Et, sans leur laisser le temps de lui répondre, il leur fit voir une douzaine de boîtes garnies d'étiquettes non moins extraordinaires que celles de la pharmacie, et qui toutes annonçaient la connaissance de quelque secret utile.

Lisez, s'écria Buccoris, et admirez jusqu'où peuvent s'étendre les lumières d'un homme qui a beaucoup vécu.

On lisait sur les boîtes :

Secret pour préserver un champ de la grêle.
Secret pour changer le cours d'un torrent.
Secret pour avoir de l'or.
Secret pour paraître toujours jeune.

Les orphelins, en parcourant ces étiquettes,

---

[1] On voit dans les environs de Fribourg un ermitage taillé dans le roc, et construit par un seul homme, qui y a travaillé

étaient tentés de prendre le vieillard pour un fou, lorsqu'ils virent sur une boîte plus petite que les autres :

Les conquêtes d'Astolphe, ou le bon sens des hommes.

— Voilà une singulière étiquette, dit Joseph, qu'est-ce donc que cet Astolphe?

— C'était jadis un très-savant philosophe qui composa cette poudre avec laquelle je guéris toutes sortes de folies.

— J'avais toujours ouï dire, reprit Léon, qu'Astolphe est un des héros du poème de l'Arioste, et qu'ayant rencontré un cheval ailé, il monta dessus pour aller quérir dans la lune le bon sens du chevalier Roland.

— Le poète a pu dire ce qu'il a voulu, répliqua gravement Buccoris; mais pour moi, je tiens de fort bonne source qu'Astolphe était un grand philosophe.

Les cris d'un cochon de lait attirèrent en ce moment l'attention des orphelins et du vieillard.

— Bon, reprit Buccoris, je pense que Sylvanor est arrivé, et qu'il nous apporte des provisions; car ces braves paysans, faute d'argent,

pendant vingt-cinq ans. Il est composé d'une chapelle, d'une salle de vingt pieds de haut, d'un cabinet, d'une cuisine, d'une cave et d'autres appartenances.

nous paient souvent en vivres : allons le recevoir.

Les orphelins trouvèrent dans Sylvanor un vieillard un peu moins courbé que Buccoris, mais vêtu à peu près de la même manière. Outre le cochon de lait, il apportait encore quatre poules vivantes, du pain, des œufs, un jambon et trois bouteilles de vin. Buccoris le prit à l'écart pour lui raconter la venue des orphelins ; et ceux-ci se demandèrent alors entre eux ce qu'ils devaient penser de toutes les extravagances dont Buccoris venait de les rendre témoins.

CHAPITRE VII.

Ce que c'était que les deux philosophes.

La conversation des habitans de la grotte fut bientôt terminée. Sylvanor s'avança les bras ouverts à la rencontre des orphelins, et leur dit qu'il était si charmé de tout ce que Buccoris venait de lui apprendre de leur esprit et de leur sagesse, qu'il voulait regarder ce jour-là comme un vrai jour de fête, et le terminer par un souper digne d'eux. Léon lui répondit, en le remerciant de sa politesse, qu'ils le priaient seulement de leur indiquer la route d'Interlaken, où Buccoris leur avait assuré qu'ils trouveraient des occasions pour Lausanne ; mais Sylvanor répliqua vivement qu'il ne pouvait consentir à se séparer d'eux si promptement , qu'il était juste qu'il pût jouir à son tour de l'honneur de leur compagnie, et qu'ils ne seraient pas si impolis que de lui refuser le reste de la journée. Les orphelins , flattés d'un pareil empressement, cédèrent aux désirs de Sylvanor, qui, aidé de Buccoris, se mit en devoir de préparer le souper. Le cochon de lait fut égorgé malgré ses cris , qui inspiraient une grande pitié à Caroline , et deux poulardes furent immolées avec lui. On alluma un grand feu dans la cuisine, où rien ne rappelait en ce moment la frugalité philosophique. Deux énormes brocs de vin , posés sur une table , servaient à rafraîchir les savans cuisiniers, et ils usèrent si souvent de ce remède, à cause de la grande chaleur du foyer, qu'avant que le cochon fût cuit, ils ne savaient plus ce qu'ils faisaient. A mesure que les cruches se vidaient , une grande métamorphose s'opérait dans la personne des philosophes. Leur corps se redressait, leur voix et leur démarche prenaient de l'assurance. Buccoris n'avait plus besoin de béquille, et Sylvanor voyait parfaitement sans lunettes. Leurs longues manches, retroussées jusqu'à l'épaule, laissaient voir un bras ferme et nerveux. Les orphelins observaient toutes ces choses avec une surprise mêlée d'effroi, lorsque Buccoris, ayant trébuché, se releva sans barbe et sans chapeau, et fit voir à ses hôtes alarmés la figure d'un jeune homme de dix-huit à vingt ans. Sylvanor, l'apercevant en cet état, arracha aussi sa barbe qui le gênait, et, jetant au loin sa longue robe, se mit tout-à-fait à son aise. Il paraissait encore plus jeune que Buccoris. Le cochon, brûlé d'un côté et assez mal cuit de l'autre, fut mis tant bien que mal sur la table. Les orphelins avaient le cœur trop saisi pour manger; mais les philosophes, incapables de s'en apercevoir, continuèrent de faire des folies et de boire avec tant d'excès, qu'ils tombèrent enfin, chacun de son côté, dans une insensibilité parfaite.

— Où sommes-nous? s'écria Joseph, et que signifie ce déguisement?

— Hélas! je suis toute tremblante de frayeur, reprit Caroline; ces misérables ne peuvent se cacher dans de bonnes intentions.

—Oh! non, sans doute, répliqua Léon, et le plus sûr serait de nous échapper pendant leur sommeil; mais où aller? la nuit est obscure, les chemins sont bordés de précipices.

— Ces fourbes ne sont peut-être pas seuls, continua Joseph; il y a sur cette table de quoi nourrir dix personnes.

— Ah! Moldorf! Moldorf! s'écria Léon en soupirant, Dieu nous punit de vous avoir abandonné !

— C'est moi qui en suis la cause, ajouta Caroline en versant des larmes; je mériterais de supporter seule une faute que vous n'avez commise que pour moi.

— Cesse de t'accuser, ma chère enfant, repartit Léon; nous avions tous le cœur porté à cette imprudence, n'augmentons pas nos chagrins par des reproches inutiles. Sans pouvoir deviner ce qui peut engager ces gens-ci à se déguiser de la sorte, j'espère qu'ils ne font point partie d'une bande de voleurs; ils auraient attendu leurs camarades; et ne seraient pas assez imprudens pour se trahir à ce point. Toutefois nous ferons bien de quitter sans bruit cette solitude aux premières lueurs du crépuscule; leur sommeil se prolongera sans doute assez pour nous en laisser le temps. Tâchons seulement de nous tenir éveillés jusqu'au jour.

— Pour moi, reprit Caroline, je vais faire comme on dit que font les grues, je tiendrai quelque chose dans ma main qui m'avertisse par sa chute que le sommeil me gagne.

— Tu peux dormir, nous veillerons pour toi, répliqua Léon.

— Ah! mes chers frères, dormirais-je, moi

qui ai tant de reproches à me faire, tandis que vous lutterez péniblement contre le sommeil? Non, je veux veiller aussi.

Ils tinrent bon pendant quelques heures; mais, au bout de ce temps, leurs yeux appesantis se fermaient malgré eux.

— Que n'avons-nous ici la sultane des *Mille et une nuits!* s'écria Joseph; ses agréables récits nous empêcheraient de succomber au sommeil.

— Tu me donnes une bonne idée, répondit vivement Léon, racontons tour à tour quelque histoire qui oblige au moins le conteur à se tenir éveillé.

— Mais nous connaissons mutuellement toutes nos ressources en ce genre.

— N'importe, inventons plutôt quelque chose de bien extravagant, quelque chose qui tienne notre curiosité en haleine.

— J'en sais une que Bernina m'a apprise, continua Caroline. Je vous avertis que c'est une histoire bien folle, et si peu vraisemblable que, dans toute autre circonstance, je n'oserais pas vous la raconter. Pour moi, je ne l'ai jamais écoutée que les cheveux ne me dressassent sur la tête.

— Eh bien, voilà que je n'ai déjà plus envie de dormir, dit Joseph; raconte-nous cette histoire, ma chère Caroline.

LE PONT DU DIABLE, OU LE NOUVEAU CAÏN.

UN ancien prince de Berne, reprit Caroline, avait deux fils, dont l'aîné se nommait Albert et le plus jeune Ulric. Albert, adoré du peuple, et chéri de son père, méritait de régner par sa grandeur d'âme, par sa clémence, par mille vertus qui promettaient d'en faire un prince accompli. Sa naissance le destinait à la couronne; mais, loin de regarder ce rang comme une faveur, il redoutait en secret les devoirs pénibles de la royauté, et s'en serait volontiers démis en faveur de son frère, s'il n'avait craint d'exposer le bonheur du peuple en le livrant au plus méchant des hommes. Dès sa plus tendre jeunesse, Ulric avait montré des dispositions détestables, et un penchant au crime que rien n'avait pu réprimer. Le prince de Berne étant venu à mourir, on préparait déjà pour Albert la cérémonie du couronnement. Le nouveau roi, se dérobant par piété au tumulte de la cour, passa trois jours entiers dans le caveau des sépultures royales, dont l'entrée n'était permise qu'aux princes du sang. Vers la fin du troisième jour, Ulric, qui n'avait point partagé les pieux regrets de son vertueux frère, parut tout à coup à ses yeux; et, lui montrant d'un air farouche un poignard caché dans son sein :

— Il faut mourir, lui dit-il, ou me céder le trône. Je ne me sens point fait pour t'obéir.

— Grand Dieu! reprit Albert avec un vif saisissement, serait-il possible qu'un dessein si funeste eût pénétré dans votre cœur? Quoi! vous oseriez m'immoler sur la tombe à peine fermée de notre père? sur les froides reliques de nos ancêtres? ne craignez-vous point que le courroux du ciel ne venge une telle impiété?

— Rien ne peut m'alarmer, répondit brusquement Ulric; le ciel et la terre ne m'empêcheront point de t'arracher la vie, et tu dois redouter beaucoup plus la pointe de ce poignard, que je n'ai lieu de craindre une vaine poussière.

— Malheureux, continua Albert, sachez que la mort m'épouvante beaucoup moins que le crime que je vous vois prêt à commettre. Je ferai tout ce qui sera en ma puissance pour vous en détourner; Dieu veuille qu'une couronne, achetée par une telle violence, n'aggrave point encore votre condamnation!

Ulric lui présenta alors un écrit par lequel il déclarait que l'ombre de son père lui était apparue et lui avait ordonné de renoncer au trône. Albert signa, en gémissant, cette sacrilége imposture, et quitta Berne pendant la nuit à la faveur d'un déguisement. Ulric fit publier, au son des clairons et des trompettes, la fausse déclaration d'Albert, et ce ne fut plus parmi le peuple que des regrets et des gémissemens. La consternation générale enflamma de colère le perfide Ulric, en lui découvrant combien son frère remonterait facilement sur le trône, pour peu qu'il reparût ; mais il cacha soigneusement sa rage, et feignit au contraire de partager le deuil et la surprise de tout le monde. Il déclara qu'il allait descendre aussi dans le caveau des sépultures pour y passer trois jours comme son frère ; et cet acte de piété, auquel on ne s'attendait pas ; ranima le courage des honnêtes gens.

Albert s'était embarqué sur l'Aar, et, après avoir traversé heureusement les lacs de Thounen et de Brientz, il poursuivait sa route par la vallée d'Urseren, d'où il comptait passer dans le pays des Grisons.

— Malheureux peuple ! se disait-il à lui-même, tu es plus à plaindre que moi. Je quitte un état pénible et difficile pour jouir d'un repos qui me semble préférable aux honneurs ; mais toi, tu vas gémir sous un prince impie et sanguinaire, car celui qui débute par un crime dans la carrière des rois, ne saurait gouverner avec justice.

Comme il parlait ainsi, il aperçut un homme dont le visage était couvert d'un voile noir, qui le poursuivait un cimeterre à la main. Albert se met à fuir, l'assassin vole sur ses pas ; ils se précipitent tous deux dans l'obscure galerie de l'Unerloch que le chemin traverse. Albert, atteint d'un coup de cimeterre, lutte au milieu des ténèbres contre son assassin. Le voile noir se déchire, et malgré la lueur incertaine de ce passage obscur, Albert reconnaît le visage de son frère. Il se relève ; il s'échappe de nouveau.

— Barbare ! s'écrie-t-il en fuyant ; quelle fureur t'anime contre mes jours?... Que puis-je te céder encore ?....

Vaines plaintes ! efforts stériles ! l'infortuné, percé de coups, arrive sur le pont du Diable, tombe aux pieds de son frère qui lui tranche la tête et le précipite dans l'abîme.... D'infernaux éclats de rire se firent entendre alors autour du fratricide. Il vit au bout du pont une figure épouvantable qui avait la tête ceinte d'une couronne de flammes ardentes, avec un manteau rouge et noir sur ses épaules, et une fourche à trois dents entre les mains.

— Je suis content de toi, Ulric, lui dit cet affreux personnage ; tu viens de te donner à moi, et ce présent m'est fort agréable.

— Qui es-tu? demanda Ulric.

— Je suis le diable, répondit l'ange des ténèbres ; ce pont m'appartient et toi aussi.

— Je ne veux appartenir à personne, répliqua Ulric.

5.

— Il faut bien t'y résoudre de gré ou de force, reprit le diable ; mais pour te faire voir que je suis un maître indulgent, je ne prétends user de mes droits qu'à l'heure de ta mort.

— A la bonne heure, repartit Ulric ; une fois mort, il m'est égal d'appartenir à Dieu ou au diable.

Le diable applaudit bien fort à ces paroles impies, et touchant d'une de ses mains crochues le détestable prince, il lui imprima sur le front la marque des réprouvés.

Ulric, satisfait d'avoir commis un crime qui le tranquillisait pour l'avenir, retourna à Berne, où la cour ne s'était point aperçue de son absence (on le croyait en méditation dans le caveau royal), et tout se préparait pour la fête de son couronnement. Dès le matin de ce grand jour, les troupes en belle tenue se rangèrent sous les armes ; les édifices publics furent pavoisés, les cloches sonnèrent de toutes parts ; un trône magnifique, fermé par des rideaux de velours brodés d'or, s'éleva dans le sein de l'église cathédrale. Ulric sortit de son cabinet, et les premiers qui l'aperçurent pensèrent tomber d'effroi, en voyant comme une espèce de griffe sanglante imprimée sur son front ; mais il inspirait tant de crainte que personne n'osa l'en avertir. La nouvelle de cet affreux prodige se répandit rapidement, et servit à augmenter l'horreur qu'on ressentait déjà pour lui. Les courtisans baissaient la vue en tremblant, de peur de laisser paraître dans leurs regards l'impression que leur causait ce signe. Au moment qu'Ulric s'approchait de l'autel pour être couronné, les rideaux s'ouvrirent d'eux-mêmes, et découvrirent au peuple épouvanté un fantôme couvert d'un voile de pourpre, et assis sur le siége des rois.

— Qu'on arrache de là cet audacieux! s'écria Ulric; et comme personne ne trouvait le courage de s'en approcher, il s'avança lui-même vers le fantôme, qu'il mit à découvert.... Un cri universel s'éleva à l'aspect d'un cadavre dont la tête, emportée par le voile de pourpre, avait roulé au pied du trône. On reconnut le prince Albert, et chacun écouta avec terreur ces mots que prononça la tête décolorée :

— Peuples, le ciel a permis ce miracle pour détourner de vous les plus cruels malheurs. Au lieu de couronner mon assassin, vengez votre roi indignement massacré par un frère, et donnez-moi la sépulture à côté de mes aïeux.

A ces paroles lamentables, une vive indignation passait dans tous les cœurs à la fois; on s'empara de l'odieux Ulric, on le chargea de chaînes. Un jugement solennel le condamna à être brûlé vif, pour avoir ôté la vie à son prince légitime. Une populace furieuse l'accompagna au supplice, l'accablant de malédictions qui faisaient grincer les dents au criminel qu'une rage impuissante consumait déjà. Livré à l'activité des flammes, d'affreux rugissemens, des blasphèmes épouvantables s'échappèrent de sa bouche, tant qu'il eut un souffle de vie. Tout à coup on aperçut quelque chose d'obscur qui planait sur le bûcher, et on distingua bientôt à travers des tourbillons de fumée la figure de Satan, qui s'efforçait d'emporter l'âme du fratricide. De nouveaux tourbillons enveloppèrent les odieux combattans, et trois cris aigus s'étant fait entendre dans les airs, tout disparut; le calme se rétablit, les assistans s'en retournèrent en implorant la miséricorde du Seigneur. On célébra pieusement les funérailles d'Albert; et son plus proche parent, qui était un sage vieillard, prit les rênes du gouvernement.

— Si cette histoire n'est pas vraisemblable, reprit Joseph, il faut convenir qu'elle remplit parfaitement notre but par la terreur qu'elle inspire. Je la crois très-propre à empêcher de dormir. Essayons, à mon tour, de captiver votre attention; je ne sais trop encore ce que je veux dire, mais une idée amenera l'autre.

LES TROIS VOLEURS ET LA JEUNE FILLE.

Un certain jour de dimanche , un bon paysan des environs de Saint-Germain ; non , c'est de la vallée de Montmorenci que je veux dire : j'aime ce pays où je suis né ; un paysan du village de Groslay, par exemple, partit avec toute sa famille pour la fête patronale de Saint-Leu. Quand je dis toute, j'ai tort : il laissa pour gardienne une jeune fille de quatorze ans, nommée Suzanne. Depuis huit jours qu'on s'attendait à cette fête, ce n'était, de la part des enfans de Barthélemi (c'était ainsi que se nommait le villageois), que projets agréables et vœux impatiens. La pauvre Suzanne les écoutait en soupirant. Son père lui avait déclaré que son tour était venu de garder la maison ; et , comme il distribuait le plaisir et le travail avec une égale justice, Suzanne se sentait affligée sans avoir le droit de se plaindre. Son père et ses sœurs lui promirent de lui bien raconter ce qu'ils verraient , et de lui apporter des rubans et des dentelles pour se faire des cornettes. Elle leur souhaita à tous un bon voyage le plus gaîment qu'elle put ; ils montèrent dans une carriole couverte. Barthélemi recommanda à Suzanne d'être prudente et raisonnable ; puis il fit claquer son fouet et suivit à pied la carriole.

Suzanne, demeurée seule, se mit à ranger le ménage, à soigner les poules, à retirer ses habits de son armoire pour leur faire prendre l'air au soleil. C'était un jour de dimanche ; elle ne pouvait travailler, ce qui lui faisait trouver le temps plus long ; car si le travail n'amuse guère, encore occupe-t-il.

— Réflexion digne de l'auteur, interrompit Léon en souriant.

— J'en conviens, répondit Joseph. Quoi qu'il en soit, Suzanne, ne sachant que devenir, demeura quelque temps assise sur la porte, dans l'espérance de voir passer quelqu'un ; et, n'apercevant personne, parce que l'endroit était fort solitaire, elle s'en alla arroser les fleurs de son jardin.

— Ce sont les choux, que tu veux dire, reprit Léon ; une paysanne n'a point de parterre.

— Et pourquoi pas ? répliqua Joseph ; tu me chicanes là sur un rien. Ma Suzanne avait un parterre, puisque tel est mon bon plaisir, et elle s'en alla l'arroser, ainsi que je l'ai dit. Le soleil venait de se coucher, le temps menaçait d'un orage, la famille n'arrivait point. Suzanne, ayant fermé toutes les portes, se mit à préparer de la bouillie dont elle comptait faire son souper. Elle se trouvait assise, en la tournant, vis-à-vis d'un grand coffre où l'on serrait ordi-

nairement le linge de la maison ; mais pour le
moment il était presque vide. Suzanne chantait,
lorsqu'à la lueur d'une flamme claire, elle s'aperçut que le coffre s'entr'ouvrait et se refermait
alternativement. La pauvre fille ne douta point
qu'il n'y eût quelqu'un de caché là ; un frisson
la saisit : cependant elle se garda bien d'inter-
rompre sa chanson, et dissimula sa terreur sous
un air parfaitement tranquille.

— Si je mettais du lait dans ma bouillie ?
dit-elle tout haut : je pense qu'elle en serait
meilleure.

Elle se leva comme pour en aller chercher,
et voyant que la clé était au coffre, elle le ferma
à double tour le plus vivement qu'il lui fut possible. Il contenait effectivement un voleur,
que la prudence de Suzanne venait de prendre
dans ses propres filets. Après d'inutiles efforts
pour rompre la serrure, il cria à Suzanne qu'elle
se repentirait de sa hardiesse ; qu'il attendait
deux de ses camarades, et qu'elle paierait cher
ce moment de triomphe. Chacune de ces menaces faisait frémir la malheureuse enfant. Elle ne
voyait devant elle qu'une mort certaine, soit
qu'elle ouvrît au voleur, soit qu'elle le tînt renfermé. Le plus sûr lui parut de s'échapper pendant qu'elle le pouvait encore, et de courir à la
paroisse demander du secours. Comme elle des-

cendait (car ceci se passait au second étage),
elle entendait gratter doucement à une petite
fenêtre placée auprès de la porte d'entrée ; et un
moment après, cette fenêtre s'ouvrit. Dans son
effroi, Suzanne laissa tomber la clef du coffre,
qu'elle tenait à la main.

— Est-ce toi, Pierre ? demanda-t-on à voix
basse ; la petite est-elle morte ?

— Elle dort de tout son cœur, répondit Suzanne sur le même ton, et en grossissant sa voix.

— Ouvre-nous donc la porte.

— Je n'en puis trouver la clef, répliqua Suzanne.

— Allume de la chandelle.

— Je n'ai point de feu.

— Comment ferons-nous donc pour entrer ?

— Eh ! moi, comment ai-je fait ? demanda
adroitement Suzanne.

— Nous sommes trop gros pour passer par
cette fenêtre. Ce moyen t'a réussi parce que tu
es plus mince que nous ; mais je gage que c'est
par malice que tu refuses de nous ouvrir la porte ;
tu veux garder pour toi tous les écus de cette
maison.

— Non, non, continua Suzanne, cette fenêtre est plus large que vous ne pensez ; gênez-vous
un peu, vous entrerez aussi.

Le moins épais des deux voleurs essaya de

suivre ce conseil; à force de se tourmenter, il passa la tête et une partie des épaules dans l'intérieur de la maison ; et pendant qu'il continuait de s'y glisser entièrement, Suzanne, armée d'une faux, lui abattit la tête.

— Quoi! tout d'un coup ! s'écria Léon ; c'est un exploit digne de Roland ; et pour une fille de quatorze ans, il faut convenir que ta Suzanne avait le poignet vigoureux.

— Finis donc, Léon, reprit Caroline ; tu l'interromps dans l'endroit le plus intéressant.

— Il mériterait que j'en demeurasse là, répliqua Joseph ; mais je vais continuer à cause de Caroline. L'autre voleur, ne sentant plus remuer son camarade, crut qu'il s'étouffait dans cette fenêtre, et fit de grands efforts pour l'en retirer. L'ayant enfin arraché avec beaucoup de peine, et le voyant sans tête, il ne douta point que ce ne fût l'ouvrage de la jeune fille, puisqu'il était certain qu'elle se trouvait seule dans la maison. Il pensa qu'elle avait tué aussi l'autre voleur ; et le désir de la vengeance le portant à tout entreprendre, il se mit à grimper le long du mur pour gagner la fenêtre du premier étage.

Suzanne inquiète, et désirant savoir ce qui se passait dehors, venait de remonter, et d'entrouvrir doucement cette même fenêtre, qui fermait d'ailleurs très-mal. Quel fut son effroi, en voyant que le voleur l'avait presque atteinte, **et** en écoutant les horribles menaces qu'il proférait contre elle ! Il n'y avait pas une minute à perdre; la faux était restée dans la **chambre** basse; Suzanne n'avait plus aucun moyen de défense.... L'intrépide jeune fille court à la cheminée, prend son poëlon plein de la bouillie brûlante, et le verse tout entier sur la tête du voleur, qui tombe en jetant de grands cris. Le voleur enfermé dans le coffre faisait toujours mille efforts pour le briser ; et il n'eût pas manqué d'y réussir à la fin, sans l'arrivée de Barthélemi et de sa famille, qui vinrent mettre un terme aux cruelles angoisses de Suzanne. Le voleur du coffre fut pris et livré à la justice; les autres payèrent de leur vie leur criminelle entreprise, et tout le monde admira comment la force d'âme et le courage d'une enfant avaient triomphé de l'expérience de trois scélérats.

— Ah! pauvre Suzanne ! dit Caroline en respirant, j'ai été bien inquiète pour toi.

— A quelques petites choses près, reprit Léon, Joseph s'est parfaitement tiré de son histoire, et je souhaite sincèrement de faire aussi bien que lui.

Je ne suis pas fâché d'avoir mon tour, répliqua Joseph en riant, je t'invite à te tenir sur tes gardes, car je ne laisserai rien passer.

— Comme tu voudras, continua Léon; mais surtout ne perdons pas de vue notre situation, et laissez-moi regarder s'il fait un peu jour. Je pense que l'orient ne tardera pas à blanchir, ajouta Léon en se rasseyant; j'ai le temps néanmoins de vous raconter mon histoire.

BELZÉBUT, OU LE CHIEN BOITEUX.

Un marchand de Bagdad, qui faisait le commerce de perles, avait essuyé plusieurs pertes considérables; il ne lui restait plus qu'un vaisseau, dont encore il ne recevait point de nouvelles. A la veille de perdre son crédit, il alla trouver un bijoutier qu'il regardait toujours comme son ami; et, lui exposant sa cruelle situation, il le pria instamment de lui prêter une somme assez considérable, avec laquelle il pût dissimuler pendant un temps le délabrement de sa fortune.

— L'arrivée de mon vaisseau peut encore me sauver, ajouta-t-il, et il ne s'agit que de soutenir jusque-là mon crédit à la bourse.

— Je t'arrête là, dit Joseph, tu ne verras nulle part, dans les Mille et une nuits, le mot bourse pris dans l'acception que tu lui donnes ici. Cela se dit en France, mais le mot turc est bezestein, ou bezestan.

—Bezestan soit, continua Léon ; je ne suis pas obligé de savoir le turc ; et je n'ai pas lu si souvent que toi les Mille et une nuits.

Le bijoutier, auquel le marchand s'adressait, lui répliqua froidement qu'il était hors d'état de le secourir ; que son commerce allait aussi fort mal, que les temps étaient durs, que la mer pouvait engloutir son vaisseau, et qu'enfin il eût à chercher de l'aide ailleurs. Le marchand, qui lui avait autrefois rendu de grands services, fut tout-à-fait indigné de son ingratitude ; mais il ne le laissa pas paraître, de peur que ce faux ami n'abusât de sa confidence. Comme il sortait de chez lui, il vit un beau chien noir que des valets traînaient à la rivière. Il demanda ce qu'avait fait ce pauvre animal.

— Il est devenu boiteux, répondit le bijoutier. Je l'ai acheté fort cher, et j'en attendais de grands services, car il a pour la chasse une rare intelligence ; mais son accident détruit mon espérance, et je le fais noyer pour ne point nourrir une bouche inutile.

— Quel dommage ! reprit le marchand ; voyez comme il tourne vers vous des regards supplians ; il demande grâce, ayez pitié de lui.

— Dieu m'en préserve ! répliqua le bijoutier ; il vaut mieux perdre dix pièces d'or que vingt.

— Eh bien, donnez-le-moi, ajouta le marchand ; je m'en charge pour lui conserver la vie. Comment se nomme-t-il ?

— Belzébut.

On détacha le pauvre chien, qui semblait avoir compris cette conversation, tant il parut disposé à suivre son nouveau maître. De retour dans sa maison, le marchand se mit à gémir sur ses malheurs, pendant que Belzébut dormait à ses pieds.

— Vit-on jamais, s'écria-t-il, une plus noire ingratitude ! ce n'est pas sans raison que les poètes ne cessent de décrier notre siècle ; il fourmille de faux amis qui vous accablent de leurs offres inutiles pendant que vous êtes dans l'abondance, et qui n'ont plus que de vaines excuses à donner lorsqu'il s'agit de rendre un service. Où trouverai-je les six mille sequins sans lesquels je suis perdu sans ressource ? De quel front soutiendrai-je la présence des autres marchands ?

L'infortuné se plaignit ainsi une partie de la nuit, jusqu'à ce que le sommeil vînt suspendre ses tristes réflexions.

A son réveil, il trouva sur sa table un petit sac à son adresse, contenant dix mille sequins.

— Rêvé-je ? s'écria le marchand.

Il se frotta les yeux, croyant avoir des vertiges ; mais il eut beau les fermer et les ouvrir plusieurs fois, il aperçut toujours le même objet. Transporté de joie, il se lève à la hâte, impatient de connaître son bienfaiteur; mais, à sa grande surprise, ses esclaves n'avaient vu entrer personne. Le marchand, au milieu de son bonheur, éprouvait une mortification secrète, au sujet de cet argent; il ne cessait d'y réfléchir, et plus il se tourmentait, moins la vérité lui paraissait facile à découvrir. Au bout de quelques jours, il y pensa moins, et l'inquiétude de son vaisseau le reprit.

— Que sera-t-il devenu? répétait-il sans cesse. Aurait-il fait naufrage? Aurait-il été pillé par des corsaires? Hélas! j'aimerais mieux apprendre qu'il a péri, que de vivre comme je fais dans une incertitude continuelle.

Le lendemain matin, il trouva sur son lit le billet suivant :

« Ton vaisseau a été poussé par la tempête » sur les côtes du royaume d'Ophir. Pendant » dix jours, faible jouet des vents et de la mer, » il paraissait condamné à périr misérablement; » mais la mer, devenue plus calme, lui ayant » permis d'entrer dans une rade hospitalière, il » a été radoubé, et s'avance maintenant à pleines » voiles vers le port de Bagdad. »

L'étonnement du marchand fut encore plus grand que sa joie. A qui devait-il ces rassurantes nouvelles ? Il s'informa exactement de tous ceux qui étaient venus chez lui ; aucune lumière ne lui parvint. Trois jours après, son vaisseau arriva ; et le récit du pilote s'accorda parfaitement avec la relation du billet.

— La fortune a beau me sourire, s'écria le marchand, je ne serai point heureux que je ne connaisse mon bienfaiteur.

— Je n'attendais que ce vœu pour te le déclarer, dit Belzébut en prenant la parole. Ne conçois aucune crainte, il n'y a point ici de magie. Tous les animaux parleraient si les hommes se montraient plus dignes de les écouter ; mais leur ingratitude envers nous, leur dureté, leurs vices, nous obligent à garder le silence, de peur d'en être maltraités ; car il faudrait ou les flatter ou les contredire, deux choses que nous redoutons également. Je fais partie d'une nombreuse société d'animaux de toute espèce qui sont naturellement portés à faire du bien. Ta miséricorde envers moi et les bons traitemens que tu me fais éprouver, les ont tellement disposés à te rendre service, qu'ils se sont empressés d'accomplir tes souhaits que je leur ai fait expliquer par une hirondelle de mes amies. Un vieux dauphin, qui connaît parfaitement le fond de la mer dont il a même dressé une carte fort savante pour l'instruction de ceux d'entre nous qui n'y sauraient aller, n'a eu que la peine de choisir entre des millions de bourses que les naufrages y sèment tous les jours. Notre président, qui est un éléphant de la première qualité, a chargé un alcyon de savoir des nouvelles de ton vaisseau, et, sur le rapport qu'il lui a fait, un singe bel-esprit a écrit le billet de sa propre main. Voilà quels sont tes bienfaiteurs. Continue à mériter leurs bonnes grâces, tu trouveras en eux des amis plus fidèles que les hommes.

Le marchand, ravi de ce qu'il venait d'entendre, admira comment sa compassion envers un pauvre animal se trouvait généreusement récompensée. Il raconta cette aventure à quelques personnes, afin de leur inspirer une confusion salutaire, et de les rendre plus pitoyables envers les bêtes, mais toutes se moquèrent de lui et refusèrent de le croire; ce qui fait que depuis ce temps-là....

CHAPITRE VIII.

Les orphelins sont conduits en prison.

LÉON s'interrompit avec effroi en entendant à l'entrée de la caverne une espèce de tumulte qui ne lui présageait rien de bon. Joseph se leva aussi; ils mirent Caroline entre eux deux. Une trentaine de paysans, parmi lesquels se trouvaient des femmes, se répandit dans l'intérieur de la caverne. Les uns étaient armés, les autres portaient des lanternes. Une partie de la troupe s'empara des orphelins, l'autre partie se jeta sur les deux philosophes, qui s'éveillèrent en sursaut, fort étonnés de se trouver ainsi surpris. Plusieurs femmes les accusèrent de leur avoir volé des poules et d'autres denrées, de leur avoir vendu des remèdes dangereux, des secrets imposteurs, de s'être déguisés en vieillards pour mieux surprendre leur bonne foi. Les orphelins, en écoutant ces accusations, commencèrent à deviner que leur aventure n'était qu'une méprise de la part de ces villageois, qui les croyaient complices des philosophes, par la seule raison qu'on les trouvait dans leur demeure. Léon essaya de les désabuser; mais ils répondirent constamment que ce n'était point à eux à décider de leur innocence; que le juge démêlerait tout cela, et qu'en attendant, ils seraient conduits en prison. Joseph réclama en vain le témoignage de Buccoris et de Sylvanor; ces jeunes fripons lui répliquèrent, sans s'émouvoir, qu'on ne mourait pas pour aller en prison, et qu'il fallait goûter de tout dans la vie.

Les crédules habitans de ces contrées sauvages, éblouis par la charlatanerie pompeuse des

promesses des faux philosophes, les avaient accueillis avec une confiance qui augmenta leur
témérité, jusqu'à ce qu'enfin, soupçonnés et surpris, ils découvrirent eux-mêmes leur conduite
frauduleuse. On trouva dans le rocher des preu-
ves nombreuses de leurs rapines ; mais, au lieu
de paraître honteux et affligés, ils se moquaient
des plaintes des orphelins.

Léon surtout ne pouvait se consoler d'une
pareille humiliation. Il enfonça son chapeau sur
ses yeux et ne cessait de soupirer et de prononcer tout bas le nom de Meldorf. Joseph, moins
abattu, se sentait plus irrité des railleries des
deux charlatans, sur lesquels il jetait des regards dont ces derniers ne faisaient que rire. La
pauvre Caroline n'éprouvait que de l'effroi. Ces
hommes armés, cette prison dans laquelle on
les conduisait, lui paraissaient quelque chose de
bien redoutable ; elle se pressait en tremblant
contre son frère Léon. Ils arrivèrent ainsi à Bœningen. Parmi les habitans du bourg que la curiosité rassemblait sur leur passage, se trouvait
une jeune et jolie personne de treize ans, ap-
pelée Noémi. C'était la fille de M. Angelmann,
pasteur de l'église de Bœningen. Les pleurs et
la jeunesse de Caroline la touchèrent si vivement, qu'elle retourna elle-même toute en larmes au presbytère. Le juge du lieu, tout prêt à

partir pour Unterséen, déjeunait avec M. Angelmann, quoiqu'il fût encore de bonne heure.
Noémi leur raconta qu'elle venait de voir, parmi
les malfaiteurs, une charmante petite fille qui
paraissait être l'innocence même.

— Non, ajouta t-elle en sanglottant, on ne
saurait être coupable avec un air si doux et si
modeste, et je ne puis me consoler de la savoir
renfermée dans cette vilaine prison.

— Quel âge peut-elle avoir? demanda le juge.

— Sept à huit ans, répondit Noémi.

— C'est un âge bien tendre, reprit le juge,
et je gage que vous seriez contente de moi, si je
la mettais, jusqu'à mon retour, sous la garde de
votre bonne mère.

— Ah! mon cher monsieur, s'écria Noémi, je
vous en remercierais de tout mon cœur.

— Madame, continua le juge en s'adressant
à l'épouse du pasteur, consentez-vous à ce que
je vous confie le sceptre de la justice?

— Monsieur, répliqua t-elle, je ne refuse jamais de faire une bonne œuvre, et si la chose
est telle que Noémi la rapporte....

— Fort bien, ma chère Séphora, ajouta le
pasteur en souriant; je vois que vous êtes char-
mée des honneurs, et qu'il ne faut guère vous
presser de les recevoir.

Au milieu de ces douces plaisanteries, Noémi

pétillait d'impatience. Le juge partit en remet-
tant le sort de Caroline à la prudence de Séphora,
et cette dernière, prenant le bras de sa fille,
s'achemina vers la prison. Elles trouvèrent Caroline endormie sur les genoux de Léon, qui lui
soutenait attentivement la tête. A l'aspect de
deux dames étrangères, il se cacha le visage avec
la main qui lui restait de libre, et deux ruisseaux
de pleurs, que lui arrachait la pensée de son humiliation, coulèrent le long de ses joues. Joseph,
debout à côté de son frère, les salua d'un air
triste et sérieux. Les jeunes charlatans jouaient
aux cartes dans un autre coin de la prison; et,
à quelques pas d'eux, un homme, les bras croi-
sés et la tête basse, paraissait plongé dans une
profonde rêverie.

Les dames demeurèrent frappés de l'air noble
et distingué des orphelins, et du premier coup
d'œil elles jugèrent qu'ils ne méritaient point
d'être confondus avec des fripons. La douleur
de Léon les intéressa.

— Mon cher enfant, lui dit Séphora en s'approchant de lui, est-ce le repentir qui fait cou·
ler vos larmes?

— Il n'y a que les malfaiteurs qui se repentent,
répondit Joseph; pour nous, nous sommes innocens, et le sentiment de notre innocence est sans
doute l'unique raison de la douleur de mon frère.

— Madame, reprit Léon, il est si cruel de se voir traiter en criminel lorsqu'on n'a tout au plus commis qu'une imprudence !

— Reprenez courage, mes amis, continua Séphora, j'aime à croire que votre innocence sera bientôt reconnue ; mais par quelle fatalité vous a-t-on surpris avec des imposteurs? vous ne les connaissiez donc pas pour tels ?

Joseph raconta avec chaleur les détails de leur arrivée dans la caverne, le motif de leur fuite imprudente ; et comme l'air d'intérêt de Séphora et de sa fille allait toujours croissant, Léon acheva de leur tout découvrir, à l'exception de la bourse et du nom de son père qu'il ne voulut pas prononcer dans cet infâme asile. Séphora vit bien que ce récit portait tous les signes de la sincérité la plus parfaite.

— Mes chers amis, reprit-elle, je vous le répète, ne vous laissez point abattre par le chagrin. Le châtiment ne déshonore que celui qui l'a mérité ; je voudrais qu'il fût en mon pouvoir de vous délivrer sur-le-champ ; et certainement si le juge n'était absent à cette heure, j'irais dès à présent le solliciter pour vous : mais je ne puis adoucir aujourd'hui que le sort de votre sœur : on m'a permis de la retirer près de moi ; ne voulez-vous point y consentir ?

— Hélas ! madame, répondit Léon, comment

pourrions-nous refuser quelque chose à la touchante bonté qui vous a conduite près de nous ? C'est Dieu qui nous envoie une telle consolation, et cette faveur nous assure qu'il ne nous a point encore abandonnés. Caroline, ma chère Caroline, réveille-toi ; regarde ces deux anges qui te tendent les bras.

Caroline ouvrit les yeux, et', frappée de la sombre humidité des murs de la prison, elle se cacha le visage dans le sein de Léon, en s'écriant :

— O mon Dieu ! où sommes-nous ?

— Venez avec moi, ma chère petite, lui dit Noémi, vous serez bien mieux que dans cette obscure prison.

Caroline regarda avec surprise celle qui prononçait ces douces paroles ; et comme Séphora ajoutait à cette invitation les sollicitations les plus caressantes, Caroline se leva toute joyeuse en tendant la main à ses frères.

— Suivons ces aimables dames, leur dit-elle, venez.

Léon et Joseph baissèrent tristement les yeux.

— Ils viendront aussi plus tard, reprit alors Séphora ; je ne puis en ce moment emmener que vous seule, ma chère enfant.

— Non, non ! s'écria Caroline, je ne quitte pas mes frères, nous devons partager le même sort.

— Tu nous affliges, Caroline, continua Léon d'un air sérieux. Tu es plus faible que nous, ta santé peut souffrir dans ce lieu humide et malsain; ne nous expose pas à te voir devenir languissante, n'augmente pas nos chagrins par une obstination mal entendue. Nous ne serons pas long-temps séparés.

— Ah! Léon, reprit Caroline, peux-tu exiger que je te laisse ici! crois-tu que je puisse me trouver bien quelque part, pendant que mes frères....

— Va, ma chère enfant, interrompit Joseph, peut-être ta présence et la naïveté de tes aveux hâteront-ils notre délivrance.

— N'en doutez point, répliqua vivement Noémi, tous ceux qui la verront s'intéresseront à votre sort, en jugeant de vous par elle.

Cet espoir et les nouvelles instances dont on la pressa triomphèrent à la fin de la répugnance de Caroline. Pendant qu'elle recevait les tendres adieux de ses frères, Séphora s'était approchée du prisonnier solitaire, et lui adressait à voix basse quelques mots de consolation. Les dames se retirèrent avec Caroline. Les orphelins, demeurés seuls, se sentirent encore plus tristes de l'absence de leur sœur.

— Pauvre Joseph! s'écria Léon, que sont

devenues les brillantes espérances dont tu repais-
sais si avidement ton imagination?

—J'avoue, répliqua Joseph, que nous com-
mençons notre carrière sous de sinistres auspices;
mais faut-il se désespérer dès le premier échec?
Ne savons-nous pas que la fortune va semant
d'une main légère les biens et les calamités?
nous a-t-elle promis plus de faveurs qu'aux
autres?

Aucun chemin de fleurs ne conduit à la gloire [1].

Et, quant à la captivité qui nous afflige, elle peut
devenir pour nous une source de bonheur. On
s'intéresse d'autant plus à des innocens persé-
cutés :

La gloire est plus solide après la calomnie,
Et brille d'autant plus. . . . . [2]

—Ah! de grâce, laisse là tes citations qui ne
peuvent rien, dit Léon; je ne sais comment tu
peux trouver le courage de te les rappeler. Pour
moi, je me sens abattu, désespéré. Au sortir de
cette odieuse prison, je n'oserai lever les yeux
sur personne. Quelque justice qu'on nous rende,
crois-tu qu'il ne restera pas sur notre compte
quelques soupçons outrageans? Il faudrait, pour

[1] La Fontaine, fable 14, livre 10.
[2] P. Corneille, tragédie de Nicomède.

rétablir parfaitement notre réputation, que Meldorf vînt assurer lui-même que nous étions encore chez lui il y a trois jours; et toutefois ce
témoignage ne serait-il bien connu que de quelques personnes. Les habitans des maisons dans
le voisinage desquelles nous venons de passer avec
cette troupe de paysans....

— Oh! tu conviendras que c'est pousser les
choses à l'extrémité, répliqua Joseph. Je ne doute
point que tu ne payasses volontiers un homme pour
aller publier exprès, dans les recoins les plus sauvages de notre route, que nous ne méritions point
cette disgrâce.

— Certainement, reprit Léon; peut-on acheter trop cher la pureté de son honneur?

— Il serait bien malheureux qu'une chose aussi
précieuse pût être ternie si facilement, reprit Joseph; si tu ne m'avais pas défendu de citer, je te
demanderais si Thémistocle, Miltiade, Socrate
et une foule d'autres personnages célèbres te paraissent déshonorés pour avoir été punis injustement?

— Tu me cites là des hommes tellement illustres, que leur gloire ne pouvait recevoir aucune
atteinte; mais nous, quelle différence! orphelins, exilés, indigens, et dans un âge où l'on n'a
encore nulle expérience, par combien d'endroits
pouvons-nous être attaqués!

6.

Un jeune homme de seize à dix-sept ans entra en ce moment dans la prison : il portait un grand panier.

— N'êtes-vous pas, dit-il aux orphelins, les frères de cette jeune Caroline que ma tante vient de prendre avec elle ?

— Oui, répondit Joseph, nous sommes les frères de Caroline.

— Je vous apporte des provisions, reprit le jeune homme ; mon oncle et ma tante ne veulent pas que vous soyez autrement nourris que votre sœur.

— Nous sommes sensibles à l'attention de ces bienfaisantes personnes, répliqua Léon ; et tant de bontés nous consoleraient, si la nature de notre infortune...

— Soyez tranquilles, reprit vivement le neveu du pasteur, qu'on appelait Zaccharie, elle ne durera pas long-temps ; vous inspirez déjà à tout le monde un très-vif intérêt. En descendant de la prison avec votre sœur, ma tante et ma cousine ont été entourées de beaucoup de personnes qui voulaient voir Caroline ; car on savait déjà, je ne sais comment, qu'elles avaient obtenu la permission de la faire sortir. Si la renommée des villes a cent voix, celle des bourgades en a plus de dix mille. Toutes ces personnes se sont donc empressées autour de votre sœur ; les unes se récriaient sur sa jeunesse, les autres sur son air doux et innocent. Je croyais voir les Troyens émus entourant le perfide Sinon, et s'attendrissant sur ses malheurs imaginaires, sauf que votre sœur n'a rien de commun avec l'imposteur grec. Interrogée sur sa triste aventure, l'aimable enfant a surmonté sa timidité pour en faire un récit ingénu, souvent interrompu par ses pleurs, de sorte que ce n'est plus à votre sujet qu'un véritable enthousiasme, et sans le respect dû à l'autorité du juge qui se trouve absent, je ne doute pas que votre prison ne fût déjà ouverte.

— Ah ! s'écria Léon en respirant comme s'il se trouvait soulagé d'un grand poids, que nous devons de reconnaissance à votre estimable famille ! la vie est moins précieuse que cet honneur qui nous est rendu.

— Je savais bien, reprit Joseph, que notre innocence se découvrirait avec éclat, et qu'on nous regarderait avec d'autant plus d'intérêt, que nous avons été affligés injustement.

— Avec intérêt ! continua Zaccharie; l'expression est bien modérée. Je vous dis que c'est un véritable enthousiasme. On vous portera en triomphe au sortir de la prison, comme le peuple romain suivait en foule Scipion l'Africain, injustement cité par ses ennemis pour rendre compte de sa conduite. Pour moi, j'envie sérieusement l'éclat de votre situation.

— Vous l'enviez ! s'écria Léon ; prenez garde qu'une si étrange pensée ne me rende incrédule sur tout le reste , en me faisant regarder vos paroles comme une cruelle ironie.

—Comment ! vous ne sentez pas vous-mêmes vos avantages ? reprit Zaccharie. N'est-ce rien à votre âge d'être déjà les héros d'une aventure ?

— Et vous trouvez cela un bonheur ! poursuivit Léon ; vous pourriez envier le sort de deux malheureux orphelins abandonnés à eux-mêmes, exposés à tous les vices qui attaquent la jeunesse, et sans autre bouclier que le désir le plus sincère de ne point trahir leur honneur !

— Vous le prenez bien sérieusement, continua Zaccharie ; je ne considère pas les choses de la manière que vous l'entendez , et votre parfaite indépendance est tout ce qui me charme.

« Recevez avec reconnaissance ce que le ciel » vous accordera d'heureux , et n'attendez pas, » pour en jouir, que vous ayez quelques années » de plus [1]. »

— Il est bien vrai, reprit Joseph , que notre mérite en sera plus grand si nous triomphons des

[1] Horace, épître 2.

difficultés qui nous environnent ; et pour moi, je me sens animé d'avance d'un espoir aussi glorieux. Ne savons-nous pas déjà ce qu'il faut faire pour être vertueux ?

— Si cette route était facile à suivre, poursuivit Léon, verrait-on tant de personnes s'en écarter ?

— Vous êtes trop grave pour un enfant de votre âge, répliqua Zaccharie ; le sage Horace, en nous déclarant que rien n'est si doux que de s'oublier un moment, quand l'occasion le permet, nous conseille lui-même de mêler un peu de folie à la sagesse.

— Ce conseil regarde les philosophes et non pas les enfans, reprit judicieusement Léon ; car on ne peut faire le mélange qu'il conseille, si on n'a pas déjà de la sagesse.

Zaccharie se retira, et Joseph se mit à faire l'éloge de son esprit, de ses connaissances, de son amabilité. Léon convint qu'il paraissait avoir de tout cela, mais qu'il lui semblait qu'il les appliquait mal ; que ses comparaisons étaient toujours outrées, et ses citations sans justesse. Enfin, sans pouvoir se rendre raison de la tournure d'esprit de ce jeune homme, il le compara à un instrument dont les sons seraient agréables s'il était mieux d'accord.

●●●●●●●●●●●●●●●●●●●●●●●●●●●●●●●●●●●●●●● ●●●●

CHAPITRE IX.

Le philosophe Buccoris raconte son histoire.

LE geôlier de la prison apporta en ce moment à ses pensionnaires une cruche d'eau et du pain noir pour leur dîner. En même temps, Léon et Joseph tirèrent de leur panier une belle tranche de jambon, une poularde grasse, des poires, du pain blanc et du vin.

—J'aurai beau manger de ces excellentes provisions, dit Léon bas à son frère, le pain noir de ces malheureux m'empêchera de les trouver bonnes.

— Ils ne méritent pourtant point que nous ayons compassion d'eux, répliqua Joseph, après les insolentes railleries dont ils nous ont accablés pendant le chemin.

— J'en conviens, reprit Léon ; mais nous n'en prouverons que mieux combien nos sentimens sont au dessus des leurs.

— Fais comme tu l'entendras, répondit Joseph, car tu es le plus sage.

Léon, s'adressant aux autres prisonniers, leur offrit le partage de leurs provisions, qu'ils acceptèrent avec reconnaissance. Les jeunes charlatans étaient tout confus de cette générosité dont ils se sentaient peu dignes ; ils commencèrent à faire d'humbles excuses aux orphelins, et à leur promettre qu'ils ne manqueraient point de les justifier de tout leur pouvoir.

— Votre conscience vous y oblige, répliqua Joseph : car vous savez mieux que personne si nous étions d'intelligence avec vous. Vous devez même vous rappeler qu'il nous tardait de continuer notre route, et que, sans les sollicitations pressantes de l'un de vous deux... Mais, à propos, quel motif aviez-vous de nous retenir?

— Vous aviez de l'argent, répondit Sylvanor, nous souhaitions de vous faire payer amplement votre dépense.

Cette réponse était une espèce d'énigme sous laquelle Sylvanor cachait la vérité. Ces fripons, tentés par la bourse, avaient résolu de se l'approprier ; mais, pour ne point trahir le secret de leur déguisement, ils devaient laisser partir leurs hôtes à la pointe du jour, les égarer par de faux renseignemens, et les dépouiller ensuite de leur trésor en se montrant à leurs yeux sous leur véritable figure. C'était là leur dessein, dont ils n'avaient garde de convenir. Léon reprit :

— Comment, à peine sortis de l'enfance, vous trouvez-vous déjà engagés dans un genre de vie si condamnable?

— Nous n'avons jamais tué personne, répondit Buccoris, et nos tours ne sont que des tours d'adresse.

— Ne savez-vous pas que la loi de Dieu nous défend de rien dérober?

— Tous les hommes ne peuvent pas être des saints, continua Buccoris; et pour moi, je m'ennuierais à mourir s'il fallait vivre selon les dix commandemens.

— Vous me faites frémir de vous entendre parler ainsi, poursuivit Léon; il faut que votre jeunesse ait été bien mal dirigée! Vous étiez peut-être orphelin comme nous?

— Eh! mon Dieu, non, répondit Buccoris : j'avais et je dois avoir encore un bon vieillard de père, qui avait mis dans sa tête que je suivrais un autre chemin; comme nous n'étions pas d'accord sur ce point, j'ai pris le parti de quitter la maison paternelle; mais si vous aviez quelque envie de l'écouter, je vous raconterais mon histoire, cela nous ferait passer le temps.

— Voyons, dit Joseph; je suis curieux de savoir comment le goût du libertinage vous est entré dans l'esprit.

— Je ne le sais pas trop moi-même, reprit le jeune charlatan, et le germe s'en est développé si facilement, qu'il faut que le terrain lui fût parfaitement propre. Mon vrai nom est Da-

niel. Je suis le fils d'un sculpteur de la petite
ville de Villeneuve, dans le pays de Vaud. Mon
père avait deux filles beaucoup plus âgées que
moi, qui gouvernaient la maison depuis la mort
de notre mère; mais Rachel, l'aînée, y régnait
surtout avec un véritable despotisme. Mon père
lui accordait la plus aveugle confiance, et ne
réprimait en aucune façon la raideur et l'ava-
rice de son caractère, qu'il appelait de l'économie et de la fermeté. La seconde, nommée
Agnès, douée d'une humeur plus douce et plus
agréable, me montra toujours dès ma première
jeunesse une amitié très-tendre, tandis que
Rachel me traitait avec beaucoup de rigueur.
Mon père, occupé de son ouvrage, se mêlait
fort peu de sa famille, et se reposait sur Rachel
du soin de mon éducation, jusqu'à ce que je
fusse en âge de prendre un état. Mes sœurs
ne s'aimaient point; Agnès se plaignait de l'humeur impérieuse de Rachel, et celle-ci lui reprochait d'aimer la promenade et les divertissemens. Ce peu d'accord entre elles faisait qu'A-
gnès approuvait en moi tout ce que blâmait sa
sœur. Ce qu'on me refusait d'un côté, je l'ob-
tenais de l'autre.

Au sortir d'un long sermon, que me faisait
Rachel sur la sobriété, j'allais recevoir d'Agnès
les douceurs les plus propres à contenter ma

gourmandise ; et lorsque l'aînée me mettait en
pénitence dans quelque coin de la maison, la ca-
dette me faisait évader à son insu, et m'emmenait promener avec elle. Rachel avait beau s'en
plaindre à mon père, il n'aimait pas le bruit, et
prétendait toujours que la sagesse me viendrait
avec l'âge ; mais plus je grandissais, plus je haïs-
sais le travail, plus le goût du jeu et de la dépense me dominait. Je passais une partie de la
journée avec des polissons de mon âge, à jouer
et à manger des friandises que nous dérobions
aux marchands placés aux coins des rues. Je
m'enhardissais peu à peu dans ma profession,
et lorsqu'on venait à découvrir quelque chose,
je m'arrangeais de façon à faire retomber le
blâme sur quelqu'un de mes camarades, que
j'en dédommageais ensuite secrètement. Mon
père parlait de me prendre dans son atelier ; et
déjà il commençait à m'employer, lorsqu'un
jour il m'envoya porter un mémoire dans une
maison très-riche. Le maître de cette maison
ayant passé dans son cabinet pour chercher le
montant du mémoire, j'aperçus une fort belle
montre, à moitié cachée par un rideau ; et je
m'en saisis, non sans un peu de trouble, mais
afin d'exercer mon talent sur un plus digne objet. Comme je sortais de cette maison, un vieux
cordonnier, reconnu pour ivrogne par toute la

ville, s'y présenta, et le hasard voulut qu'on ne s'aperçût du vol de la montre qu'après qu'il fut parti. On ne douta point que l'ivrogne ne l'eût emportée, mon âge et la réputation de mon père me mettant à l'abri des premiers soupçons. Le malheureux cordonnier eut beau protester de son innocence, on le traîna en prison, où il devait mourir ou retrouver la montre. Pour moi, satisfait de mon habileté, j'avais caché mon larcin dans une vieille urne à demi enterrée, où je le croyais parfaitement en sûreté. Il est vrai qu'il ne me rapportait là ni honneur ni profit; mais, à l'âge que j'avais alors, il me suffisait de regarder de temps en temps cette belle montre pour être satisfait.

Un jour, le monsieur à qui je l'avais dérobée vint causer avec mon père dans son atelier, où je me trouvais moi-même. On parla de l'affaire du cordonnier, et mon père plaignit le sort de ce pauvre homme, qui soutenait toujours son innocence.

— Si réellement, disait-il, ce malheureux n'est pas coupable, celui qui l'expose à gémir ainsi mérite les plus grands châtimens, et vous ne devriez pas le traiter avec tant de rigueur. On a vu mille fois des innocens accusés injustement, et l'histoire de la chaste Suzanne en est une grande preuve. J'ai ici un ancien vase sur

lequel ce sujet se trouve sculpté avec beaucoup
de délicatesse.

En disant ces paroles, il alla chercher ce vase,
qui était justement mon urne dépositaire :
comme il se trouvait à moitié brisé, les morceaux se séparèrent et découvrirent la montre...
Mon père devint pâle comme la mort, et tourna
vers moi des regards si terribles, que je m'en-
fuis épouvanté. J'ai su depuis que son saisissement augmenta au point de le faire évanouir, et
qu'il ne sortit de cet état de faiblesse que pour
se répandre en larmes et en gémissemens. Il res-
titua sur-le-champ cette fatale montre, et vendit
une partie de son bien pour dédommager le
cordonnier. Pour moi, je m'étais réfugié à Roche, auprès d'un joueur de gobelets qui voya-
geait de ville en ville, et avec les leçons duquel
je me perfectionnai en peu de temps. Cependant quelques personnes engagèrent mon père
à me rappeler. Elles lui représentèrent que j'é-
tais encore fort jeune; que, plus je resterais
abandonné à moi-même, plus je me fortifierais
dans mes mauvaises inclinations, et mille ridicules conseils de cette nature, qui me donnèrent
enfin le désagrément d'être remis de nouveau
sous l'autorité paternelle. Mon père vint lui-
même à Roche, au moment que j'étais près
d'en partir, et me déclara ainsi sa volonté :

— Je ne souffrirai jamais que vous reparais-
siez dans notre ville, où votre réputation est
justement perdue. Moi-même je ne vois plus
mon pays qu'avec confusion, et je n'y mourrai
certainement pas, pour peu que le ciel m'accorde quelques années de vie. C'est vous seul
qui êtes la cause de tous mes chagrins; cependant il est encore en votre pouvoir de les réparer. Partez pour Genève, où j'ai un frère pharmacien et fort honnête homme; apprenez son
état, suivez ses conseils, rendez-vous digne de
son estime et de mon indulgence. Je consens à
lui cacher votre odieuse conduite.

Mon père me confia, pendant mon voyage,
à un commerçant de ses amis, et j'arrivai à Genève auprès de mon oncle. Une lettre de mon
père le pressait avec instance de veiller exactement sur moi, en lui promettant une pension
régulièrement payée. Ce pharmacien était un
petit vieillard encore plus sermonneur que mon
père, et tout aussi entiché que lui du désir de
me faire vivre régulièrement; mais je ne tardai
point à m'apercevoir qu'il aimait passionnément
le bon vin, et qu'il se couchait souvent faute de
pouvoir se tenir droit sur ses jambes. Je profitai
de cette découverte pour prendre à propos le
temps de me promener, et me procurer de quoi
jouer et faire bonne chère. Tout ce que je ven-

dais pendant son sommeil entrait dans ma bourse,
au lieu de remplir la sienne; et je le pouvais
d'autant plus facilement, qu'en qualité de son
neveu, il m'accordait plus de confiance qu'aux
autres élèves. A une certaine heure, je fermais la
boutique; et je m'en allais courir par la ville,
au lieu de me mettre au lit.

A côté de mon oncle, demeurait un banquier
qui tomba dangereusement malade. Le médecin
faisait prendre chez nous les remèdes, qu'un
jeune homme de mon âge venait chercher trois
ou quatre fois par jour. Il se nommait Mikéli, et
c'est le même que vous voyez ici près de moi. Il
n'avait point, comme aujourd'hui, cet air hardi
et entreprenant que j'ai eu beaucoup de peine
à lui faire prendre. Il paraissait, au contraire,
niais, timide, et fort affligé de la maladie du
banquier.

— Ce monsieur est-il votre père, lui de-
mandai-je.

— Il est mon bienfaiteur, répliqua Mikéli; je
dois le jour à de pauvres paysans, et c'est par
pure charité que cet homme généreux me fait
élever comme son propre fils.

— Vraiment, d'après cela, il est important
pour vous qu'il vive, à moins qu'il ne vous déclare son héritier.

— Ce n'est pas son héritage qui m'inquiète,

reprit Mikéli , mais je l'aime comme un père , et j'aurais grand regret à sa perte.

Nous fîmes ainsi connaissance, ce jeune homme et moi. Lorsque le banquier fut rétabli , je voulus l'engager à partager mes promenades nocturnes. Ce que je lui en racontais excitait sa curiosité ; mais il craignait que son bienfaiteur ne s'opposât à ses désirs, et il craignait également de le tromper ou de lui désobéir. Je l'endoctrinai si bien , qu'à la fin il usa de ruse, ainsi que moi. Ce premier pas fait lui donna le courage d'en risquer d'autres , et insensiblement, je le conduisis à s'emparer d'une grosse somme d'argent que son bienfaiteur venait de recevoir. Quelques gouttes d'opium que je lui donnai pour verser dans la boisson du banquier , en prolongeant son sommeil , favorisèrent l'entreprise de Mikéli. De mon côté, je fis une ample provision des deniers de mon oncle , et nous quittâmes Genève pour aller jouir ailleurs des fruits de notre industrie.

Ce qui vient au son de la flûte s'en retourne au son du tambour, dit le proverbe ; ce fut précisément ce qui nous arriva. Nous nous établîmes d'abord à Fribourg , sur un ton d'opulence qui ne fut pas de longue durée. Quelques parties de jeu eurent bientôt emporté notre fortune ; et l'on chercha dans la ville à deviner qui nous

pouvions être. Les informations ne nous offrant
rien de rassurant, nous partîmes de Fribourg,
déguisés en escamoteurs, et prenant pour escorte une demi-douzaine de chiens habillés, nous
allâmes monter un théâtre aux bains de Weis-
sembourg. Après avoir fait danser nos chiens,
nous représentions nous-mêmes des scènes bur-
lesques, sous différens costumes.

Un jour que nous faisions les personnages de
deux vieux docteurs qui s'injuriaient d'une façon
comique, précisément avec la robe, la barbe et
le grand chapeau que nous portions dans la
caverne, Mikéli reconnut, parmi les spectateurs,
le banquier génevois que nous avions volé. Celui-ci ne se remit point sa figure, à cause de la
manière dont Mikéli se trouvait grimé; mais cette
vue fit une telle impression sur l'esprit de mon
camarade, qu'il quitta le théâtre, tout tremblant,
et vint me confier ses alarmes. Je jugeai qu'une
prompte fuite pouvait seule nous tirer de ce mauvais! pas; et, abandonnant nos chiens et tout
notre bagage, nous nous sauvâmes avec notre
argent et ces robes de docteurs, sans prendre
le temps de les dépouiller. Il était nuit; nous
marchâmes rapidement, en nous dirigeant sur
le canton de Berne. Comme nous portions sous
nos larges robes nos habits ordinaires, nous
eûmes bientôt quitté cette mascarade, en ap-

prochant de la ville de Thoun. C'est là que je formai le projet dont vous avez vu l'exécution.

— Cherchons, dis-je à Mikéli, quelque endroit ignoré où nous puissions exercer nos talens sur des esprits crédules. Il ne nous sera pas difficile de les éblouir, et j'ai demeuré assez de temps chez mon oncle le pharmacien pour composer impunément quelque remède lucratif.

Nous nous mîmes donc à parcourir les environs du lac de Brientz, jusqu'à ce que nous rencontrâmes l'habitation pratiquée dans le rocher. Nous achetâmes alors les boîtes et les flacons qui nous étaient nécessaires, et nous allâmes habiter cet asile, sous l'apparence de deux vieux philosophes. Cette imposture nous réussit d'abord assez bien ; mais la prospérité ayant endormi la prudence de Mikéli, vous avez vu de quelle manière elle s'est enfin découverte, et comment on nous a conduits dans cette prison.

CHAPITRE X.

Le maître de la bourse est retrouvé.

Léon, malgré son inexpérience, démêla, d'après ce récit, que la sévérité de Rachel, l'excessive indulgence d'Agnès, et l'indifférence

I.   7

du sculpteur avaient malheureusement favorisé les méchantes inclinations de Daniel; qu'un guide vigilant et éclairé l'aurait infailliblement arraché au vice, et il n'en fut que mieux disposé à redouter pour eux-mêmes un sort si déplorable. Il remarqua aussi, au sujet de Mikéli, comment une mauvaise connaissance est capable d'entraîner à sa perte le jeune homme le plus innocent, et comment une première faute aplanit le chemin qui conduit aux autres.

— Je vous plains d'autant plus, leur dit-il, que vous ne paraissez pas repentans, et que vous risquez, en vieillissant, de devenir beaucoup plus coupables; je ne suis point d'âge à vous donner des conseils; mais je crois cependant mériter d'être écouté, lorsque je vous exhorte à changer de conduite, et à vous souvenir que la justice de Dieu est bien plus à craindre que celle des hommes.

Daniel et Mikéli se regardèrent en souriant, comme des gens plus surpris que persuadés de ce qu'ils entendaient; mais ils ne répondirent point. Alors le prisonnier dont j'ai déjà parlé, et qui se tenait **tristement** à l'écart, prit la parole à son tour.

— Ces jeunes hommes méritent le malheur qui leur arrive, dit-il, et ce n'est pas sans motif qu'ils habitent cette prison; cependant ils en

sortiront sans doute avant moi, quoique je sois
parfaitement innocent.

— Comment cela ? demanda Joseph.

— Je vais vous le dire, répondit le prisonnier.
Je m'appelle Antony. Mon père et ma mère pos-
sèdent, dans la vallée de Grindelwald, une chaumière avec un carré de vigne. Le carré est petit ; mais le vin qu'il produit l'emporte infiniment
sur ceux du pays de Vaud. Un marchand de
Thoun vient tous les ans nous acheter notre ré-
colte ; de sorte que, sans être riches, nous avons
toujours joui d'un état paisible et heureux. Mon
père et ma mère me chérissent d'autant plus que
je suis leur unique enfant. De mon côté, je les
aime comme doit le faire un bon fils, et je me
trouvais auprès d'eux si content de mon sort,
que je n'imaginais pas qu'il y en eût de plus satisfaisant au monde.

J'avais dix-huit ans, je travaillais dans notre
carré de vigne en chantant de toute ma force,
lorsque j'aperçus un homme richement vêtu qui
me regardait avec attention. Je me tus aussitôt
par respect pour cet étranger.

— Ô ciel ! s'écria-t-il en se frappant le front,
quelle est donc la fatalité de mon étoile ? mon
seul aspect effarouche la gaîté. Ce jeune homme
me voit, et il garde un morne silence.

Je lui répondis que la seule crainte de l'im-

portuner par mes chants m'obligeait de les suspendre.

— Va, mon enfant, reprit-il, ne t'excuse
point ; je sais que le malheur me poursuit, et
qu'il est temps d'y mettre un terme. Conduis-
moi dans quelque lieu sauvage et retiré, où je
puisse m'abandonner sans contrainte aux sombres pensées de mon âme.

Sans trop comprendre ce qu'il me disait, je le
conduisis dans une de ces gorges remarquables
que les étrangers visitent soigneusement. Des
cavernes, des rochers nus, un abîme où trois
torrens s'engloutissent à la fois, un pont qu'on ne
traverse point sans frémir, tels furent les objets
qui s'offrirent à sa vue. Il mesura des yeux la
profondeur de l'abîme, et cacha son visage entre
ses mains.

— Tu peux t'en retourner, me dit-il après un
moment de silence ; je veux chercher la mort au
fond de cet abîme.

— Ah ! monsieur, m'écriai-je, quelle affreuse
pensée avez-vous là ? Je n'ai pas une goutte de
sang dans les veines. Ne voyez-vous pas que le
mal que vous cherchez à vous faire va retomber
sur moi ? On nous a vus pénétrer ensemble dans
cette gorge isolée ; que va-t-on penser si je retourne seul ?

— Tu as raison, reprit l'étranger, je ne songeais point au danger que tu cours ; mais, avec un mot signé de ma propre main, tu n'as plus rien à craindre, et je vais déclarer que je m'ôte la vie volontairement.

En même temps il tira de sa poche un crayon et des tablettes sur lesquelles il écrivit quelques lignes. Au lieu de les recevoir, je me jetai à ses genoux que je tenais embrassés, et je le suppliai de vivre, par toutes les raisons que je pus imaginer.

— Tu estimes donc beaucoup la vie ? me demanda-t-il. As-tu réfléchi sur le juste prix de ses biens et de ses maux ?

C'est de quoi je ne me suis jamais occupé, lui répliquai-je ; je ne sais s'il est bon ou mauvais de vivre ; mais il me semble que puisqu'il n'a pas dépendu de nous d'entrer au monde, il ne doit pas dépendre non plus de nous d'en sortir.

— Quelle que soit leur condition, tous les hommes sont malheureux.

— Oui, lorsqu'ils ont le cœur méchant, répondis-je.

— Toi-même, reprit-il, malgré ta jeunesse, n'as-tu pas souhaité mille fois de n'être point né ?

— Jamais, repartis-je. Ma vie est au pouvoir du Seigneur, et je suis prêt à la lui remettre quand il la demandera ; mais tant qu'il me laissera subsister, je le bénirai de ce bienfait.

— Qui peut t'attacher de cette sorte à une misérable existence ? Tu n'es point riche.

— Nos besoins les plus pressans ont toujours été satisfaits.

— Ta famille est obscure et peu considérée.

— Nous avons l'estime et l'amitié de nos voisins.

— Quoi ! si peu de chose te contente, et moi qui suis riche et honoré, je ne saurais supporter la vie ! Il faut que l'un de nous deux se trompe ; si c'est toi, ton erreur vaut mieux que la vérité. C'en est fait ; si tu veux que je vive, attache-toi à ma destinée. Je suis sans parens, sans amis ; tu me tiendras lieu des uns et des autres ; la tranquillité de ton âme répandra son influence sur la mienne ; les dégoûts dont je suis abreuvé s'évanouiront..... Viens demeurer avec moi sur les rives du lac de Brientz.

Je fus d'abord surpris de cette proposition, dont je me défendis avec reconnaissance ; mais, en l'y voyant persévérer d'une manière vive et résolue, je commençai à craindre que mon père ne résistât point à ses offres. En effet, il fut ébloui par l'or que M. Anatole, c'est le nom de l'étranger, fit briller à ses yeux, et par les avantages qu'il me promettait à moi-même. Il me fallut quitter ma vigne, ma chaumière et mes chers parens, dont la tendresse faisait tout mon bonheur. J'étais trop heureux pour ne pas m'affliger d'un changement de condition. M. Anatole mit tous ses soins à me dédommager de ces sacrifices. Il me traita avec une bonté particulière et m'honora de sa confiance. Ses nombreux bienfaits me permirent d'amasser en peu de temps de secrètes économies, qu'avec le conseil de ma mère je tenais en réserve pour l'avenir. Mes parens jouissaient aussi de ses libéralités ; leur petit domaine s'était fort étendu ; mais à mesure qu'il s'agrandissait, les voisins, jaloux de leur prospérité, leur intentaient des procès continuels. On n'entendait plus parler dans cette chaumière, autrefois si paisible, que de citations, d'huissiers, de débats judiciaires. Au lieu d'amis secourables, les voisins n'étaient plus que des adversaires ou des témoins. Cette manière de vivre troublait les jours de ma mère ; je résolus de tenter d'y mettre un terme, en satisfaisant, au prix de mes économies, les prétentions des plaideurs les plus entêtés.

Dans le même temps, M. Anatole me chargea de porter une somme d'argent qu'il devait dans la vallée de Lauterbroun. Impatient de terminer les affaires de mon père, je profitai de cette circonstance pour exécuter mon projet.

Les plaideurs ouvriront aisément l'oreille à mes propositions; ils renoncèrent à leurs droits, et pour un peu d'argent j'achetai une chose infiniment plus précieuse, la tranquillité de mes parens. Je gagnai la vallée de Lauterbroun par des sentiers de montagnes à travers des glaciers. Arrivé au terme de mon voyage, je cherchai inutilement la bourse de monsieur Anatole. Je l'avais perdue sans pouvoir deviner par quel malheur. Je revins inutilement sur mes pas; je fis d'exactes perquisitions dans ma chaumière et sur le chemin que j'avais parcouru; mes recherches n'aboutirent à rien. Mon père se désespérait.

—Ne vous affligez point, lui dis-je, M. Anatole est trop juste pour ne pas excuser ce malheur. Me voici prêt d'ailleurs à le réparer, en renonçant pour un temps au salaire qu'il m'accorde.

M. Anatole se montra plus généreux encore que je ne l'espérais. Non seulement il ne m'adressa aucun reproche. mais il ne voulut entendre parler d'aucun dédommagement. Quelques semaines après, les voisins de mon père, s'étant mutuellement fait part de l'arrangement que j'avais traité avec eux, et ne le trouvant pas également avantageux pour tous, vinrent se plaindre à M. Anatole. J'avais caché à mon maître

Mon frère a trouvé votre bourse; la voici; reprenez-la et que votre innocence soit reconnue.

cette dernière circonstance, dans la crainte qu'il ne regardât cette ouverture comme une sollicitation à de nouveaux bienfaits. M. Anatole, la rapprochant de la perte de la bourse, livra son cœur à une injuste défiance. Il me fit un crime du secret que j'avais gardé, et, tournant tout à coup son amitié en haine, il ne voulut ajouter aucune confiance à ma justification. Plein de fureur et d'indignation, il me fit traîner dans cette prison, où je dois demeurer jusqu'à ce que je confesse mon crime, c'est-à-dire jusqu'à la fin de mes jours ; car je ne puis m'accuser d'une faute que je n'ai pas commise.

Tel fut le récit du prisonnier. Joseph, qui lisait son devoir dans les yeux de son frère, tirait déjà la bourse de sa poche quand Léon l'arrêta, et s'adressant à Antony :

— Je vous prie de nous décrire cette bourse que vous avez perdue, lui dit-il.

— Elle est en soie, de couleur bleue, et fermée par des glands mêlés d'argent et de soie. Elle contient 300 francs.....

— Mon frère a trouvé votre bourse, répliqua vivement Léon ; la voici, reprenez-la, et que votre innocence soit reconnue.

Ces paroles causèrent une si grande joie au pauvre Antony, qu'il ne put y répondre autrement que par des larmes. Dans ce même mo-

7.

ment, deux paysans entrèrent dans la prison; c'étaient le père et la mère d'Antony. Trompés sur le motif qui faisait couler ses larmes, ils se hâtèrent de le consoler.

— Tu vas sortir d'ici, mon cher fils, s'écria le paysan, tandis que la mère d'Antony le pressait entre ses bras; j'apporte à M. Anatole le prix des terres que ses libéralités m'avaient permis d'ajouter à mon carré de vigne. N'y ayons aucun regret, mon fils, car avec ces terres je me débarrasse des procès et des haines qui en sont la suite.

Antony, devenu plus calme, leur raconta alors qu'il avait retrouvé la bourse, et qu'il la devait à la probité de ces jeunes orphelins, prisonniers comme lui sans l'avoir mérité. De nouvelles bénédictions retentirent aux oreilles de Léon et de Joseph, qui recevaient avec attendrissement les caresses de cette honnête famille. Malgré cette heureuse aventure, le père d'Antony ne se repentit point d'avoir vendu ses propriétés. Il persévéra dans le dessein de se réduire à sa première fortune, préférant un *peu de bien avec la paix*, *qu'un grand trésor avec du trouble.*

CHAPITRE XI.

Le presbytère de Bœningen.

Il était neuf heures du soir. Les habitans du presbytère de Bœningen achevaient un souper frugal, lorsque M. Anatole, qui demeurait sur l'autre rive du lac de Brientz, arriva chez le pasteur.

— Je suis furieux, s'écria-t-il en entrant. Antony est innocent; j'en ai la preuve, et je ne puis le faire mettre en liberté.

Le pasteur lui ayant demandé l'explication de ces paroles, M. Anatole raconta comment les orphelins, ayant retrouvé la bourse, venaient de la restituer généreusement, et comment le père et la mère d'Antony s'étaient empressés de lui apprendre une si heureuse nouvelle. M. Anatole, sans faire attention au temps qui lui restait, et, toujours dominé par sa première impression, arriva de nuit chez le juge de Bœningen. Il le trouva couché, et trop fatigué de son voyage pour vouloir écouter aucune affaire ce soir-là.

— Vous conviendrez, dit M. Angelmann, que c'est mal choisir votre moment. Nôtre juge est un vieillard à qui le repos est nécessaire.

— Mais quand il s'agit de rendre justice à un innocent !

— Il fallait peut-être se presser moins de le déclarer coupable, reprit M. Angelmann. Quoi qu'il en soit, la nuit sera bientôt passée. Demain vous finirez les chagrins d'Antony. En attendant, je puis vous présenter la sœur de ces jeunes orphelins.

En disant ces mots, il lui montrait avec intérêt l'aimable Caroline.

— Quoi ! mon enfant, s'écria de nouveau M. Anatole, ces petits étrangers, dont la délicatesse me charme, sont vos frères ! Hélas ! que ne leur dois-je pas ! Sans eux, je serais encore l'oppresseur de l'innocence... Mais comment se trouvent-ils dans cette prison ? Pourquoi sont-ils seuls ? Que vont-ils devenir ?

Caroline répondit de son mieux aux questions de M. Anatole.

— Vous êtes Français et orphelins, reprit-il ; je suis votre compatriote ; je n'ai point de famille... Demain je m'expliquerai mieux.

Le lendemain, M. Anatole était levé à la pointe du jour. M. Angelmann l'assura qu'il était encore trop matin pour sortir ; que le juge ne le recevrait point avant sept heures. M. Anatole eut tout le temps de se promener et d'entretenir le pasteur du dessein qu'il méditait, en attendant le moment

de sa visite. Il obtint facilement la liberté d'Antony; mais, quelque raison qu'il alléguât, le juge
ne voulut point élargir les orphelins avant de les
avoir interrogés. Il se rendit dans une salle at-
tenante à la prison, et, s'étant assis sur son siége,
il fit comparaître Léon, Joseph et les deux philosophes. Ces derniers ayant déclaré l'exacte vérité, il conclut que les orphelins se trouvaient
parfaitement innocens des vols et des impostures
dont les autres étaient accusés; mais il leur reprocha leur fuite de chez Meldorf, et l'existence
vagabonde qu'ils paraissaient avoir choisie....

— Non, non, interrompit M. Anatole, qui
écoutait parmi les assistans, ils ne seront plus
errans et vagabonds. Je les réclame, je les
adopte; et, dès ce moment, je réponds de leur
conduite.

Tout le monde applaudit. Le juge s'inclina, et
remit les orphelins à leur nouveau protecteur.
Léon et Joseph, fort surpris de se voir réclamés
ainsi par un homme qu'ils ne connaissaient pas,
ne laissèrent pas de le remercier de son assistance, et le suivirent au presbytère, où il les
emmena. Ils eurent d'abord assez à faire de répondre aux caresses de Caroline qui se livrait à
la joie la plus vive; ensuite ils témoignèrent leur
reconnaissance à tous ceux qui les entouraient,
et principalement à M. Anatole, qui paraissait

être à leur égard dans les dispositions les plus favorables.

— Ne me remerciez point, leur dit-il; c'est moins un service que je vous rends, qu'une dette sacrée dont je m'acquitte. Sans vous, je serais encore un injuste, un barbare, le tyran de l'innocence. Je suis Français comme vous; j'ai une fortune considérable; je prétends vous servir de père, en fournissant amplement aux frais de votre éducation. C'est à vous de choisir dans quelle ville de la Suisse vous voulez étudier; car pour moi, je reconnais n'avoir ni assez de talens ni assez de vertus pour remplir la grande tâche d'instituteur.

— Tant de bontés nous pénètrent de reconnaissance, répondit Léon; mais si votre générosité daignait accomplir l'un de nos vœux, il suffirait de nous conduire entre les bras de notre tante. La fortune de notre père existe toujours; nous ignorons seulement en quelles mains il l'a déposée.

— La fortune de trois orphelins est quelque chose de bien exposé, répliqua M. Anatole, et il est à craindre qu'un dépositaire infidèle... N'importe, vous serez satisfaits. J'ai des correspondans à Lausanne, j'en ai en France; avant peu nous apprendrons ce qu'il vous reste à espérer. En attendant, je vous confie à la sagesse de

M. Angelmann ; personne n'est plus propre à diriger une bonne éducation, et le temps est précieux à votre âge.

Aussitôt, sans vouloir écouter aucune observation, M. Anatole régla généreusement le prix de la pension de ses trois protégés, celui de leur entretien, et il leur donna une bourse de cinquante louis pour les dépenses qu'il leur plairait de faire pendant l'année.

— Un chemin d'épines nous a conduits au bonheur, s'écria Joseph lorsqu'il se vit seul avec son frère ; maintenant que la fortune nous caresse et que nous voilà au haut de la roue, pourquoi ne te réjouis-tu pas comme moi ?

— C'est que tant de bienfaits me pèsent et m'humilient, répondit Léon ; pour être magnifiques, ces dons n'en sont pas moins des dons de charité.

— De quoi vas-tu te troubler l'esprit ? continua Joseph ; est-ce par notre inconduite que nous sommes réduits à la générosité de ce digne Français ? Doit-on rougir d'un malheur qu'on n'a pas mérité ?

— Il est vrai que d'autres s'emparent peut-être de notre fortune pendant que nous vivons aux dépens d'un bienfaiteur. Peut-être aussi sommes-nous à la veille de la retrouver. Toutefois nous ne manquerons pas de nous libérer un jour, soit par

notre industrie, soit par le secours de notre héritage.

L'orgueilleux Léon se consolait ainsi de l'humiliation dans laquelle il se croyait tombé. Cependant les perquisitions que fit M. Anatole pour
découvrir Honorine ne donnèrent aucune issue
satisfaisante; on la chercha inutilement en France,
à Genève et dans le pays de Vaud. Quelque chagrin qu'en ressentît Léon, il fallut renoncer à la
consolante idée qu'il s'était faite de reprendre
avec éclat le rang que son père tenait dans la société; il fallut se résoudre à n'être plus que de
malheureux orphelins préservés de la misère par
un homme généreux. M. Anatole l'était jusqu'à
la prodigalité ; mais, né avec un caractère in-
constant et bizarre, il faisait du bien sans s'attacher les cœurs. Il ne possédait point l'art d'inspirer la confiance ; il ne songeait même pas à la
faire naître. M. Angelmann, au contraire, l'ob-
tenait sans le moindre effort. Naturellement bon
et sensible, il aimait la jeunesse en général; il se
plaisait à voir se développer en elle le germe des
bonnes qualités; il s'intéressait à cette génération
naissante qui devait occuper, après lui, le théâtre
de l'univers. Cette inclination favorable prit un
caractère plus vif à l'égard de ses jeunes élèves;
ils lui devinrent presque aussi chers que sa fille
Noémi. Le malheur qui les poursuivait dès leur

enfance, la candeur de leur âme, quelque chose d'innocent et de vertueux qui les embellissait déjà, étaient des raisons plus que suffisantes pour disposer son cœur à une tendresse vraiment paternelle. De leur côté, les orphelins l'aimèrent sans efforts, et ses leçons trouvèrent des cœurs dociles; mais Léon surpassa tous les autres en amour et en docilité. Non seulement il se montrait le plus appliqué à l'étude; mais, au lieu d'employer dans de frivoles plaisirs le temps que les différentes leçons laissaient entre elles, il le passait avec délices dans les entretiens du pasteur, dans des lectures choisies, dont M. Angelmann lui apprenait à sentir les plus délicates beautés. Souvent, frappé par de légers rapports, Léon fermait son livre pour s'attendrir sur le sort de son père, pour déplorer ses propres malheurs. Il s'abandonnait alors au plaisir triste et doux tout à la fois de parler de son pays, des souvenirs de sa première enfance, de verser des pleurs sur le sein d'un respectable ami, qui, après avoir partagé son attendrissement, s'efforçait de guérir sa blessure en fortifiant son âme contre le malheur. Souvent aussi, à travers ses plaintes et ses regrets, Léon laissait percer l'orgueil qui dévorait son âme.

—O mon fils ! lui disait alors M. Angelmann, craignez que la honte des bienfaits ne vous conduise un jour à l'ingratitude. Cessez de mettre un vain fantôme à la place du véritable honneur. Autant celui-ci est digne d'un cœur vertueux, autant il s'accorde avec tout ce qui s'y trouve d'aimable, autant son simulacre les anéantit. L'honneur, comme toutes les autres vertus, ne dépend point des circonstances plus ou moins heureuses de la vie. Qu'on soit riche, qu'on soit pauvre, qu'on doive le jour à un prince ou à un esclave, qu'on soit fort, qu'on soit faible, l'honneur n'abandonne jamais l'homme fidèle à son devoir. Il se montre bien moins dans un regard majestueux, dans un maintien superbe, que dans l'abstinence de toute action vile et dégradante. Job, couvert de plaies, et assis sur un sale fumier, était plus respectable que le roi Saül, abandonnant furtivement son palais pour consulter une magicienne. L'orgueil n'inspire que de la dureté. Avide de respects, de déférences, il fait qu'on s'en dispense à l'égard des autres. Tout lui porte ombrage, et cette susceptibilité le maintient dans un mécontentement habituel; où il ne domine pas, il croit toujours être dominé. Caresser cette funeste passion, c'est se fermer à jamais le cœur de ses semblables.

En lui répétant souvent ces judicieuses paroles, M. Angelmann parvint à modérer dans l'esprit de Léon cet orgueil dangereux que la raison devait entièrement détruire un jour ; mais il s'attacha à bien diriger des sentimens d'honneur dont le fil délicat se trouvait égaré dans cotto âme incertaine encore.

Les orphelins s'étaient accoutumés chez le pieux Meldorf à une dévotion servile et minutieuse ; le pasteur s'efforça d'en faire des chrétiens libres et éclairés. Il leur apprit que l'exercice de la religion consiste moins dans quelques pratiques journalières que dans une habitude continuelle de penser à Dieu ; que vouloir s'assujettir à prier dans un moment plutôt que dans un autre, c'est s'imposer une chaîne inutile. On ne tient pas dans sa main les événemens de la vie, pour empêcher qu'ils ne viennent troubler l'ordre qu'on a ainsi établi. Il en est de même des prières plus ou moins longues ; il faut les adopter selon les dispositions de son âme ; car il importe surtout de prier avec attention. Un simple élan vers le créateur trouve plus souvent la route du ciel qu'une longue oraison où le cœur n'a point de part ; et c'est ce que l'Écriture a en vue lorsqu'elle nous dit, en parlant des Juifs : « Ce peuple s'approche de moi de la bouche, et » il m'honore des lèvres ; mais son cœur est fort » éloigné de moi [1]. »

[1] Isaïe, 29, 13.

Les enfans de M. de Norbert allaient de temps
en temps visiter leur protecteur dans une belle
maison de Rinkenberg. Ce qui touchait le plus
Joseph et Caroline, dans ces petits trajets, c'é-
tait le plaisir de s'embarquer sur le lac, et d'é-
couter le chant des mariniers. Du reste, ils se
plaisaient peu avec M. Anatole, dont la présence
ne leur inspirait que de la contrainte. Ils se trouvaient souvent témoins des scènes désagréables
que son humeur lui attirait de la part de ses domestiques, soit en les châtiant injustement, soit
en les humiliant par des soupçons mal fondés.
Incapable de se modérer ou d'attendre du temps
la confirmation de ses craintes, il s'empressait,
à la vérité, de réparer ses torts par toutes sortes
de bienfaits ; mais ces réparations tardives cica-
trisent mal des blessures trop souvent renouve-
lées, et l'abus du repentir fait tourner en mépris celui qui en contracte l'habitude. Léon
avait encore une autre raison pour se déplaire à
Rinkenberg. Le luxe qui y régnait lui rappelait
trop vivement le souvenir de la maison de son
père. Ce souvenir le ramenant naturellement
à leur situation actuelle, il en formait une
comparaison douloureuse qui troublait sa sé-
rénité.

M. Angelmann blâmait ces mélancoliques
pensées. Il aurait souhaité que des impressions

plus douces les tournassent au profit de la reconnaissance.

— Au lieu d'aigrir vos maux par des plaintes inutiles, disait-il à Léon, que ne rendez-vous grâce au ciel de son assistance miraculeuse? Que ne vous excitez-vous à chérir, à honorer l'homme qui vous comble de bienfaits! Il a de grands défauts, dites-vous; mais par combien de vertus secrètes ne les rachète-t-il pas! Si la renaissance doit vous mettre un bandeau sur les yeux lorsqu'il s'agit de le juger sévèrement, les clartés pénétrantes de cette même reconnaissance doivent vous découvrir jusqu'aux moindres beautés de son âme. Enfin, apprenez que rien n'est moins digne d'un homme que ces lamentations continuelles qui ne changent rien à notre destinée : elles offensent le ciel en accusant sa providence ; elles déshonorent le courage, sans lequel on ne peut rien. Elles sont presque toujours injustes. Combien y a-t-il de milliers d'enfans infiniment plus à plaindre que vous ? Combien d'hommes sont tombés du comble du bonheur dans celui de l'infortune ? Moi qui vous parle, mon fils, moi-même j'ai essuyé l'adversité la plus cruelle. Jugez-en par le récit que je vais vous faire.

Je suis né à Bérne. Celui que j'appelais mon père était l'un des habitans les plus considérables

de cette ville ; il jouissait d'une fortune immense. Son épouse mourut en donnant la vie à
leur unique héritier. Mon berceau fut entouré de
de toutes les faveurs de l'opulence, et ma jeunesse s'écoula au milieu de la joie et des plaisirs.
Toutefois on ne voulut point négliger mon éducation. J'eus des maîtres qui m'enseignèrent avec
fruit, et c'est la seule richesse qui me soit restée.
Mon sort paraissait tellement à l'abri des revers,
qu'on était loin de prévoir pour moi l'utilité de
l'étude ; c'était plutôt alors un objet de luxe : et
voilà comment les hommes dédaignent leur plus
solide appui pour se reposer imprudemment sur
ce qui est prêt à leur manquer. Mon père descendit dans la tombe ; je lui rendis les devoirs
d'un bon fils, et après l'avoir pleuré quelque
temps, je cherchai dans une heureuse union le
bonheur du reste de mes jours. Séphora, vertueuse et pauvre, fut l'épouse que je me choisis.
Je sentis mieux le prix de ma fortune, lorsque je
pus la partager avec elle, et réparer ainsi l'injustice du sort qui l'en avait privée. Nous goûtâmes
pendant quatre ans la félicité la plus parfaite.

Parmi un assez grand nombre de domestiques
qui vivaient sous nos ordres, nous avions toujours distingué un vieillard, ancien serviteur
admis dans la maison dès avant ma naissance.
Son épouse et son fils l'avaient habitée avec lui.

La première n'existait plus depuis long-temps ; son fils, à peu près de mon âge, nous servait ainsi que son père ; cette famille, attachée à nous depuis une longue suite d'années, nous était plus chère que tous les autres serviteurs, et nous traitions le père et le fils avec une bonté toute particulière. Nous avions cependant remarqué que plus le vieillard s'avançait en âge, plus il devenait sombre et mélancolique. On le surprenait fréquemment les yeux fixés sur moi avec une expression singulière, et, plus d'une fois, des soupirs et des gémissemens involontaires trahirent l'anxiété de son âme. Averti de ces étranges émotions, j'en recherchai secrètement la cause, et j'appris que son fils le traitait d'une manière dure et peu respectueuse ; je soupçonnai que c'était le motif de ses chagrins, quoiqu'il n'eût jamais laissé éclater aucune plainte. Je le conjurai un jour de m'ouvrir son cœur. Germain, c'était le nom du vieillard, m'écouta long-temps sans me répondre que par des larmes. Pressé enfin par la vivacité de mes instances, il s'écria presque malgré lui :

— Ne souhaitez pas que je parle, ne le souhaitez pas....

— Que veux-tu dire, Germain ? crains-tu que je ne chasse ton fils ? car enfin, tu ne saurais nier qu'il t'outrage ?

— Je ne me plains pas de lui.

— Cette générosité est louable, sans doute; mais ne vaudrait-il pas mieux essayer de corriger la dureté de son caractère? Laisse-moi le rappeler à la raison et lui faire comprendre ce qu'un enfant doit à son père.

— Celui-ci ne me doit que sa haine.

— O ciel! qu'as-tu donc fait?

— Hélas! ne m'interrogez pas...., il est trop tard.... Pour votre propre bonheur, laissez-moi mourir avec mes remords.

Livré à la plus violente agitation, je voulus, au péril de mes jours, connaître enfin le sens de ces mystérieuses paroles.,.. Que devins-je, hélas! en apprenant que j'étais le fils de Germain, et qu'une coupable substitution avait mis l'héritier légitime à ma place? Une épouse, et deux enfans qui m'étaient nés, plongés tout à coup dans la bassesse, dans une profonde misère, furent les tristes objets qui se présentèrent d'abord à mon imagination. Séphora, s'élevant au dessus d'elle-même, m'adressa avec énergie ces vertueuses consolations:

— Quelque terrible que soit cette catastrophe, tu n'as pu ni la prévoir, ni l'éviter. Tout change autour de toi, mais tu es toujours le même; ton âme n'en doit recevoir aucune atteinte. Qu'importe que tu sois riche ou pauvre, d'une condition obscure ou relevée, pourvu que tu demeures toujours irréprochable. Rends à l'héritier légitime le bien que tu lui as ravi sans le savoir, et charge-toi du pauvre vieillard qui est devenu ton père. Le mien nous accueillera dans notre disgrâce.

Cette fermeté me rendit la mienne. Mon beau-père, qui était pasteur dans une église de Berne, ne vit, dans ce malheur, que les ordres d'une Providence que tous les hommes doivent respecter ; il m'engagea à embrasser le service du Seigneur, et me procura par la suite le presbytère de Bœningen. Voilà dix-huit ans que j'y remplis de mon mieux la tâche sainte et pénible de pasteur des hommes. Mon père a fini doucement ses jours entre nos bras, en pleurant une faute que nous ne lui avions jamais reprochée. La modicité de notre fortune ne m'a point empêché de me charger de Zaccharie, jeune orphelin, né d'une sœur de mon épouse. Lorsque je l'adoptai, le ciel avait rappelé à lui mes deux enfans, et je ne croyais plus jouir du bonheur d'être père ; c'est depuis cette époque que Noémi est venue au monde pour faire, je l'espère, la joie de notre vieillesse. Puisse cette aimable enfant mériter un jour les bénédictions du Seigneur ! puisse-t-elle ne jamais connaître les amertumes qui ont abreuvé mes jours !

Ose te plaindre, à présent, jeune enfant de la
Providence ; ose murmurer contre un sort que
tu ne connais pas toi-même. A peine engagé
dans la vie, tu rencontres des épines sur la route;
mais sais-tu si le reste de ton sentier n'est pas
semé de fleurs ? Va ; il vaut mieux lutter contre
l'infortune lorsqu'on est jeune et plein d'espoir,
que de voir son horizon s'obscurcir sur le soir
de la vie. Dans la jeunesse, le malheur est un
creuset où l'âme se purifie, et que les premières
faveurs de la fortune font aisément oublier; dans
la vieillesse, c'est un poison lent qui consume,
et que rien n'est capable de dissiper entièrement.

CHAPITRE XII.

Refroidissement entre les deux frères.

Dès les premiers momens de son séjour au
presbytère, Joseph s'était lié avec Zaccharie.
Insensiblement leur amitié devint si étroite,
qu'ils ne se quittaient plus. Toujours occupés
d'entretiens confidentiels, ils ne respiraient que
pour se trouver seuls, et faire ensemble de longues promenades, pendant lesquelles ils se li-
vraient librement au plaisir de former mille
projets extravagans. Zaccharie avait de l'esprit;
sa mémoire, agréablement ornée, donnait du

charme à sa conversation ; il aimait passionnément la musique et les vers ; il en faisait lui-
même quelquefois d'assez jolis ; mais il manquait de raison et de jugement. Son imagination romanesque l'entraînait toujours au-delà
de sa sphère naturelle. Elle était devant ses yeux
comme un prisme qui donnait à tous les objets
une couleur étrangère. Zaccharie ne rêvait
qu'aventures. Peu occupé de ses véritables de_
voirs, il s'en créait d'imaginaires. Assez froid
envers son oncle, auquel il devait tant, il prétendait aimer passionnément Joseph. Son désir
le plus vif était de voyager, de courir le monde
en chantant des vers sur sa guitare, comme
faisaient autrefois les troubadours. Voilà de quoi
il entretenait Joseph. Cet orphelin, doué lui-
même d'une imagination très-vive, entra avec
ardeur dans les rêveries du jeune poète. Les
vers de Zaccharie le transportaient d'admiration ; il l'égalait au Tasse, à Virgile, et l'avait
pompeusement surnommé le *Cygne de Bœningen*. Zaccharie s'exprimait facilement en italien ;
il lisait tous les auteurs et composait même des
vers dans cette langue, que les orphelins étu-
diaient aussi avec plaisir.

De son côté, Caroline se livrait, sous les
yeux de Séphora et de Noémi, aux occupations
convenables à son sexe ; mais l'exemple et les

conseils de ces deux personnes triomphaient à peine de l'excès de son indoleuce. Elle haïssait le travail et arrosait souvent de ses pleurs celui qu'elle était forcée d'entreprendre. Cependant l'amitié qu'elle avait pour Noémi lui fit surmonter un peu cette extrême répugnance. Les encouragemens, les leçons pleines de douceur, obtinrent d'assez bons effets.

— Qu'on serait heureux, s'écriait-elle quelquefois, si l'on n'était pas obligé de travailler ! Je me plais tant auprès de vous ! pourquoi faut-il que d'importuns devoirs empoisonnent le bonheur que j'y trouve ! Ah ! si vous m'aimiez autant que je vous aime, vous m'épargneriez de semblables chagrins !

— Vos discours sont ceux d'une enfant, reprenait Séphora ; plus âgée, vous reconnaîtrez vous-même que notre amitié a dû ne pas vous épargner ces petites contrariétés qui vous affligent aujourd'hui, afin que votre avenir en soit plus heureux. L'oisiveté, pour laquelle vous avez tant de penchant, est un vice qui conduit à beaucoup d'autres ; et d'ailleurs, l'obligation du travail vous est imposée par la volonté de Dieu. Tout ce qui respire s'occupe. Le plus petit insecte que vous voyez courir sur l'herbe ne s'y promène pas par désœuvrement ; il cherche ou sa nourriture, ou ce qui doit former le berceau de sa famille. L'oiseau qui voltige dans l'air avec tant de grâce est conduit par le même motif.

— Ces animaux ne sont pas si heureux que ma fauvette, reprit Caroline. Elle n'a que la peine de manger le grain que je lui donne : aussi chante-t-elle tout le jour.

— Cette fauvette, que vous croyez si heureuse parce qu'elle n'a rien à faire, reprendrait de bon cœur sa liberté, si vous lui ouvriez la porte de sa cage, continua Séphora.

— Elle chante, cependant.

— C'est la seule occupation que son esclavage lui permette, et peut-être l'oisiveté à laquelle elle se trouve réduite fait-elle la plus grande partie de son malheur.

— Et la petite chienne de Noémi, me direz-vous aussi qu'elle s'ennuie de ne rien faire ? elle dort toute la journée sur les genoux de sa maîtresse; elle se garde bien de fuir, quoiqu'elle soit libre.

— Je conviens, reprit Séphora en souriant, que Lisbeth est un vrai modèle d'indolence et de paresse. Je ne vous dirai pas que son instinct naturel a été perverti par une mauvaise éducation; mais je vous demanderai si vous ne sentiriez point quelque honte de ressembler à un animal sans raison. Pour moi, je ne me persuaderai

point que cela puisse être, à moins que je ne
vous voie dormir tout le jour comme la petite
chienne; car dormir est au moins employer le
temps de quelque manière.

Les plaintes de Caroline étaient d'autant moins
fondées qu'on exigeait peu d'elle, afin de ne pas
la décourager. On entremêlait ses occupations
de promenades agréables, dont le but avait toujours quelque chose d'utile. Tantôt Séphora
l'emmenait avec elle dans la cabane d'un pauvre
malade; tantôt elle suivait Noémi dans les visites
que cette dernière rendait à quelques jeunes
personnes de son âge. Elle les écoutait se confier mutuellement les progrès de leurs études,
et s'exciter ainsi à rivaliser dignement d'appli-
cation. L'une montrait un dessin commencé
secrètement pour surprendre un père ou une
mère, l'autre faisait une robe ou un bonnet travaillé de sa propre main. Lorsqu'on demandait
à Caroline qu'elle exposât aussi le produit de
ses occupations, Caroline rougissait et balbu-
tiait quelque excuse. Quelquefois son amour-
propre humilié lui faisait prendre une sage résolution. Elle priait Noémi de lui commencer
quelque ouvrage remarquable dont elle pût
aussi se faire honneur au besoin. Elle y travaillait pendant deux ou trois jours, puis son ardeur
se ralentissait. L'ouvrage négligé, sali, n'inspi-

rait plus que du dégoût, et elle finissait par l'abandonner entièrement.

Léon voyait avec chagrin l'étroite liaison qui se formait entre son frère et Zaccharie; il s'affligeait surtout de l'espèce de mystère dont ils enveloppaient leurs entretiens, supposant, avec raison, qu'on n'évite les regards observateurs que lorsqu'on redoute le blâme. L'indifférence de Zaccharie pour ses dignes parens lui donnait d'ailleurs une mauvaise opinion de son cœur. Il n'aimait point les sentimens exaltés qui perçaient dans tous ses discours, et la justesse de son esprit se trouvait continuellement blessée par les faux raisonnemens du jeune Suisse. Ce qui le surprenait, c'était de remarquer que M. Angelmann, malgré toute sa sagesse, ne paraissait point s'apercevoir du grand défaut de son neveu. A la vérité, celui-ci, peu communicatif, en cachait ordinairement sous le silence la plus grande partie; et l'habitude, ou une indulgence aveugle, en dérobait le reste aux yeux de sa famille. Léon n'osait le faire remarquer à son vieil ami, dans la crainte d'altérer l'amour qu'il portait à son neveu. Quelquefois cependant il hasarda de légères plaintes sur l'abandon de Joseph et de Zaccharie, qui paraissaient peu goûter leurs entretiens. Le pasteur lui répondait alors que chacun avait son goût et son caractère ; que la jeunesse prenait ordinairement peu de plaisir aux conversations sérieuses, et que c'était risquer de l'en dégoûter tout-à-fait, que de l'y assujettir de trop bonne heure.

Léon se taisait ; mais il était loin de se contenter de ces paroles. Une tristesse inquiète le forçait de s'occuper souvent de son frère ; j'avouerai même qu'il ne voyait pas sans une secrète jalousie ce frère qu'il aimait, l'abandonner pour un étranger. Il souhaitait surtout de connaître le sujet de ses conversations mystérieuses ; il essaya même d'y être initié ; mais sa présence contraignait visiblement les deux amis ; il lisait dans leurs regards le désir d'en être délivrés. Léon, blessé jusqu'au fond du cœur, s'éloigna à son tour de celui qui prenait plaisir à s'éloigner de lui ; trop fier pour proférer aucune plainte, il renferma dans son cœur un sujet de mécontentement qui finit par devenir la source d'un refroidissement sensible entre les deux frères.

Il y avait deux ans et demi que les orphelins habitaient Bœningen, et durant tout ce temps je dois avouer qu'ils n'avaient point songé à Meldorf, ou qu'ils s'étaient conduits comme n'y songeant plus ; car plus d'une fois son souvenir s'était offert à leur mémoire. Léon se reprochait souvent l'ingratitude avec laquelle ils avaient abandonné ce vertueux paysan, dont la générosité à leur égard s'était montrée si parfaite.

— Peut-être, se disait-il en lui-même, s'occupe-t-il encore de nous; peut-être s'informe-t-il avec inquiétude de ce que nous pouvons être devenus. Nous aurions dû l'instruire de notre sort, nous excuser de notre fuite..... Mais comment nous justifier sans accuser Ludger? Ce qui nous empêcha de retourner alors à Kanderstœg ne doit-il pas nous retenir encore aujourd'hui?

Telles étaient les pensées de Léon, lorsqu'ayant rencontré par hasard un habitant de la vallée de Meldorf, il apprit que ce vieillard avait chassé de chez lui Ludger et sa famille, à cause de l'indigne trahison dont le tisserand s'était rendu coupable envers eux, trahison que le hasard avait fait découvrir à Meldorf. Léon confia cette nouvelle à M. Angelmann.

— Un mauvais cœur se réjouirait d'être ainsi vengé, répondit le pasteur; mais, pour peu que vous y réfléchissiez, vous ne verrez dans cette aventure qu'un véritable sujet de chagrin. Vous m'avez dit que Ludger était fort misérable; privé des bontés de son oncle, il doit donc être plongé, ainsi que son innocente famille, dans un état très-malheureux. Vous n'eûtes jamais une plus belle occasion d'exercer votre vertu en es-

8.

sayant de rendre le bien pour le mal; allez trouver Meldorf.....

— Je vous comprends, mon digne ami! s'écria vivement Léon. Oh! si je pouvais réussir, si Meldorf nous aimait encore assez pour m'accorder cette joie!.... Mon cœur palpite d'impatience; dès demain, si vous le permettez, nous irons à Kanderstœg.

Le pasteur y consentit volontiers, et Léon, plein de la noble idée qui le possédait, courut en faire part à son frère. Joseph, tout occupé d'autres projets, l'accueillit froidement, et déclara qu'il ne pouvait partir le lendemain, parce que Zaccharie, qui était allé faire un petit voyage à Berne, devait arriver précisément ce jour-là.

— Qu'a de commun son retour avec notre voyage? demanda Léon.

— Oh! rien, répliqua Joseph, si ce n'est que je veux être ici pour l'embrasser.

— Cet ami si cher ne peut-il être embrassé quelques jours plus tard?

— Et ce voyage ne peut-il être remis à la fin de la semaine?

— Quand il s'agit de faire une bonne action, mon frère, le moindre retard est une faute.

— C'est aussi une bonne action de prévenir les vœux d'un ami.

— Voilà bien les discours erronés du vôtre,

reprit Léon en haussant les épaules avec humeur. Peut-on confondre ainsi ses véritables devoirs ? La reconnaissance, la générosité m'appellent demain à Kanderstœg, et je suis résolu de partir.

— Tu es libre de le faire, repartit Joseph ; nos actions peuvent fort bien être indépendantes les unes des autres.

— J'ai pour moi, continua Léon, l'approbation de notre respectable instituteur : mais penses-tu qu'il approuve tes refus et leur frivole motif ?

— Il m'importe assez peu qu'il me blâme ou qu'il m'approuve, pourvu qu'il ne me contraigne pas. Il est de certains sentimens qui n'entrent pas dans l'esprit de tout le monde.

— Pour moi, je comprends que ce qui est bon et juste soit approuvé par les gens qui aiment la justice et la bonté ; mais je ne puis souffrir que des enfans décident avec une ridicule présomption de ce qu'il leur est important de faire.

— Pour moi, reprit Joseph en s'échauffant, je supporte encore moins qu'un frère me parle avec autorité, comme s'il avait quelques droits sur ma personne.

— Je pourrais peut-être me prévaloir de celui que m'en donne mon âge, continua Léon.

— Ton âge! répliqua Joseph avec ironie, penses-tu qu'une légère différence entre nous deux te rende fort respectable à mes yeux? Apprends que je suis las de supporter tes hauteurs; que, n'ayant plus de père, je prétends être libre.

— Pauvre insensé! s'écria Léon, voilà sans doute ce que tu apprends tous les jours dans les secrets entretiens de Zaccharie? Tu es bien heureux de ne pouvoir mettre à profit de semblables leçons sur un plus grand théâtre; elles te feraient commettre une foule de sottises.

— Le plus sage n'est pas celui qui croit l'être, répondit Joseph.

— Que je hais Zaccharie! reprit Léon avec emportement; c'est lui qui t'a rendu si différent de toi-même. Avant de le connaître, tu m'écoutais avec confiance.

— Je lui dois de n'être plus un enfant, continua Joseph. J'avoue qu'autrefois je te croyais au dessus de moi par ta sagesse; mais aujourd'hui je m'aperçois que tu n'es qu'un orgueilleux, et je rougis de m'être laissé dominer si long-temps.

Léon, indigné, termina la querelle en s'éloignant. Il se promena long-temps hors du presbytère, pour laisser se calmer son émotion, ne voulant pas faire connaître au pasteur tous les torts de son frère. Le soir il se contenta de dire que ce voyage contrariait Joseph, et qu'il le

ferait seul avec Caroline. M. Angelmann adressa
à Joseph quelques observations; mais il n'in-
sista pas. Zaccharie arriva quelques heures après
le départ de Léon. Joseph lui raconta aussitôt
la querelle qu'il avait eue avec son frère.

— Je vous l'ai dit, mon cher Joseph, s'écria
Zaccharie, votre frère est un orgueilleux qui
brûle de dominer sur tout ce qui l'environne. Il
est comme Aman, qui ne pouvait dormir parce
que Mardochéc refusait de s'agenouiller devant
lui. Réjouissez-vous d'être enfin délivré de sa
tutelle. Votre conduite d'hier est admirable.

«Fuyez, nous dit Horace, la société d'un
» homme qui médit de son ami quand il est ab-
» sent, ou qui ne le défend pas quand on en
» parle mal. »

Maintenant je reconnais que vous êtes réellement mon ami, et que *nous sommes nés sous la*
même étoile. Il ne tiendra qu'à vous que nous
devenions désormais inséparables.

— Que voulez-vous dire? répondit Joseph;
qu'est-ce que cette boîte que vous avez là?

Zaccharie, pour toute réponse, en tira deux
habits de soie singulièrement taillés, qu'il apportait de Berne, et qu'il avait achetés d'une
troupe de sauteurs qui passait dans cette ville.
C'était l'accoutrement complet de deux troubadours.

A cette vue, Joseph laissa éclater sa joie, et se mit sur-le-champ à essayer sa nouvelle parure.

— C'en est fait ? mon ami ! s'écria-t-il, il faut partir. Je ne sais quelle ardeur me presse à la vue de ces habits ; mais je ne saurais résister plus long-temps.

Zaccharie, qui avait aussi revêtu son habit, saisit sa guitare et se mit à chanter ces vers :

> Divine mélodie ! ah ! dans tous les climats
>   Sois notre digne avant-courrière.
> Quand nous approcherons d'une terre étrangère,
>   Les bergers étonnés, séduits par tes appas,
> Se diront l'un à l'autre, en quittant leur chaumière :
>   Des enfans d'Apollon portent ici leurs pas.

— Ah ! mon ami, vous ne m'aviez pas dit ceux-là ! s'écria Joseph ; qu'ils sont doux et harmonieux ! Que vous êtes heureux d'être né avec tant de génie ! Ah ! il n'en faut pas douter, les charmes de votre poésie vont attirer sur vos pas une foule d'admirateurs ; chacun se disputera l'honneur de vous accueillir, et les plus charmantes aventures nous attendent. Nouvel Orphée, au défaut des hommes, les lions et les ours vous suivraient avec docilité pour jouir du plaisir de vous entendre.

— Mon cher Joseph, combien je vous aime ! répliqua Zaccharie, que ces louanges enivraient de joie ; vous avez un goût si délicat, que les

applaudissemens de l'univers me causeraient
moins d'orgueil que les vôtres. J'en jure par le
Tasse, je suis à vous pour la vie et à la mort.
Que votre imagination brillante est supérieure
au froid bon sens de votre frère! Il est incapable de s'abandonner, comme nous, à ces douces
et délicieuses rêveries qui nous occupent depuis
si long-temps.

— Soyez certain, reprit Joseph, que, bien
loin de les partager, il les trouverait parfaitement ridicules. Le projet sublime que vous avez
conçu de voyager à l'exemple d'Homère!...

— Dites plutôt à l'exemple des gais troubadours, interrompit Zaccharie. Homère voya-
geait par nécessité, je veux que le plaisir seul
nous accompagne. Le poète grec mendiait tristement sa vie en répétant ses admirables poè-
mes; les troubadours, enfans de la joie, voyaient
les portes les plus inaccessibles s'ouvrir au re-
frain de leurs agréables chansons.

C'est ainsi que l'imagination exaltée du jeune
Suisse égarait celle de l'imprudent Joseph. Ils
s'excitèrent tellement l'un l'autre à exécuter
leur projet insensé, que le voyage fut décidé-
ment résolu. Ils profitèrent pour cela de l'absence de Léon, et abandonnèrent le presbytère
de Bœningen avant le réveil de ses habitans.

CHAPITRE XIII.

Visite à un ancien protecteur.

LÉON, quoique fort éloigné de soupçonner le malheur qui le menaçait, se rendait tristement dans la vallée de Kanderstœg, en songeant à la cruelle désunion qui existait entre Joseph et lui. Il s'interrogeait pour savoir s'il n'y avait point donné lieu par quelques mauvaises manières ; mais sa conscience lui rendit le doux témoignage que les torts légers qu'il pouvait avoir ne naissaient que de sa vive tendresse pour son frère. Ces torts étaient peut-être d'avoir traité avec mépris l'objet des affections de Joseph ; car il faut craindre surtout de blesser ce qui tient au cœur. Avec plus de sévérité, Léon se serait reproché également de n'avoir point accordé à son frère le retard qu'il désirait pour l'accompagner chez Meldorf, et d'avoir tenu trop longtemps en réserve au fond de son cœur le secret de son mécontentement. La franchise et la complaisance sont deux puissans motifs pour ramener un cœur sensible qui s'égare.

Caroline, assise derrière son frère, troublait le cours de ses pensées par son babil enfantin,

auquel le guide prenait grand plaisir à répondre.
A peu de distance d'un village, un jeune enfant,
presque nu, courut à leur rencontre, en implorant leur générosité.

— Oh! mon Dieu! dit Caroline, il me semble
reconnaître cet enfant; bien certainement c'est
celui de Bernina..... Mon ami, dis-nous ton
nom?

— Je m'appelle Erni.

— C'est lui-même, reprit Caroline; ton
oncle est le vieux Meldorf, maire de Kanderstœg?

— Il est vrai, répondit le petit enfant en baissant les yeux.

— Pauvre innocent! continua Léon; ton sort
est bien changé. Meldorf, si bon, si généreux,
peut-il abandonner ainsi sa propre famille! Il
faut qu'il soit bien irrité.

— Que fait ton père, Erni? demanda Caroline.

— Il souffre, il a la fièvre.

— Et ta mère?

— Elle pleure!

— Elle pleure! répéta Caroline en laissant
échapper aussi quelques larmes. Ah! mon frère,
ils sont bien malheureux.

Léon donna à Erni quelques pièces de mon-
naie, et continua sa route, plus impatient que
jamais de remplir le but de son voyage. Cepen-

dant Caroline murmurait contre la dureté de
Meldorf.

— Ne te presse pas de le condamner, lui dit
Léon; celui qui a montré tant de bienveillance
à des étrangers ne saurait être devenu inexo-
rable envers ses propres neveux, sans des raisons
bien puissantes. Plaignons les malheureux; mais
prenons garde d'outrager un homme juste qui a
été notre bienfaiteur.

Léon parlait encore, lorsqu'un paysan, con-
duisant une mule, s'écria en passant tout près
d'eux :

— Vous voilà donc de retour dans notre vallée,
bons petits Français? Que Dieu vous conduise!
je suis tout joyeux de vous revoir.

Celui qui parlait ainsi était un valet de Meldorf.
Léon le reconnut et lui tendit la main; puis,
après s'être informé de son maître, il lui demanda où il allait.

— C'est un petit secret, répondit le valet,
mais je puis bien vous le dire. Vous saurez que
Ludger a été chassé de Kanderstœg, parce que
c'est un menteur et un fourbe; le malheureux
s'est retiré avec sa femme et son fils dans une
mauvaise chaumière, où ils mourraient de faim
sans la pitié du vieux Meldorf. De temps en
temps je leur porte, de sa part, de bonnes provisions; toutefois il ne veut pas que cela soit

connu dans le pays, parce qu'il prétend qu'on le blâmerait de placer si mal ses bienfaits.

— Tu vois, dit Léon à Caroline, lorsqu'ils eurent quitté le valet, tu vois si j'avais raison d'excuser Meldorf. Les jugemens précipités sont presque toujours des outrages; et plus j'acquiers d'expérience, plus je reconnais qu'il est prudent de les éviter.

Léon, qui connaissait parfaitement l'habitation de Meldorf, montra au guide où il devait mettre leur cheval; et, prenant la main de Caroline, il entra avec elle dans la maison. Son cœur était si vivement ému, qu'il fut d'abord ravi de n'y rencontrer personne. Meldorf déjeunait sous un berceau de vigne dans son jardin, avec le pasteur de l'église de Kanderstœg. Le berceau se trouvait voisin de la maison. Attirés par le son de voix de Meldorf, Léon et Caroline s'approchèrent doucement en prêtant l'oreille, bien moins pour satisfaire une indiscrète curiosité, que pour s'assurer en quelque manière des dispositions du vieillard.

— Je reconnais avec vous, disait Meldorf au pasteur, qu'en faisant le bien il ne faut avoir égard qu'à la volonté de Dieu. Je sais qu'il nous le recommande expressément, et qu'il nous en donne l'exemple en répandant *sa pluie sur les justes comme sur les injustes*; mais on ne peut s'empêcher d'être sensible à l'ingratitude. Pour moi, c'est l'unique salaire que j'aie recueilli parmi les hommes dans le peu de bien que je leur ai fait. Sans appeler ici le souvenir d'un ingrat, que je ne saurais nommer sans rougir, que n'ai-je point fait pour Ludger? Tant que mon épouse a vécu, j'ai tenté de le réconcilier avec elle, et aussitôt après son trépas j'ai pris avec moi cette malheureuse famille. Vous savez quelle récompense j'en ai reçue. Il en est de même de ces trois orphelins que je commençais à regarder comme mes enfans, que j'ai pleurés, mon cher pasteur; oui, je conviens de ma faiblesse, j'ai pleuré ces ingrats...... J'y pense encore tous les jours.... Abandonnés, hélas! dans un âge si tendre, que sont-ils devenus? Mais je suis bien fou de prendre ce souci; depuis le temps qu'ils m'ont quitté, en ai-je reçu le moindre souvenir? ils ne pensent plus à moi, oublions-les.

— Non, ne les oubliez jamais, respectable Meldorf, reprit Léon tout en pleurs, en s'élançant sous le berceau de vigne; ils reviennent à vous, touchés, repentans, et plus pénétrés que jamais d'une éternelle reconnaissance.

Meldorf, dans un doux saisissement, ne put que leur ouvrir ses bras tremblans, et au même instant ses joues vénérables furent couvertes de larmes.

Léon, Caroline, dit-il en croirai-je mes yeux !

— Léon! Caroline! dit-il enfin, en croirai-je mes yeux?

Il cherchait aussi Joseph; Léon donna une excuse à l'absence de son frère, et répondit de ses sentimens.

— Mes chers amis, reprit le sage vieillard, quel que soit le motif de votre retour, soyez toujours les bien-venus. Regardez ma maison comme la vôtre... Mais admirez donc, M. le pasteur, comme ils ont grandi? Léon a déjà l'air d'un homme. Ah! qu'il me tarde d'embrasser aussi Joseph!

Quelques momens après, le pasteur les ayant laissés en liberté, Léon fit à Meldorf un récit détaillé de leurs aventures. Le bon vieillard les écouta avec un vif intérêt qui le rendait pour ainsi dire présent aux différentes circonstances, tout prêt à s'affliger au récit de leurs peines, tout prêt à se réjouir à celui de leurs prospérités. Il ne put néanmoins se défendre d'un peu de tristesse en apprenant qu'ils n'étaient chez lui qu'en visite, et qu'un protecteur plus distingué remplissait à leur égard la tâche dont il aurait voulu se charger.

— Puissiez-vous avoir rencontré une félicité durable! reprit Meldorf en soupirant; mais s'il en était autrement, si le malheur vous poursuivait encore, souvenez-vous de cette modeste habitation dans le voisinage de laquelle reposent les cendres de votre père. Tant que Meldorf vivra, elle sera pour vous un asile assuré.

Les orphelins répondirent avec sensibilité à ces paroles généreuses. Meldorf n'avait rien dit de Ludger, parce qu'il avait pour maxime de garder le silence à l'égard de ceux dont il était mécontent. Léon cherchait en lui-même un moyen de faire tomber sur lui la conversation; mais, le peu de mots qu'il avait hasardés étant demeurés sans réponse, il n'osait continuer. Le soir étant venu, et avec lui l'heure accoutumée de la prière, Léon dit à Meldorf :

— Que cette maison me paraît grande, quand vient cette heure solennelle ! N'éprouvez-vous pas quelques regrets?.... Ne cherchez-vous pas des yeux la place où s'agenouillaient Bernina.... son fils..... son époux?..... Pour moi, je crois les voir encore... Les yeux attachés sur vos lèvres, je crois entendre l'invocation par laquelle ils terminaient pieusement la journée, en demandant au ciel de prolonger vos jours... Hélas ! sans notre arrivée dans cette chaumière, ils y demeureraient encore.

— Non, non, mon fils, répondit Meldorf, que cette pensée ne te trouble point. Les méchans finissent tôt ou tard par se faire connaître, et tout devient pour eux une occasion de pécher.

— Ah ! c'est en vain que vous voudriez me
tranquilliser, reprit Léon ; je ne me consolerai
jamais d'avoir plongé une malheureuse famille
dans la désolation, de vous avoir privé de l'appui
qu'elle devrait vous prêter dans votre vieillesse.
Bon Meldorf, mon cœur est incapable de déguisement ; il faut que vous sachiez que, sans la disgrâce de Ludger, je ne serais jamais revenu ici.
L'espoir de réparer le tort que nous lui avons fait
involontairement m'a seul donné le courage
d'affronter vos reproches. J'étais loin d'imaginer
que vous nous aimassiez encore malgré notre ap-
parente ingratitude ; mais puisque vous êtes si
généreux envers nous, soyez-le aussi envers vos
infortunés neveux. Ne souffrez plus que leur fils
avilisse sa jeunesse en tendant la main aux étrangers....

— Tendre la main ! s'écria Meldorf en rougissant....

— Oui, Meldorf ; malgré vos généreux secours,
ils sont parfois réduits à cet excès de misère.
Ludger est malade, sa femme pleure, et son fils
mendie.

— Ludger ! le traître Ludger porte la juste
peine de sa trahison, continua Meldorf ; il a abusé
de ma confiance, de la vôtre. Sans lui, vous ne
m'auriez point quitté. Une basse jalousie l'a conduit à vous sacrifier indignement. Sans pitié pour

votre jeunesse, il vous exposait à tous les vices ; sans respect pour mon âge, il me forçait de vous accuser injustement ; il a mérité son malheur.

— Mais Bernina ! mais l'innocent Erni ! doivent-ils supporter des chagrins qu'ils n'ont pas mérités ?

— Je ne les ai point chassés ; ils ont suivi le coupable.

— Ils ne pouvaient abandonner un père, un mari ; mais en lui pardonnant, vous ramenerez près de vous et le fils et l'épouse.

L'âme noble et sensible de Léon, s'échauffant par degrés, prêta à ses discours une éloquence qui triompha enfin des résolutions de Meldorf.

— Généreux enfant ! s'écria-t-il en l'embrassant, je veux qu'ils connaissent au moins toute ta vertu, je veux que tu jouisses de ton ouvrage ; nous irons ensemble dans la chaumière du coupable, et c'est toi qui lui porteras sa grâce.

Une joie pure et délicieuse remplissait le cœur de Léon. Il se représentait la surprise de cette famille, le bonheur qu'elle allait éprouver, le souvenir honorable qu'il laisserait dans leur esprit. Il veilla long-temps, occupé de ces agréables pensées, et s'endormit en se répétant tout bas : Joseph ! Joseph ! combien tu regretteras de n'être point venu !

Aussitôt après le déjeuner, Meldorf, Léon et Caroline partirent à pied pour la cabane de Ludger. Chemin faisant, les deux orphelins saluaient d'un air de connaissance les lieux qui se trouvaient sur leur passage.

— Voilà, disait Léon, trois cerisiers que j'ai greffés de ma main. C'est Joseph qui a planté cet amandier : qu'il aurait de plaisir à le voir aujourd'hui plus grand que moi! Autrefois il y avait là un champ de blé à la place de ce plant de vigne. J'ai coupé du bois au bord de cet abîme; j'ai désaltéré vos bœufs dans ce ruisseau.

— Je reconnais cet ormeau, poursuivait Caroline; Léon, tu dois t'en souvenir aussi; tu pensas te tuer en voulant dénicher un nid d'oiseaux que je brûlais d'avoir. Mon cher frère! je ne puis le regarder sans frémir.

— Et ce petit bocage qui s'élève là sur ce penchant, reprit Léon, ne te rappelle-t-il rien?

— Il était tout rempli de fraises, répondit Caroline; tu m'as souvent aidé à les cueillir.

—Oui, et pendant ce temps-là mon troupeau de chèvres gagnait le bord des vignes, faisait tout le mal possible, et mettait Meldorf en colère.

En écoutant ces naïfs entretiens, l'heureux vieillard souriait et se disait en lui-même :

— Enfans de la Providence! puissiez-vous n'avoir jamais que des souvenirs aussi purs!

Au bout d'une heure, Meldorf, qui les faisait passer à dessein par le petit vallon de Geschen, leur montra du doigt la cime de quelques mélèzes qui s'élevaient entre les découpures des rochers. A cette vue, une expression douloureuse chassa la gaîté de dessus le visage de Léon.

— C'est là que repose le corps de notre père, dit-il à Caroline ; allons prier Dieu sur sa tombe.

Le tombeau, qui n'était indiqué que par un monticule de gazon, se trouvait au pied d'un rocher, dont la saillie formait une voûte. La hauteur de la paroi, et les mélèzes qui croissaient fort près les uns des autres, y répandaient une sainte obscurité. Des touffes de violettes exhalaient sur le tombeau leurs parfums solitaires ; et de la voûte humide du rocher, tout tapissé de capillaires, pendaient jusque sur le monument des festons de liserons et de pervenches.

Léon pria Dieu à haute voix, afin que Caroline participât plus dignement à cet acte religieux ; et, empruntant les sublimes expressions d'un poète de sa nation, il dit avec ferveur :

Que le Seigneur est bon ! que son joug est aimable !
Heureux qui dès l'enfance en connaît la douceur !
Jeune peuple, courez à ce maître adorable :
Les biens les plus charmans n'ont rien de comparable
Aux torrens des plaisirs qu'il répand dans un cœur.

Que le Seigneur est bon ! que son joug est aimable !
Heureux qui dès l'enfance en connaît la douceur[1] !

Après avoir achevé cette belle prière, Léon se rapprocha de Meldorf, qui était appuyé contre un mélèze, et, lui montrant le tombeau :

— Le temps, lui dit-il, n'a point affaibli mes regrets, ni obscurci mes souvenirs. Plus je grandis, plus je me rappelle les vertus de mon père, plus je reconnais le prix du sacrifice qu'il nous a fait de sa propre vie pour nous arracher à des mains criminelles. Sans ce dévouement inouï, nous fussions infailliblement devenus des scélérats comme l'étaient nos maîtres. O mon père ! pourquoi faut-il qu'un si grand bienfait n'ait pu nous être acquis qu'au prix de ton sang !

Pendant que Léon nourrissait sa piété filiale de ces intéressans souvenirs, dans le voisinage même des cendres de son père, Caroline, assise sur l'herbe à côté de lui, l'écoutait en silence et dans un profond attendrissement. Elle avait rassemblé quelques fleurs dont elle composait une couronne ; ses pleurs tombaient sur les fraîches marguerites comme la tendre rosée du matin. Avant de s'éloigner, elle baisa cette couronne, et la déposa toute trempée de ses larmes sur la tombe du meilleur des pères.

[1] Esther, tragédie, acte 3.

En approchant de la maison de Ludger, ils aperçurent Erni, qui s'enfuit à leur aspect pour avertir ses parens. Bernina vint à leur rencontre. Elle était trop troublée pour reconnaître les orphelins.

— Quoi ! mon oncle, dit-elle à Meldorf, vous avez la bonté de venir nous visiter ? n'était-ce point assez de vos secours généreux ? n'augmentez pas dans nos cœurs le regret de vous avoir offensé ?

— Ma fille, répondit Meldorf, tu ne m'as point offensé, ton époux seul est coupable; mais je lui pardonne pour l'amour de toi et de ton malheureux fils.

A ces paroles consolantes, Bernina s'élança toute joyeuse au cou de son mari, qui était tristement assis dans un coin de la chambre, et tous deux se jetèrent ensemble aux pieds de Meldorf; mais le vieillard, se retirant en arrière, leur découvrit Léon, qui se cachait modestement.

— Voilà, leur dit-il, celui à qui vous devez rendre grâce. A peine a-t-il connu votre malheur, qu'il est venu exprès de Bœningen pour obtenir votre pardon; c'est ainsi, Ludger, qu'il a voulu se venger de ta perfidie.

Un coup de foudre aurait moins attéré Ludger que la présence de l'orphelin. Il demeurait à genoux, le cou penché vers la terre, sans avoir la force de parler. Léon lui tendit la main en l'assurant qu'il oubliait entièrement le passé ; que la Providence avait tout dirigé pour le mieux, et qu'il ne souhaitait plus que de les voir heureux et tranquilles.

Grâce aux provisions qu'ils avaient reçues la veille, Ludger et Bernina parvinrent à traiter assez bien leurs hôtes ; mais pendant les apprêts du repas, ces derniers s'aperçurent facilement du délabrement de leur ménage. Ils manquaient des choses les plus nécessaires. Le festin n'en fut pas moins gai. La douce satisfaction qui animait les uns, l'espoir d'un meilleur avenir qui souriait aux autres, répandaient sur tous cet esprit de bienveillance qui fait le charme des réunions ; Ludger, seul coupable, était aussi le seul mal à son aise. Il n'osait d'abord regarder Léon ; mais insensiblement la paix de l'âme de tous ceux qui l'environnaient s'étendit jusque sur la sienne, comme la chaude haleine des vents du midi fait éclore quelques fleurs jusque sur les bords froids et sombres des glaciers.

CHAPITRE XIV.

Ce que deviennent les deux fugitifs.

Joseph et Zaccharie, en quittant Bœningen, s'étaient dirigés sur la verdoyante vallée du

Grindelvald, si connue, si fréquentée, et où se
trouvent les glaciers les plus étendus de toute la
Suisse. Ils traversèrent une partie de ces glaciers
pour atteindre le village d'Obergestelen dans le
haut Valais, d'où ils comptaient se rendre en
Italie. Les aspects les plus magnifiques se dé-
ployaient vainement à leurs yeux; l'habitude de
les voir les empêchait d'en être touchés. Si
quelquefois Joseph, moins familiarisé avec ces
grandes images, laissait échapper quelques marques d'admiration, Zaccharie lui répondait
froidement :

— Que peut-on admirer en Suisse?

— Et qu'y vient donc faire, répliquait Joseph,
cette foule d'étrangers que nous rencontrons
tous les jours?

— Ah! il se peut, dit Zaccharie, que ces
hautes montagnes, ces glaces, ces vallées, aient
du charme pour ceux qui ne les ont jamais vues;
mais qu'est-ce que tout cela dit à l'imagination ?
Des noms barbares, des peuplades sauvages,
des vertus farouches, auraient-ils jamais inspiré
un seul vers à Virgile? un bouquet de fleurs
cueilli dans les champs de Mantoue me serait
mille fois plus précieux que toutes les forêts de
l'Helvétie.

Joseph, pour qui les paroles de Zaccharie
étaient presque des oracles, n'osait plus rien

admirer de peur de passer pour un homme sans
goût.

Leur habillement, parfaitement semblable,
consistait en une veste de soie blanche, un petit
manteau de satin violet, des hauts-de-chausses à
grandes raies blanches et violettes, des bottines
rouges, et une toque de velours ornée de plumes
blanches. Ce costume, un peu fané, leur donnait assez l'air de comédiens de campagne, et
c'est pour quoi ne manquaient pas de les prendre
tous ceux qui les rencontraient dans leur chemin; toutefois on ne laissait pas d'en être un
peu surpris, parce qu'ordinairement les comédiens ne portent point ainsi en voyage leurs
costumes de théâtre. Douze à quinze louis faisaient toute la fortune de nos aventuriers; mais
ils ne s'en inquiétaient guère, persuadés qu'en
Italie ils n'auraient qu'à paraître pour se voir
accueillis de tous les grands seigneurs. L'habitude
de vivre dans un pays agreste et sauvage, et les
longues promenades auxquelles ils étaient accoutumés, leur faisaient supporter sans peine une
marche soutenue et quelquefois pénible. Ils arrivèrent à Locarno par le val Maggia. Trompé par
ces noms italiens, Joseph crut pouvoir saluer
avec transports cette terre où, comme de nouveaux Troyens, ils devaient voir s'accomplir de
flatteuses espérances.

— Vous êtes dans l'erreur, lui dit Zaccharie, ce pays fait encore partie de la Suisse; mais vous pouvez néanmoins le regarder d'un œil plus favorable. Il dépendait autrefois du Milanez. Déjà le langage y est plus doux, les villages plus nombreux, la nature plus riante. Les rochers agrestes de l'Helvétie s'abaissent insensiblement et se changent en collines verdoyantes. Les bords du lac Majeur sont, dit-on, parsemés de maisons de plaisance qui ressemblent plutôt à de véritables palais; c'est là qu'il nous faut chercher un asile et des auditeurs dignes de nous.

Ils ne demeurèrent qu'un jour à Locarno, et suivirent la rive orientale du lac jusqu'à Luvino, où finit le territoire de la Suisse. Jusque-là aucune aventure ne s'était encore offerte à leur ambition, et ils étaient toujours réduits à coucher dans les hôtelleries comme tous les autres voyageurs. Quelque frugalité qu'ils missent dans leurs repas, la bourse commençait à devenir légère. Zaccharie ne daignait pas s'occuper de ces détails; mais Joseph, qui payait la dépense, s'en apercevait tous les jours. Ils rencontraient beaucoup de maisons de plaisance; mais ces maisons étaient désertes ou habitées par des valets; les maîtres n'avaient point encore abandonné la ville, quoiqu'on se trouvât déjà à la fin du printemps. A une demi-lieue de Luvino, ils

rencontrèrent un endroit si charmant, qu'ils
voulurent s'y reposer. Le rivage, profondément
découpé, avait permis aux eaux du lac d'y former un petit golfe au pied d'une riante colline.
Un palais somptueux, dont les colonnes sem-
blaient rivaliser d'élégance et de hauteur avec
les peupliers du rivage, s'élevait sur le penchant
de cette colline. Ses jardins en amphithéâtre
descendaient jusqu'aux bords de l'eau avec leurs
grottes, leurs orangers et leurs statues. Tout s'y
découvrait sans confusion; et formait un tableau plein de grâce qui se peignait fidèlement
dans les eaux transparentes du lac. Joseph et
Zaccharie, assis à l'une des extrémités du golfe
presque en face de ce palais, admirèrent à loisir
une si agréable situation.

— C'est sans doute la demeure de quelque
prince, dit Zaccharie; quel dommage qu'il n'y
soit pas en ce moment! car je suppose qu'il est
aussi à la ville comme les maîtres des autres châteaux que nous avons rencontrés.

— En quelque lieu qu'il soit, reprit Joseph,
il chercherait en vain un asile plus délicieux que
celui-ci. Par quelle bizarrerie dédaigne-t-on un
bien qu'on souhaiterait avec ardeur si tout autre
le possédait?

— C'est que l'habitude d'en jouir rend insi-
pides les choses les plus agréables, répondit

Zaccharie. Je me rappelle d'avoir exprimé assez passablement cet ennui des grandeurs dans une églogue du genre gracieux.

— Ah ! dites-moi cette églogue, je vous prie, continua Joseph, pendant que nous nous reposons ici à la douce fraîcheur du matin.

— Volontiers, répliqua Zaccharie; je ne sais trop si je m'en souviendrai parfaitement, car c'est un de mes premiers ouvrages. J'étais fort jeune alors, vous vous en apercevrez facilement à la faiblesse du style; mais les images en sont fraîches, gracieuses, et l'idée assez neuve.

Après ce petit préambule, le jeune auteur posa sa guitare sur l'herbe et commença ainsi :

LA FEUILLE DE ROSE, OU LE SONGE D'UN BERGER.

Le berger Moschus alla un jour consulter le devin Ménalque, qui passait pour être fort habile dans l'interprétation des songes. Moschus lui dit :

J'étais assis un soir au bord d'une fontaine sur laquelle des rosiers chargés de fleurs se penchaient en grand nombre. Mille petites sources, en pénétrant à travers les fentes du rocher, coulaient dans le bassin de la fontaine avec un bruit doux et harmonieux. Le parfum des roses et le murmure agréable de ces sources me plongèrent insensiblement dans un profond sommeil.

Il me sembla alors que je voyais une colombe,

blanche comme la neige la plus pure, traîner péniblement sur le gazon un ruban qui enchaînait ses pieds délicats. Touché de compassion, je la pris entre mes mains, et je coupai le ruban fatal... Tout à coup j'aperçus l'Amour. Il n'avait point cet air doux et flatteur que lui prêtent les poètes; sans son arc et son carquois, aucun d'eux ne l'aurait reconnu. La fureur était peinte dans ses regards.

— Téméraire! s'écria-t-il, d'où te vient tant d'audace de rendre libre un oiseau que j'avais enchaîné? Cette colombe appartient à ma mère; en nous jouant ensemble, elle m'a vaincu au vol; je m'en étais vengé en lui liant les pieds jusque sur les genoux de Vénus, où elle cherchait un refuge. Crois-tu donc qu'il soit permis de contrarier les dieux dans leurs plaisirs?

Il dit, et, arrachant avec colère une poignée de gazon, il la jeta sur moi en invoquant Jupiter... Je sentis aussitôt un frisson me parcourir tout le corps; ma voix s'éteignit, mes membres se fondirent, et je devins une feuille de rose que la moindre haleine du zéphyr promenait çà et là sans jamais lui laisser de repos.

Une bergère vint à passer; elle portait un agneau entre ses bras; ses beaux cheveux flottaient à l'aventure. Poussé par le souffle du vent, j'allai tomber dans une des boucles qu'ils formaient, et la bergère m'emporta, sans le savoir, dans l'intérieur de sa cabane.

« Ma mère, dit-elle en entrant, vous allez » être contente de moi. Je vous apporte un » agneau que Chloé m'a donné pour un simple » ruban qui lui faisait envie. Chloé est riche, » nous sommes pauvres; j'ai cru pouvoir profi- » ter de l'avantage de cet échange. »

— « Non, non, Phyllis, répondit la mère, il » n'est point de pauvreté qui autorise à profiter » de l'ignorance ou de la folie des autres. Un » agneau vaut beaucoup plus qu'un ruban. » Chloé ne le savait peut-être pas à cause de sa » grande jeunesse, ou peut-être le désir de pos- » séder le ruban lui avait-il troublé l'esprit. » Porte cet agneau avec les nôtres; demain tu » le rendras à Chloé.

La bergère obéit, puis elle se mit à peigner et à rassembler en tresses sa belle chevelure. Je tombai dans sa pannetière, qui se trouvait par hasard à côté d'elle, en regrettant mon aimable asile. Le lendemain Phyllis voulant conduire aux champs son troupeau, prit sa pannetière à son bras, et m'emporta de nouveau sous la forme légère qui me dérobait à sa vue.

Chloé était déjà assise sur l'herbe, le ruban flottait à sa ceinture.

« Voici ton agneau, lui dit Phyllis; ma mère

» ne veut pas que je le garde, car tu ne sais pas
» qu'il vaut beaucoup plus que mon ruban. »

— « Je le savais, répondit Chloé en l'embras-
» sant ; mais, n'osant te l'offrir en pur don, j'ai
» feint d'avoir envie du ruban, suivant le conseil
» de ma mère. J'ai voulu remplacer par cet
» agneau celui que le loup t'emporta l'autre jour
» pendant que tu m'apprenais la chanson de la
» rose. »

— « Je te rends grâce, aimable Chloé, répli-
» qua Phyllis toute joyeuse. Oh ! à présent je
» garde ton agneau ; ma mère ne pourra plus s'en
» fâcher. Il sera mon compagnon fidèle ; je l'ap-
» prendrai à venir manger jusque sur mes ge-
» noux.... Mais n'ai-je point encore quelque
» chose qui te fasse plaisir ? parle, Chloé, je
» brûle de te rendre à mon tour la joie que tu
» me donnes. »

— « Eh bien ! reprit Chloé, donne-moi ta pan-
» netière dont j'admire depuis long-temps le tra-
» vail délicat. La princesse Athénaïs doit, dit-on,
» passer dans ce hameau pour aller au devant
» de son frère, qui revient triomphant d'une
» grande expédition ; je voudrais lui présenter
» des fleurs dans cette jolie pannetière. »

— « Elle est à toi, lui répondit Phyllis. »

Attaché au sort de la pannetière, comme elle
je changeai de maîtresse, et je suivis Chloé. Deux

jours après, le bruit d'une musique guerrière
annonça le passage de la princesse Athénaïs
Chloé se hâta de mettre ses plus beaux habits
et de remplir sa pannetière des plus belles fleurs
de la saison. J'espérais qu'elle m'en ôterait auparavant ; mais elle ne m'aperçut point ; une
feuille de rose est si peu de chose ! et je prévis
avec douleur que mon destin allait encore
changer.

A travers les treillages de la pannetière je dé-
couvris la princesse assise sur un char que six
chevaux blancs avec des brides d'or et des
housses éclatantes entraînaient légèrement. Les
dames de sa cour la suivaient dans d'autres
chars, et une troupe de guerriers, couverts
d'armures éblouissantes, l'entouraient attentifs
à ses moindres ordres.

Tous les habitans du hameau, pour qui ce
spectacle était une chose nouvelle, exprimaient
par des cris leur joie et leur ravissement. Ils saluèrent la princesse par un concert de bénédictions et de vœux favorables ; car elle passait pour
être bienfaisante. Athénaïs fit arrêter son char
et prononça un discours peu étendu, mais rempli de ces mots flatteurs qui ont tant de grâce
dans la bouche d'une souveraine. Les acclama-
tions redoublèrent. Un groupe de jeunes filles
s'avança. Chloé, comme la plus riche, se trou-

vait à leur tête. Elle adressa à la princesse quelques paroles simples et touchantes comme elle,
et lui offrit sa pannetière, qu'Athénaïs posa sur
ses genoux. Le char continua de rouler, et je
me trouvai ainsi entre les mains d'une grande
princesse. Cette scène intéressante se renouvela
dans plusieurs autres hameaux qui se rencontrèrent sur la route. Le cœur d'Athénaïs, qui
avait répondu vivement aux premiers transports
que sa présence avait paru exciter, soutint les
seconds avec plus de froideur; les troisièmes
l'excédèrent, et elle ordonna de traverser rapidement les villages, afin d'éviter ces mêmes
bénédictions qui l'avaient d'abord comblée de
joie.

— C'est donc ainsi, me disais-je à moi-même
du fond de ma pannetière, c'est donc ainsi que
la répétition des plus doux sentimens finit par
les rendre insupportables; mais ne serait-ce
point ici un inconvénient attaché à la grandeur?'
Je n'ai point vu au milieu des hameaux ce dégoût des choses estimables. Là les amis et les
bienfaiteurs ne se lassent point de s'aimer et de
se bénir, parce que l'expression de leurs sentimens est simple et naturelle. Ici, au contraire,
où l'appareil préside à tout, où des discours étudiés attendent une réponse composée avec art,
le dégoût empoisonne les plus innocentes jouis-

sances. Voilà sans doute ce qui rend de pareilles relations importunes à la princesse.

Un bruit de clairons et de trompettes, un épais nuage de poussière annoncèrent le prince, au devant duquel on se rendait. Son air fier, sa taille haute, l'armure d'airain qui le couvrait, lui donnaient un aspect redoutable. Son char suivait à vide. Il montait de préférence un coursier fougueux qui blanchissait son mors d'écume, et dont le regard terrible annonçait le désir et la fureur des combats. Autour du char marchaient, la tête baissée et les mains chargées de chaînes, une foule de captifs dont les gémissemens paraissaient doux à l'oreille du vainqueur. Le prince vint embrasser sa sœur et se placer à côté d'elle. En lui rendant compte de son expédition, il lui détaillait avec plaisir les villes réduites en cendres, les campagnes désolées, les champs couverts de morts et les nombreux captifs, tristes produits du succès de ses armes qu'il appelait de glorieuses victoires. Je sentis Athénaïs frémir et trembler à cet horrible récit; mais bientôt, élevant la voix, je l'entendis avec surprise prodiguer à son frère les louanges les plus outrées. Elle le compara au bouillant Achille, et remercia les dieux de la gloire dont ils le couvraient. On retourna au palais par un autre chemin, et la pannetière fut jetée négli-

gemment sur un sofa dans le cabinet de la
princesse.

— O Phyllis! ô Chloé! pensai-je alors! que
n'êtes-vous témoins de l'indifférence avec laquelle on traite cette pannetière, doux présent
de l'amitié, que vous avez donnée l'une et l'autre comme ce que vous possédiez de plus précieux!

Cependant la princesse, à son lever, entra dans
son cabinet pour y lire quelques placets et s'occuper de sa toilette. Elle ne voulut avec elle qu'une
seule dame qui possédait toute sa confiance.

«Hélas! Eriphyle, lui dit-elle, que la journée
» d'hier m'a paru longue et pénible! obligée d'é-
» couter le récit des cruautés de mon frère, sa
» présence me faisait horreur. Il était souillé du
» sang de mille victimes innocentes; j'entendais
» gémir d'infortunés captifs...... et cependant il
» fallait l'applaudir, le comparer aux dieux. Je
» dois à cette feinte approbation la puissance dont,
» en son absence, il me rend dépositaire. Je règne
» plus que ce prince, que l'amour de la guerre
» entraîne si souvent loin de ses états; mais que
» la contrainte à laquelle il me réduit me fait
» payer cher cet avantage!»

— «Illustre princesse, répondit Eriphyle, déro-
» bez surtout à votre cour les sentimens qui vous
» agitent. Ceux-mêmes qui vous paraissent les plus

» dévoués s'empresseraient de vous desservir au-
» près du roi, dans l'espoir d'avancer leur propre
» fortune. Le désir de la faveur ferait oublier aux
» plus reconnaissans et votre amour et vos bien-
» faits. »

— Affreux séjour ! me dis-je à moi-même, où
chacun se trompe, se trahit, où la défiance est
une vertu, et la fausseté un vice nécessaire.

La princesse ayant fait appeler ses autres
femmes, elles se répandirent dans le cabinet.
Les unes apportaient des perles et des étoffes
précieuses; les autres des parfums et des vases
d'or pour laver les pieds de la princesse. Une
matrone qui rangeait les meubles, voyant les
fleurs de la pannetière presque sèches, les jeta
toutes par la fenêtre. Triste jouet des vents et du
hasard, je m'envolai avec elles, et j'allais sans
doute périr dans un bassin, lorsqu'un des enfans
du prince, qui jouait en cet endroit, m'arrêta
avec sa main. Il s'amusa long-temps à me faire
voltiger dans le jardin en me poursuivant avec
son souffle. Nous arrivâmes jusque sous les fenêtres grillées qui éclairaient la prison d'un illustre
captif, victime de la dernière guerre. Son fils,
encore enfant, regardait jouer le petit prince à
travers les barreaux de sa prison.

« Enfant ! lui cria le prince, reçois cette feuille
» de rose. »

Et il me souffla du côté des prisonniers; ce souffle enfantin ne fut pas assez fort, je retombai sur le gazon, au grand regret du jeune captif qui étendait vers moi ses mains impuissantes. Ce jeu recommença plusieurs fois, et il eût toujours été infructueux sans le secours du vent qui s'éleva, et me porta dans la prison. Les cris de joie du jeune captif me saluèrent avec transports; il se hâta d'imiter le jeu du petit prince en me souf-flant devant lui dans sa prison. Je me sentais hu-milié de servir de jouet aux caprices d'un enfant, lorsque j'entendis le père prononcer ces paroles :

« Heureux âge, où une feuille de rose suffit » pour faire oublier de grands malheurs ! en voyant » mon fils se réjouir innocemment, je sens s'al-» léger mes propres peines. »

Ces paroles me touchèrent; je m'applaudis alors de servir de consolation à ces infortunés captifs. L'air d'une porte que leur gardien ou-vrit en ce moment, me chassa de la prison. Je me retrouvai dans le jardin sur les branches d'un oranger, où je demeurai jusqu'à la nuit. Un orage se formait à l'horizon, un vent précurseur de la foudre m'emporta avec violence au milieu des éclairs... Je m'éveillai. Dis-moi, savant Ménalque, ce que signifient ce songe et cette métamorphose ?

— Cela signifie, répondit Ménalque, que ton cœur est occupé de pensées ambitieuses; que le

désir de t'approcher des grands a quelquefois
troublé ta solitude. Les dieux ont voulu t'avertir
que l'innocence et le bonheur habitent les paisibles hameaux, pendant que les vices et les passions orageuses choisissent les cours des rois pour
leur asile. Profite de ce songe mystérieux, et
remercie les dieux qui te l'ont envoyé.

— Et vous appelez cela un style faible ? s'écria
Joseph ; vous êtes difficile, mon cher Zaccharie.
Je ne sais lequel admirer davantage, ou des tableaux gracieux, ou des peintures énergiques
dont cette idylle est remplie. Vous les avez en-
tremêlés avec un art divin, et, au milieu de tout
cela, il se trouve un air de sagesse qui ravit. Je
vous avouerai franchement que si j'étais l'auteur
d'un pareil morceau, je penserais aller de pair
avec Théocrite et Virgile.

Joseph parlait encore, lorsqu'ils entendirent
une brillante symphonie qui partait d'une gondole naviguant doucement sur le lac. Cette gondole était suivie de quatre autres richement or-
nées ainsi que la première, et remplies d'une
foule de dames et de cavaliers magnifiquement
vêtus. Cette petite flotte débarqua au bas des
jardins du palais, où toute la compagnie se rendit
au son des instrumens. Joseph et Zaccharie, s'é-
tant levés, s'approchèrent de quelques valets
qui déchargeaient les gondoles, et s'informèrent

du motif de cette fête. Ils apprirent que le maître
de cette belle maison venait de se marier, et
qu'il conduisait, pour la première fois, son épouse
dans cette terre, avec ses parens et ses amis.

— Eh bien ! reprit vivement Zaccharie, allez
dire que deux troubadours demandent l'honneur
d'être admis dans ce palais, et de réjouir la nouvelle mariée par d'agréables chansons.

Le valet se fit répéter deux fois ces paroles,
et au bout d'un quart d'heure il vint leur répondre qu'on leur permettait d'entrer. Les troubadours, qui s'attendaient à voir au moins les dames
d'honneur de la mariée accourir au devant d'eux,
se sentirent un peu mortifiés de cette sèche permission annoncée par un simple valet. Cependant
Zaccharie fit observer à Joseph que, depuis le
temps qu'il n'y avait plus de troubadours, on
pouvait avoir oublié le cérémonial usité à leur
égard, et qu'il ne fallait point, par cette raison,
être trop exigeans.

On les introduisit dans un superbe salon où
se trouvait la compagnie. Un jeune homme en
habit d'uniforme, et d'une physionomie douce
et prévenante, les pria de s'asseoir. Ce jeune
homme était parent du maître de la maison, qui,
couché négligemment sur un sofa, daigna répondre à peine au salut de nos aventuriers. Zaccharie, prenant la parole avec assez de grâces :

— Nous sommes loin de ces temps, dit-il, où
la poésie était tellement honorée qu'il suffisait
d'être poète pour obtenir l'accueil le plus flatteur.
Dans ces temps fortunés, les princes et les rois
ne célébraient point de fêtes sans qu'il y parût
des troubadours. Ces enfans d'Apollon ont insensiblement disparu de dessus la terre, soit que le
goût des vers soit devenu moins vif, soit que des
chantres indignes du Parnasse aient avili ce corps
célèbre; mais s'est-il éteint sans retour? Pourquoi une si belle institution ne se rétablirait-elle
pas? Réveillons le luth du troubadour; il est
encore des âmes sensibles aux charmes de la belle
poésie; et il ne faut, pour ranimer le talent, que
des Mécènes dignes de le protéger.

Zaccharie se tut; personne ne répondit à ce
discours, qu'on regarda comme un de ces préam-
bules étudiés que tous les charlatans débitent
avant d'entrer en scène. Zaccharie, qui n'en devinait point le motif, fut assez surpris de ce silence; mais, le prenant aussitôt pour l'impatience
qu'on avait de les entendre, il donna à Joseph
des tablettes sur lesquelles se trouvait le récit de
la mort d'Orphée, qu'il avait mis en vers italiens.
Ils le chantèrent à deux parties, avec un accom-
pagnement de guitare fort savant. Les vers sui-
vans expriment le sujet que Zaccharie avait
choisi :

Près du Strymon glacé, dans les antres de Thrace,
Durant sept mois entiers il pleura sa disgrâce.
Sa voix adoucissait les tigres des déserts,
Et les chênes émus s'inclinaient dans les airs.
Telle, sur un rameau, dans une nuit obscure,
Philomèle plaintive attendrit la nature,
Accuse en gémissant l'oiseleur inhumain..... [1]

CHAPITRE XV.

Les fugitifs éprouvent de grands revers.

Les vers de Zaccharie ne valaient point ceux de l'abbé Delille; mais le secours des voix et de la musique les fit écouter avec tant de plaisir, qu'on les redemanda une seconde fois. Le jeune Suisse chanta seul plusieurs morceaux de sa composition, italiens et allemands; il tira de sa guitare tout ce qu'on peut attendre d'une exécution brillante; et, couvert des applaudissemens de toute l'assemblée, il se livrait déjà à la joie la plus vive, lorsqu'on vint annoncer que le festin était servi. Chaque cavalier prit une dame par la main, et les deux chanteurs demeurèrent seuls, sans que personne les invitât à suivre la compagnie.

—Voilà une étrange conduite, dit Zaccharie

[1] Tiré de la traduction des *Géorgiques*, par l'abbé Delille.

avec un sourire forcé; quel singulier motif peut l'avoir inspirée? est-ce distraction, est-ce impolitesse?

— J'ai bien peur que ce ne soit une raison plus humiliante pour nous, répondit Joseph. N'avez-vous point remarqué de quel air dédaigneux le maître de la maison nous a reçus?

— Nous n'avions point encore parlé, reprit Zaccharie, et il ne savait que penser de nous; mais croyez-vous qu'il n'ait pas senti tout le mérite de mon petit discours? et n'avez-vous pas été témoin de l'enthousiasme que nos chants ont excité?

En cet instant, un valet vint leur dire qu'on les attendait pour dîner. Zaccharie jeta sur Joseph un coup d'œil triomphant; mais cette disposition s'évanouit tout à coup, lorsqu'ils aperçurent la table où on les attendait entourée de valets de chambre et autres en livrée. Une vive rougeur couvrit le visage de nos aventuriers.

Quel affront! s'écria Zaccharie transporté de colère; pour qui nous prend-on ici?

— Là, là! ne vous fâchez pas, répondit un des valets, on vous prend pour d'honnêtes bouffons, tout-à-fait dignes de réjouir une estimable compagnie; c'est pourquoi nous avons déclaré tout d'une voix que vous pouviez être admis dans la nôtre.

—Impertinens ! répliqua le jeune Suisse, allez dire à votre maître qu'il ne méritait pas l'honneur que nous lui avons fait d'entrer dans sa maison. Nous sommes des poètes voyageurs, et non de misérables saltimbanques ; c'est ce qu'il aurait dû reconnaître à nos discours, s'il avait la moindre lueur d'intelligence.

Les deux amis sortirent alors précipitamment, au milieu des huées et des éclats de rire de tous ces valets, qui se mirent aux croisées pour les voir passer et les accabler de nouvelles railleries.

— Messieurs les poètes ! s'écriait l'un, prenez garde de laisser vos bottines rouges dans quelque sale bourbier.

— Serrez vos manteaux de satin, en passant le long des haies, disait l'autre.

— Avec leurs plumes et leurs habits de soie, ajouta un troisième, je leur en donne jusqu'à la première ondée.

Cette dernière réflexion excita de longs éclats de rire, dont le bruit importun affligea long-temps l'oreille de nos aventuriers. Délivrés enfin de ces impertinens railleurs, ils commencèrent à respirer ; mais le cœur de Joseph ne pouvait soulever le poids de la honte qui l'oppressait.

— Je crains bien, dit-il à Zaccharie, que nous n'ayons fait une véritable extravagance en abandonnant notre famille pour courir ainsi le monde.

I. 10

Les autres hommes ne voient point cette action du même œil que nous l'avons envisagée.

— Voilà des craintes pusillanimes, répondit Zaccharie. L'aventure qui vient de nous arriver, toute désagréable qu'elle est, marque moins la folie de notre entreprise que l'ignorance et la grossièreté du maître de cette maison. Oubliez-vous que nous sommes encore aux portes de la Suisse? ses rochers nous environnent de toutes parts. Donnez-nous le temps de gagner les plaines de Mantoue et la savante Bologne.

Il y a loin d'ici là, pensa Joseph, et notre bourse s'épuise insensiblement.

Il le pensa sans le dire; son esprit était abattu; il continua de marcher en gardant un profond silence. Au bout de quelques momens, Zaccharie, le voyant toujours triste et pensif, lui reprocha son peu de philosophie.

Joseph se mit à sourire.

— Il est vrai, dit-il, que je ne me flatte pas d'en posséder à mon âge. Croyez-vous en avoir beaucoup vous-même?

— Assurément, répondit Zaccharie.

— Philosophie et sagesse ne sont donc pas synonymes?

— Ils veulent dirent la même chose, répliqua Zaccharie. C'est par modestie que les sages ont pris ce titre, qui paraît moins pompeux. Il y a plusieurs sortes de philosophie.

— Je voudrais bien savoir de quelle nature est la nôtre, continua Joseph en riant.

— Nous ne sommes point des stoïciens, poursuivit Zaccharie ; car dans cette école, dont Épictète fut, je crois, le fondateur, on apprenait à devenir parfaitement insensible aux honneurs et aux mépris qui touchent si vivement les hommes.

— Oh ! certainement, je n'ai point cette sagesse-là, repartit Joseph : je l'ai trop bien senti tout à l'heure.

— Nous ne sommes pas non plus comme les sceptiques, qui doutaient de tout, même de leur existence, poursuivit le jeune poète. Nous ressemblons encore moins aux cyniques, qui affectaient l'amour d'une pauvreté dégoûtante. Nous ne suivons pas tout-à-fait les maximes d'Epicure, qui recommande les plaisirs, comme le seul moyen d'être parfaitement heureux.

— Cette sagesse-là est assez agréable à pratiquer, répliqua Joseph ; mais elle ne s'accorde guère avec celle de votre oncle.

— J'en conviens, reprit Zaccharie; aussi je ne l'adopte point entièrement. Ma philosophie est celle d'Anacréon ; comme lui, je cherche à

embellir le peu de jours que j'ai à vivre. Voici
une imitation de l'une de ses odes :

Couronnons-nous de fleurs nouvelles,
Nous en verrons bientôt l'éclat s'évanouir :
Profitons du printemps qui passera comme elles,
L'âge nous presse d'en jouir.

Hâtons-nous, tout nous y convie ;
Saisissons le présent, sans soin de l'avenir.
Craignons de perdre un jour, un instant d'une vie
Que la mort doit si tôt finir.

Sa rigueur n'épargne personne ;
Tout l'effort des humains n'interrompt pas ses lois,
Et de la même faux la cruelle moissonne
Les jours des bergers et des rois [1].

— Que vous êtes aimable, mon cher Zaccharie ! reprit Joseph en l'embrassant ; je ne puis
vous écouter sans reprendre ma bonne humeur..... Mais, mon Dieu ! ne recevons-nous
point quelques gouttes de pluie ? Que deviendront nos habits de soie ? Ces maudits valets
nous ont porté malheur !

— C'est un nuage qui ne fera peut-être que
passer, répondit Zaccharie ; mettons-nous à l'a-
bri sous ce platane.

Ils eurent à peine le temps de s'y réfugier,
qu'une pluie abondante se répandit sur la cam-

[1] La Mothe.

pagne. En moins d'un instant, elle perça le feuillage qui protégeait nos troubadours, et les inonda avec une violence que le vent augmentait encore, en agitant les branches du platane. Cette grosse pluie dura plus d'une heure, et se termina par une rosée douce et continuelle, qui enveloppait comme d'un voile de gaze tout le paysage d'alentour. La journée s'avançait. Les deux amis, n'espérant plus revoir le beau temps, songèrent à se procurer un asile. Une chaumière isolée était tout ce qu'ils désiraient en ce moment; mais, comme si le destin eût pris à tâche de les contrarier ce jour-là, ils ne purent découvrir qu'une maison d'assez belle apparence. Le triste état de leur toilette, joint au souvenir récent de leur aventure du matin, leur faisait éprouver une grande répugnance à se présenter dans cette maison. Plus ils se regardaient l'un l'autre, plus cette répugnance augmentait. Leurs petits manteaux de satin, ridiculement collés sur leur dos, leurs bottines couvertes de boue, leurs toques abattues, et les plumes longues et droites encore dégouttantes de l'eau de la pluie, formaient un ensemble plus risible qu'intéressant. Cependant la nécessité l'emportant sur la honte :

— Que risquons-nous, après tout? dit Zaccharie; qu'on se moque de nous? eh bien ! les railleries ne sont pas des blessures mortelles, et il vaut mieux les supporter que de mourir de faim et de froid.

Une paysanne, aussi mouillée qu'eux, et qui ramenait à cette même maison son troupeau surpris par le mauvais temps, leur apprit que son maître était un habile médecin, nommé Lagarino ; que ses deux filles aimaient passionnément la musique, ce qui faisait qu'on accueillait parfaitement dans cette maison tous les musiciens qui s'y présentaient. Effectivement, en approchant du logis, ils entendirent les sons d'une harpe et d'un piano qui formaient ensemble un concert assez médiocre. Les voyageurs augurant assez bien de cette circonstance, entrèrent avec plus d'assurance chez le docteur Lagarino. Ils s'y annoncèrent comme des musiciens surpris par l'orage, qui réclamaient l'hospitalité. A ce nom de musiciens, les filles du docteur laissèrent éclater leur allégresse. Elles ordonnèrent de les faire entrer ; mais le valet répondit qu'ils avaient besoin auparavant de sécher leurs panaches et leurs habits de soie.

— Des panaches et des habits de soie ! reprit le docteur ; quel accoutrement est-ce là ?

— Avant d'être mouillés, continua le valet, ils devaient ressembler à des princes, et je n'ai jamais vu de voyageurs si bien vêtus ; mais la pluie leur a fait beaucoup de mal.

Seigneur Docteur lui dit Zacharie vous voyez devant
vous deux jeunes Amans de la Nature et des Arts.

Le docteur, qui ne comprenait rien à cela, descendit lui-même dans la cuisine, où les deux amis se réparaient de leur mieux.

— Seigneur docteur, lui dit Zaccharie, sans lui donner le temps de les interroger, vous voyez devant vous deux jeunes amans de la nature, que le goût des voyages et des arts a fait abandonner la maison paternelle pour parcourir en troubadours l'agréable Italie. Nous avons dédaigné les douceurs d'une vie paisible et fortunée, pour embrasser un destin hasardeux, dans la seule espérance qu'il nous conduirait à la gloire.

A mesure que Zaccharie parlait, le docteur les regardait tous deux d'un air étonné, que le jeune poète prit pour de l'admiration. Le docteur parlant à son tour :

— Je comprends, leur dit-il, que vous êtes des enfans de famille, échappés de la maison paternelle. Cela se voit assez communément, mais pourquoi ce costume bizarre?

— Je conviens, reprit Zaccharie, qu'il est bizarre à cette heure; mais hier il était bien différent. Les troubadours n'en portaient point d'autre, et on ne saurait nier qu'il ne soit plein de grâces.

— Ou je suis bien trompé, ou don Quichotte n'était pas plus fou que ces jeunes gens, ajouta Lagarino en se retournant du côté de ses filles.

— Seigneur docteur !.... reprit vivement Zaccharie, un peu choqué de la comparaison.

— Oh ! je sais bien que vous n'en conviendrez pas, continua Lagarino ; mais voyons, parlons sensément : d'où venez-vous ? qui êtes-vous ?

C'étaient précisément deux questions auxquelles Joseph et Zaccharie s'étaient fait une loi de ne jamais répondre, par respect pour leur famille. Ils gardèrent donc le silence. Le docteur, s'adressant à Joseph, qui n'avait encore rien dit, lui demanda une seconde fois d'où ils venaient ? Joseph, se rappelant aussitôt ces vers de Zaccharie, répliqua au docteur :

> Comme un ruisseau qui dérobe sa source,
> L'homme en naissant a commencé sa course ;
> Et chaque jour, sans guide, sans flambeau,
> D'un pas moins sûr marche vers son tombeau.

— Ah ! voici des vers à présent, reprit Lagarino, et Dieu sait ce qu'ils veulent dire. De grâce, répondez-moi juste, comment s'appelle votre pays ?

— L'univers ! répliqua Zaccharie avec emphase.

— Votre famille ?

— La race humaine.

— Votre père , enfin ?

— L'Eternel.

— On n'est pas plus fou que cela! s'écria le docteur impatienté ; et je suis bien bon de perdre ici mon temps.

— Seigneur, repartit Zaccharie, vous ne démentirez point à notre égard la réputation que vous vous êtes acquise d'être un homme sensible et hospitalier. Nous n'avons besoin ni de votre bourse ni de votre crédit, mais seulement d'un refuge sous votre toit contre les intempéries de l'air. Nous ferons en sorte de reconnaître cette généreuse hospitalité, en vous rendant notre passage le plus agréable possible.

— Ils parlent à ravir, reprit Lagarino ; ils ont reçu de l'éducation : ils appartiennent à quelque honnête famille que leur absence désespère.... Faut-il qu'une si triste manie leur ait troublé la raison !.... Mais moi, ne serais-je pas aussi fou qu'eux, si je recevais à cette heure deux inconnus ?

— Non, seigneur, continua Zaccharie, vous ne serez que juste et généreux. Si nous avions eu dessein de vous tromper, nous pouvions facilement vous déclarer de faux noms. Souvenez-vous que les anciens respectaient le silence du voyageur assis dans leur foyer.

Lagarino, au lieu de répondre, se mit à mar-

cher à grands pas , comme un homme qui réfléchit profondément.

— Allons, dit-il tout à coup, en se répondant
à lui-même, il ne faut point tant se consulter
pour faire une bonne action.

Et il ordonna de préparer aux voyageurs la
chambre du lac , d'y allumer un grand feu, et
de leur faire changer d'habits. Joseph et Zaccharie le remercièrent avec joie. On les conduisit dans une chambre à deux lits , agréablement
ornée, et dont les fenêtres grillées donnaient sur
le lac. Les deux amis attribuèrent à la crainte
des malfaiteurs la précaution qu'on avait prise
de griller ainsi les fenêtres. A côté de cette chambre se trouvait un joli cabinet de bains, avec
deux baignoires en marbre.

— On a songé à tout, dit Zaccharie en montrant les baignoires ; nous ne pouvions souhaiter
un accueil plus favorable. Télémaque, en arrivant dans le palais de Ménélas, reçut comme
nous des habits et fut conduit au bain.

—Ce docteur a l'air d'un fort brave homme,
répliqua Joseph ; car il faut convenir que nous
avons bien exercé sa patience.

— Bon! il n'a pu résister à notre ascendant,
continua Zaccharie ; avec quel art nous l'avons
surpris, attendri tour à tour ! Il y avait des momens où il nous regardait comme des gens d'un

autre monde. Ne l'avez-vous pas remarqué comme moi?

— Je me suis bien aperçu qu'il se passait en lui quelque chose d'extraordinaire; mais je ne sais trop ce que c'était.

— Pour moi, j'ai fort bien reconnu dans ses yeux le ravissement et la surprise, mouvemens au reste très-pardonnables à l'aspect d'une entreprise unique dans son genre.

— Je le crois, repartit Joseph en souriant; avouons aussi que nous étions faits d'une manière risible.

— C'est précisément le contraste de nos habits et de nos paroles qui a frappé d'admiration le maître de ces lieux; mais que sera-ce lorsqu'il nous aura écoutés plus long-temps? lorsque nous aurons enchaîné son âme par les charmes flatteurs de la poésie. Mon ami, je ne doute point qu'il ne fasse tous ses efforts pour nous arrêter auprès de lui. Peut-être, à l'exemple d'Idoménée, qui essaya de retenir Télémaque par les charmes de sa fille Antiope, Lagarino tentera-t-il de nous séduire, en nous offrant ses filles pour épouses....

— A nous? s'écria Joseph en éclatant de rire; oh! pour le coup, cette crainte est trop plaisante! Avons-nous, à votre avis, la mine de gens bons à marier?

Pendant cette conversation, nos aventuriers s'étaient revêtus d'habits moins élégans que les leurs, mais plus secs et plus commodes. On vint les avertir que le souper était servi; ils se placèrent à table entre le docteur et ses filles. Lagarino ne leur répéta point les questions qu'il leur avait déjà faites; mais il s'informa de leur âge et de l'état ordinaire de leur santé, questions que les voyageurs attribuèrent à l'habitude. Il leur demanda ensuite s'ils connaissaient déjà l'Italie.

— Nous y venons pour la première fois, répondit Joseph; mais le désir de la parcourir existait en nous depuis long-temps. Qui peut lire les vers de Virgile sans éprouver ce juste désir?

Et il cita le poète latin à l'endroit qu'on a traduit ainsi :

Mais les arbres du Mède et les bords de l'Indus,
Les diamans du Gange et tout l'or de l'Hermus,
Et les riches parfums qu'exhale l'Arabie,
Valent-ils les trésors de l'antique Ausonie?
. . . .
. . . .
. . . .

Partout c'est un beau sol qu'éclairent de beaux cieux,
Où la nature est riche et l'art industrieux.
Vois ces forts suspendus sur ces rochers sauvages,
Ces fleuves dont nos murs couronnent les rivages :

La mer de deux côtés nous présente son sein ;
Vingt lacs autour de nous ont creusé leur bassin [1].

— Eh ! mon Dieu, répliqua le docteur, je n'ai
jamais trouvé étonnant que l'Italie attirât un si
grand nombre d'étrangers ; mais ce qui me pa-
raîtra toujours hors de raison, c'est de voir
voyager deux enfans de quinze à seize ans dans
un équipage extraordinaire. C'est une véritable
extravagance.

— On appelle extravagance tout ce qui ne
s'accorde pas avec les serviles habitudes de la
société, reprit Zaccharie. N'avez-vous jamais
ouï parler de ce philosophe qui, au milieu d'une
grande foule, allait précisément en sens contraire des autres ? Il voulait montrer par là qu'il
est prudent de ne pas se laisser entraîner par
l'exemple du plus grand nombre.

— Vous n'appliquez pas judicieusement ce
trait, repartit Lagarino ; car, loin de vous être
placés dans la bonne route en prenant un chemin
peu frayé, vous vous mettez fort en danger de
tomber dans la plus mauvaise.

Alors Zaccharie, se citant lui-même, répondit par ces vers :

Heureux enfans de la nature,
On voit serpenter les ruisseaux

[1] Géorgiques, traduction de Delille.

Tantôt au sein de la verdure,
Tantôt au milieu des hameaux.
L'un dans une arène profonde
Fait blanchir ses flots écumeux ;
L'autre des trésors de son onde
Va grossir un fleuve orgueilleux,
Du haut d'une roche brisée,
Ailleurs, s'élançant avec bruit,
Le torrent se change en rosée
A l'œil étonné qui le suit.
Mais, au gré de leur doux caprice,
Et sans qu'on les blâme jamais,
Sur une terre protectrice
Ces ruisseaux s'égarent en paix.
Celui qui baigne les campagnes
Voit sans colère et sans mépris
L'inégal torrent des montagnes
Rouler à travers des débris.
L'homme, plus timide, ou moins sage,
Dans un coin de terre arrêté,
Seul, n'osera-t-il faire usage
De cette aimable liberté ?
N'osera-t-il à l'aventure
Chercher quelque plaisir nouveau ?
Et, monarque de la nature,
Être aussi libre qu'un ruisseau ?

— Voilà plusieurs fois que vous me citez des
vers, reprit Lagarino en regardant fixement
Zaccharie ; je gage que vous êtes poète?

— Il est vrai que les muses font mes délices,
répliqua Zaccharie en baissant les yeux avec
une feinte modestie ; mais j'ose à peine en con-

venir si près d'une terre qui a vu naître le Tasse.

— Enfin, vous êtes poète, poursuivit le docteur; cela ne m'étonne point, et à votre air je le jugeais ainsi.

Zaccharie s'inclina poliment. Après le souper, on fit de la musique, et les filles du docteur écoutèrent avec enthousiasme la manière savante dont le jeune Suisse pinçait de la guitare. Le concert se prolongea assez avant dans la soirée, jusqu'à ce que le docteur donnât, en se levant, le signal de la retraite. Avant de s'endormir, Joseph et Zaccharie s'entretinrent long-temps de cette agréable aventure, dont ils ne cessèrent enfin de se louer que pour y rêver avec plus de plaisir.

Le premier qui ouvrit les yeux s'empressa d'éveiller son camarade pour reprendre la conversation de la veille; mais elle était à peine entamée, que le docteur, suivi de quatre valets, se présenta dans leur chambre. Il paraissait bien autrement grave que le jour précédent, et sans répondre aux excuses que les voyageurs lui adressaient de se trouver encore au lit, il alla s'asseoir au chevet de Zaccharie, en le priant de se laisser tâter le pouls. Nos troubadours, un peu étonnés, pensèrent néanmoins que c'était peut-être une honnêteté de la part du docteur, qui voulait leur prouver par là l'intérêt qu'il prenait à leur santé, et ils ne crurent pas devoir se refuser à son désir. Ils avaient plus de peine à expliquer la présence des quatre valets, qui ne leur paraissaient pas nécessaires. Pendant qu'ils faisaient ces réflexions, le docteur, après avoir tâté le pouls de Zaccharie, en branlant la tête d'un air mal satisfait, alla recommencer auprès de Joseph la même cérémonie.

—Je devine votre malice, seigneur Lagarino, lui dit Zaccharie ; cette cérémonie n'est qu'une ingénieuse épigramme par laquelle vous nous faites entendre que des voyageurs de notre âge ne doivent point se trouver au lit à cette heure. Excusez-nous, tout occupés de votre agréable réception, nous avons peu dormi.

— Je le savais, répondit froidement le docteur; l'insomnie est un des symptômes de votre mal.

— Comment ! s'écria Joseph, serait-ce tout de bon ?

— Suivez mes ordres, interrompit le docteur s'adressant aux valets ; et il sortit de la chambre.

Joseph et Zaccharie, sans avoir le temps d'exprimer leur inquiétude, se virent tout à coup saisir, emporter nus dans le cabinet des bains, et plonger dans une eau aussi froide que la glace. La baignoire fut exactement fermée au cadenas par une couverture en bois fabriquée exprès, et qui ne laissait de libre que la tête du baigneur. Les valets se retirèrent sans rien dire, après cette expédition, laissant les malheureux troubadours livrés au froid le plus insupportable, et claquant des dents à faire pitié.

— Quelle perfidie! disait Joseph en gémissant; fallait-il si bien nous accueillir hier soir, pour nous faire subir ce matin de si horribles cruautés!

— Détestable serpent! s'écriait Zaccharie en apostrophant le docteur, race des Cacus et des Busiris qui exerçaient leur barbarie sur d'innocens voyageurs; que ne suis-je un Hercule afin de t'exterminer!

Une eau encore plus froide que celle dans laquelle ils se trouvaient plongés leur tomba comme par enchantement sur le sommet de la tête, et changea leurs plaintes en cris perçans. Ce supplice dura dix minutes, au bout desquelles on les reporta dans leurs lits, où le docteur vint s'assurer de nouveau de l'état de leur pouls. Joseph et Zaccharie essayèrent cette fois de résister; mais bientôt, contraints par la force d'obéir au docteur, ils s'en dédommagèrent en l'accablant d'injures, qu'il écouta avec une patience admirable.

— Je suis content, dit-il en se retirant; une diète sévère, une douzaine de bains et autant de douches, feront, je l'espère, un bon effet.

— Encore une douzaine de bains semblables! s'écria Joseph en frémissant, lorsqu'il se trouva seul avec son ami.

— Et une diète sévère, ajouta Zaccharie au désespoir. Ah! mon ami, nous en mourrons.

— Fatal voyage! reprit Joseph.

— Docteur infâme! poursuivit le jeune Suisse, si jamais je m'échappe de tes mains, je te signalerai à tous les hommes comme un brigand et un fourbe.

— Nous échapper! dit Joseph, et comment en avoir seulement la pensée? toutes les précautions sont trop bien prises. C'en est fait, nous sommes destinés à mourir ici. Je ne reverrai plus mon frère et ma sœur que j'ai abandonnés!... Ils ne sauront pas combien je les regrette!... combien je me repens!...

En parlant ainsi, il versait des larmes amères qui impatientaient Zaccharie.

— Toutes ces plaintes sont dignes d'un enfant sans courage, répliqua-t-il avec humeur. Lorsqu'on entreprend une chose extraordinaire, il faut s'attendre à des revers peu communs. Au reste, ce barbare est peut-être un homme intéressé, qui cherche à nous arracher de l'argent.

J'ai lu qu'autrefois les tyrans s'emparaient des voyageurs pour en obtenir une rançon. Combien nous reste-t-il?

— Sept louis, répondit Joseph.

— Offrons-les, reprit Zaccharie. A la vérité il ne nous restera rien; mais le plus important est de sortir de cet affreux repaire.

Lagarino haussa les épaules à la proposition que lui fit Zaccharie d'accepter le prix de leur rançon. Il regarda cette pensée comme un nouveau trait de folie, et n'en fut que plus opiniâtre à suivre son traitement. Cependant la diète, les bains glacés, les douches et le désespoir accablèrent tellement Joseph, qui était le plus faible, qu'il tomba sérieusement malade. Il serait mort infailliblement, si un des valets, tenté par l'appât des sept louis, n'eût fait connaître sa bonne volonté aux malheureux voyageurs. Il les fit échapper au milieu de la nuit sur un cheval qui les conduisit à deux lieues de la maison de Lagarino. Joseph et Zaccharie, trop heureux d'être enfin délivrés d'un si cruel supplice, donnèrent avec joie à leur libérateur tout ce qu'ils possédaient d'argent, et continuèrent de marcher au hasard, jusqu'à ce que Joseph, épuisé de douleurs et de fatigue, tombât au pied d'un arbre où il s'évanouit.

CHAPITRE XVI.

Joseph est cruellement puni de sa faute.

ZACCHARIE se trouva fort embarrassé en voyant que Joseph ne pouvait aller plus loin, et qu'il perdait entièrement connaissance. Il essaya en vain de le ranimer. Le jour, qui commençait à poindre, lui ayant découvert une petite maison à quelques centaines de pas, il se hâta d'y aller chercher de l'aide. Cette maison se trouvait habitée par un vieillard et sa gouvernante. Ces deux personnes s'empressèrent de suivre Zaccharie. Joseph fut transporté dans un lit bien chaud, et Zaccharie, accablé de fatigue, alla se jeter sur un autre lit, où il dormit profondément pendant huit ou dix heures.

A son réveil, il trouva Joseph beaucoup plus malade et livré à une violente agitation. Il ne cessait d'appeler Zaccharie, en le suppliant, de la manière la plus touchante, de ne point l'abandonner.

— Je n'ai que vous au monde! s'écriait-il; si je dois mourir dans cette maison hospitalière, demeurez près de moi pour me fermer les yeux.

Zaccharie ne savait que répondre à ces paroles; il craignait que cette maladie ne traînât en longueur, et brûlait déjà de reprendre son voyage. Il patienta cependant jusqu'au troisième jour. Durant cet espace de temps, Zaccharie raconta à son hôte le traitement barbare qu'ils avaient essuyé chez le docteur Lagarino.

— Je le connais beaucoup, répondit le vieillard, c'est un homme droit et habile dans son art, mais dont le jugement est malheureusement obscurci par un esprit de système. Il s'est livré surtout à la guérison des fous ; il a même fait, en ce genre de maladie, plusieurs cures merveilleuses ; c'est pourquoi il s'abandonne trop facilement à ses conjectures. Il voit des insensés partout. Comme tous les systématiques, au lieu de former ses idées d'après les choses qu'il voit et qu'il entend, il entend et il voit suivant la tournure de ses idées. Les écarts d'une imagination romanesque lui ont paru en vous les symptômes d'une véritable démence, et il a cru faire une bonne action en essayant de vous guérir. C'est ainsi qu'on ne commet que des erreurs, malgré l'intention la plus pure, lorsqu'on cesse d'être éclairé par le flambeau de la raison.

— D'après ce que j'entends, répondit Zaccharie, Lagarino est un insensé qui prétendait en guérir d'autres ; mais, grâce au ciel, si nous sommes des fous, notre folie est plus douce que

la sienne, et nous n'avons jamais failli tuer personne.

— Savez-vous, reprit le vieillard, savez-vous,
pour parler ainsi, quels effets ont produit votre
fuite? peut-être vos parens souffrent-ils morale-
ment des maux plus rigoureux que ceux que vous
avez supportés. La jeunesse ne sait pas tout ce
qu'elle coûte quelquefois au cœur d'un père.
Elle fait gaîment mille extravagances dont il
boit à longs traits l'amertume.

— Nous n'avons de père ni l'un ni l'autre,
répliqua Zaccharie ; nous sommes tous deux
orphelins.

— Vous n'en êtes que plus à plaindre, répondit le vieillard ; mais le ciel est trop bon pour
n'avoir pas remplacé cette perte par l'affection
de quelques parens sensibles, et c'est toujours
fort mal fait à vous de les avoir abandonnés.

— Voudriez-vous qu'on ressemblât à un arbre
qui meurt où la nature l'a planté? ajouta Zaccharie.

— Je voudrais que la jeunesse fût reconnais-
sante et docile, reprit le vieillard, qu'elle eût
assez de modestie pour reconnaître l'utilité des
conseils, et qu'elle imitât enfin les petits oiseaux
qui ne s'envolent point de leur nid avant d'avoir
des ailes.

Zaccharie, qui n'aimait point la morale, s'ennuyait chez ce vieillard, où l'on écoutait froidement ses vers et ses projets romanesques. Impatient d'ailleurs de courir à de nouvelles aventures, il profita d'un moment où Joseph était dans le délire pour l'abandonner, et couvrant son ingratitude des plus sérieux motifs :

— Quelque chose qu'il m'en coûte, dit-il au vieillard, je laisse mon ami entre vos mains. C'est un dépôt précieux que je vous confie; mais les soins généreux que vous lui avez déjà prodigués me tranquillisent sur l'avenir. Les miens lui sont devenus inutiles, et je ne fais que vous accabler d'une nouvelle charge. Je crains même que la douleur de voir cet ami si cher dans des souffrances si cruelles ne me réduise bientôt à un aussi funeste état. Adieu, sage vieillard, je vais l'attendre en pleurant sous le berceau de Virgile.

Le vieillard, qui lisait dans son cœur, n'essaya point de le retenir, et un silencieux mépris fut sa seule réponse. On ne put cacher longtemps ce départ à Joseph, qui demandait continuellement son ingrat ami. La nouvelle de cet abandon, que son cœur généreux n'aurait jamais deviné de lui-même, le jeta dans le plus violent désespoir.

— Quoi! s'écria-t-il, il a pu m'abandonner dans l'état où je suis; quoi, après m'avoir entraîné loin d'un frère et d'une sœur qui m'aimaient, il fuit lâchement, et me laisse au bord du tombeau! ô trompeuse amitié! dans quel abîme tu me plonges!

D'autres fois il appelait le vieillard, et, lui prenant les mains:

— Généreux hôte! lui disait-il, comment êtes-vous plus sensible à mon malheur que celui qui m'appelait son ami? Sans me connaître, sans savoir si j'ai un cœur reconnaissant, vous me traitez comme votre fils, et Zaccharie m'abandonne! Zaccharie que j'aimais si tendrement! Ah! vous avez déjà mille fois plus de droits sur mon cœur qu'il n'en mérita jamais. Je vous bénirai jusqu'à mon dernier soupir! hélas! ces stériles bénédictions sont l'unique salaire que vous deviez attendre d'un malheureux orphelin.

Le vieillard, touché de ces plaintes, qui découvraient un cœur sensible, s'efforçait de tranquilliser ce malheureux enfant. Enfin Joseph recouvra la santé, et le premier usage qu'il en fit fut d'avouer franchement à son digne hôte la faute qu'il avait commise, et le désir qu'il éprouvait de retourner à Bœningen. Le vieillard approuva ce désir, et lui promit de le seconder.

L'homme respectable qui avait accueilli Joseph se nommait Marco Lorenzo; il était né dans le duché de Parme. Après une vie assez

orageuse, il avait enfin trouvé le repos dans sa
petite maison des bords du lac Majeur, où il
menait, dans sa vieillesse, une vie sage et heureuse. Une princesse italienne, qui vivait à
Rome, tout occupée des sciences et des arts,
lui avait donné l'intendance de ses jardins dans
l'Isola Bella, l'une des îles Borromées, situées
dans le lac Majeur. Lorenzo aurait pu habiter
dans le palais même de la princesse; mais il préférait son modeste asile à tout autre plus magnifique.

Pendant la convalescence de Joseph, il le
conduisit dans l'île que possédait Aurélia, c'est
le nom de la princesse. Elle n'est éloignée que
d'une demi-lieue de l'Isola Madre; et ces îles,
où la nature a déployé tout ce qu'elle a de plus
ravissant, semblent placées au milieu du lac
pour fermer le charmant bassin de Locarno.
L'Isola Bella, si digne de conserver ce nom,
s'élève au milieu des eaux comme une pyramide
de verdure; sept terrasses, couronnées par un
palais, y découvrent sans confusion une multitude de statues, de vases précieux, de fontaines
jaillissantes. Les bosquets toujours verts se ma-
rient agréablement à la blancheur du marbre;
des pavillons élégans portent leurs dômes légers
dans les airs, entre l'acacia parfumé et le majestueux platane. De longs rideaux de peupliers se

déploient au bord du rivage pendant que l'oranger mûrit aux portes du palais. L'inégalité du
terrain permet de jouir de plusieurs saisons à la
fois. De la petite maison de Lorenzo on avait le
coup d'œil de ces îles charmantes, et Joseph ne
se lassait point de l'admirer. Un jour qu'il essayait
d'en dessiner quelques points de vue, la vieille
gouvernante arriva près d'eux tout essoufflée.

— Je ne sais, dit-elle au vieillard, si votre
maison doit devenir un hôpital; mais voici tout
une troupe de personnes à cheval qui demandent
à y placer un malade. Les enverrai-je à la ville ?

— La plus voisine est Anghiera, répondit Lorenzo, et pour un malade, le trajet est encore
éloigné. D'un autre côté, ma maison est bien
petite pour loger beaucoup de monde.... Voyons
d'abord ce qu'on demande.

Le vieillard se leva, et, laissant Joseph tout
occupé de son dessin, il alla au devant des étrangers. Il trouva que sa gouvernante avait fort
exagéré les choses. Cette troupe de personnes se
réduisait à trois, qui n'avaient entre elles qu'un
seul cheval. Un jeune homme d'environ seize ans
paraissait près d'expirer entre les bras d'un do-
mestique, tandis qu'une fille charmante, beaucoup plus jeune que lui, l'arrosait de ses larmes
en le nommant son frère. Elle ne vit pas plus tôt
le vieillard, que, tombant à ses genoux, elle

s'efforça de lui faire entendre en mauvais italien que l'infortuné qui se mourait était son frère, et qu'il avait besoin des plus pressans secours.

Lorenzo, ému de compassion, s'empressa de recevoir le jeune homme évanoui : mais, en le voyant de plus près, il désespéra de le sauver. En effet, au bout de quelques minutes, son cœur cessa de battre, sa respiration s'éteignit, un froid glacial annonça le règne de la mort!...

— C'en est fait, dit Lorenzo, l'infortuné a été secouru trop tard.

A ces mots, la jeune fille, qui doutait encore de son malheur, poussa des cris perçans, auxquels Joseph accourut tout effrayé.... Hélas! il pensa mourir lui-même, en voyant Caroline presser entre ses bras le corps inanimé de son malheureux frère.

— O Caroline!.... ô ma sœur, s'écria-t-il en sanglottant.

Caroline, se retournant à demi, et sans quitter le corps de Léon, redoubla ses gémissemens en apercevant Joseph.

— Ah! faut-il que je te revoie si tard! reprit elle; faut-il que tu nous aies quittés!.... Sans ce malheur, Léon vivrait encore.

— C'est donc moi qui le tue, continua Joseph d'une voix faible. Il ne put en dire davantage, et tomba à genoux au bord du lit, en baisant une des mains glacées de Léon.

Cependant la délicatesse de Caroline ne put soutenir long-temps une scène aussi déchirante; elle s'évanouit, et l'on profita de ce moment pour l'éloigner de ce lieu funèbre; mais il fallut ensuite lui en défendre l'entrée et l'obliger de rester au lit, où on la laissa pleurer et gémir, comme l'unique soulagement que son cœur pût recevoir dans ce moment. Joseph, s'étant retiré à l'écart avec Antony, qui avait accompagné Léon dans cet asile, le pria de lui raconter les détails d'une si terrible catastrophe; Antony le satisfit en peu de mots; mais je reprendrai le récit de plus loin, afin de faire connaître aux lecteurs tout ce qui intéresse nos orphelins.

Léon revenait de chez Meldorf, dans la situation d'esprit la plus heureuse, lorsqu'en approchant du presbytère, il aperçut sur le seuil de la porte Noémi, qui paraissait attendre leur retour; mais, au lieu d'accourir au devant d'eux comme elle avait coutume de faire, et de répondre aux signes de Caroline, Noémi rentra précipitamment dans la maison. Cette conduite singulière troubla le cœur de Léon; mais ce trouble se changea en une mortelle inquiétude, lorsqu'arrivé au presbytère, il trouva tout le monde plongé dans la douleur.

— Qu'est-il donc arrivé ? s'écria-t-il tout tremblant.

— Votre frère n'est pas mort, lui répondit vivement le pasteur ; mais il s'est enfui avec Zaccharie, sans qu'on puisse découvrir leurs traces.

— Malheureux que je suis ! reprit Léon en fondant en larmes, pourquoi ai-je refusé de l'attendre? Quelques jours plus tard, il serait venu avec moi chez Meldorf, et ce terrible événement ne serait pas arrivé.

Il s'informa ensuite des circonstances qu'il ignorait. Il apprit qu'on cherchait depuis quatre jours Joseph et Zaccharie; mais que leur signalement avait été donné vainement à plusieurs personnes, et qu'avec des indices certains de leur fuite, on ne pouvait découvrir la route qu'ils avaient prise. Dans le même moment, une femme de Bœningen vint soulager le cœur de Léon, en y jetant une vive lumière. Elle raconta que, le matin de la disparition de ces jeunes aventuriers, elle avait aperçu deux personnages de leur taille en habits de soie, en chapeaux à plumes, et l'un d'eux portant une guitare, à peu de distance du presbytère; elle ajouta qu'un voyageur les avait aussi rencontrés à l'entrée du Grindelwald, et qu'ils s'étaient informés à lui de la route d'Oberghestelen.

Le pasteur, ne comprenant rien à ce costume

bizarre, était peu disposé à reconnaître les fugitifs sous ce déguisement; mais la servante de la maison, qui écoutait le récit de cette femme, déclara qu'elle les avait surpris essayant des habits à peu près semblables; enfin, les vêtemens qu'ils avaient coutume de porter, trouvés par hasard dans un coffre, ne laissèrent aucun doute que ces jeunes gens en habits de soie ne fussent Joseph et Zaccharie. On comprit alors pourquoi les recherches avaient été vaines jusqu'à ce moment, et on commença à respirer. Cependant M. Angelmann ne pouvait revenir de sa surprise, et il s'écriait de temps en temps : Mais que signifie cette extravagance de s'en aller vêtus comme des danseurs de corde !

Léon, sans comprendre mieux que le pasteur un dessein si bizarre, en attribuait secrètement l'invention à Zaccharie, et rougissait jusqu'au fond de l'âme de voir un fils de M. de Norbert s'avilir à ce point. Antony, qui depuis l'aventure de la bourse, était retourné dans sa chaumière, se trouvait en ce moment à Bœningen. Le pasteur, connaissant son intelligence, voulut le charger de courir après les fugitifs; mais Léon le pria instamment de lui confier une mission si importante. Comme il lui prouvait avec feu que personne n'y mettrait autant de zèle que lui, et que sa voix aurait seule assez de puissance sur Joseph pour le ramener de son égarement, M. Anatole arriva. Sa vue fit sur Léon une impression si vive, qu'il fondit en larmes.

— Eh bien ! dit M. Anatole, à quoi cela sert-il ? ce sont deux mauvais sujets qu'il faut abandonner à leur sort.

— Abandonner mon frère ! s'écria Léon ; ah ! quand je devrais n'en éprouver que des rigueurs, je ne l'abandonnerai jamais.

— Eh ! que prétendez-vous donc faire ? lui demanda M. Anatole.

— Courir sur ses pas, le rejoindre et le supplier avec larmes de revenir en ces lieux.

— Et s'il ne vous écoute pas ?

— Je le suivrai plutôt au bout du monde, reprit Léon ; je le préserverai, malgré lui, de l'infamie et du vice.

— Ce que vous dites là est une extravagance, reprit M. Anatole ; l'amour d'un frère ne doit point l'emporter jusque-là sur une protection assurée. S'il veut être malheureux, faut-il que vous le soyez aussi ? Pour moi, je vous déclare que je lui retire dès ce moment toutes mes bontés. Il m'a quitté, je le quitte à mon tour.

— Quoi ! repartit Léon, vous punirez avec tant de rigueur une faute que sa grande jeunesse devrait au moins faire excuser ? Vous envelopperiez dans sa disgrâce un frère et une sœur qui ne l'ont point mérité; car nous ne pouvons accepter des bienfaits que notre frère ne partagerait pas.

— Tant pis pour vous, répliqua M. Anatole, et il sortit fort en colère.

— Tous les malheurs m'accablent à la fois ! s'écria Léon ; mais je ne les mérite point. Cet homme dur peut garder ses libéralités, puisqu'elles pourraient me coûter la perte de mon frère...... Généreux Meldorf, ton modeste toit nous recevra encore, et tu ne mettras point à tes bienfaits d'injustes conditions. Ah ! mon respectable ami, ajouta-t-il en se jetant dans les bras de M. Angelmann, je ne sais si mon cœur me trompe ; mais il me semble que j'ai dû agir comme je le fais.

— Oui, mon fils, répliqua M. Angelmann ; oui, je vous approuve, et c'est ici le véritable honneur de faire céder l'intérêt au devoir.

Rassuré par ces paroles, Léon se sentit plus tranquille. Alors Caroline lui demanda s'il l'emmenerait avec lui dans le nouveau voyage qu'il allait entreprendre; et sur ce que lui dit Léon, que la chose était impossible, elle se mit à se lamenter si douloureusement, qu'il en avit le cœur déchiré. En vain Séphora, le pasteur et Noémi se réunirent pour lui faire entendre raison; elle ne cessait d'adresser à son frère les

prières les plus touchantes. Elle ne pouvait se
défendre, disait-elle, de la crainte de ne le plus
revoir. Elle lui rappelait que M. de Norbert lui
avait recommandé surtout de ne jamais l'abandonner; enfin, elle employa tant de moyens pour
triompher de la résolution de son frère, qu'il fut
obligé de consentir à ce qu'elle désirait. Le pasteur écrivit à Zaccharie une lettre pleine d'indulgence et de tendresse, qu'il chargea Léon de
lui remettre de sa part.

CHAPITRE XVII.

Léon part pour chercher son frère.

LÉON, ayant emporté avec lui tout l'argent
qu'il possédait, s'éloigna une seconde fois du
presbytère, avec Caroline, qui était assise en
croupe derrière lui, et le fidèle Antony qui leur
servait de guide. Persuadé qu'il lui fallait peu de
jours pour rejoindre son frère, il emmenait à
regret Caroline, redoutant pour elle les fatigues
d'un voyage désagréable.

— Il faut convenir, Caroline, lui dit-il un peu
sérieusement, que votre opiniâtreté à vouloir
me suivre est bien inexcusable; elle est même
offensante pour les habitans du presbytère, et

11.

cependant quelle reconnaissance ne leur devez-vous point ? Une sœur et une mère seraient moins tendres pour vous que Séphora et Noémi.

— Ah ! reprit Caroline, ne trouble point par tes reproches la joie que je ressens d'être auprès de toi. Quoique je sois encore bien jeune, j'ai déjà eu plusieurs fois l'occasion de remarquer combien les événemens ont souvent une issue différente de celle qu'on leur supposait. Quand nous sommes partis pour Kanderstœg, nous étions bien loin d'imaginer qu'à notre retour Joseph ne serait plus au presbytère. De même, si, au lieu de n'en être absent que quelques jours, tu allais aussi n'y plus revenir.

— Tu as une prévoyance trop active, reprit Léon ; mais dans le cas où elle se serait trouvée justifiée, penses-tu que je n'eusse pas cherché le moyen de nous réunir de quelque manière ?

— Ah ! mon frère, continua Caroline, le plus sûr pour nous est de ne nous séparer jamais ; ne m'en veux donc plus de ce que tu appelles mon opiniâtreté, car c'est plutôt un effet de ma tendresse.

— Conserve-la-moi toujours cette tendresse, poursuivit Léon ; ne fais point comme Joseph, qui abandonne sa famille pour suivre un étranger. Si nous ne prenons soin d'adoucir notre infortune par une amitié constante, de qui at-

tendrons-nous de l'intérêt? De faibles roseaux
ne se soutiennent qu'en croissant ensemble.

— Il est vrai, répliqua Caroline, que nous
sommes bien à plaindre, maintenant que M. Anatole nous a retiré sa protection. Il nous faudra
retourner chez Meldorf, pour y vivre comme
de simples paysans; quelle triste perspective!
qu'avons-nous fait à Dieu pour qu'il nous ait fait
sortir de notre pays, et condamnés à mener une
vie si malheureuse parmi des étrangers!

— Que lui avaient fait, reprit Léon, des milliers d'enfans au berceau qui furent menés esclaves à Babylone à la suite des habitans de Jérusalem? Ils subissaient la punition de leurs
pères. Ne dis-tu pas tous les jours, en répétant
la loi de Dieu, qu'il punit l'iniquité des pères
sur les enfans jusqu'à la troisième et la qua-
trième génération de ceux qui le haïssent, et
qu'il fait grâce jusqu'à mille générations à ceux
qui l'aiment et qui gardent ses commandemens?

— Mon frère, j'ose à peine le dire; mais il
me semble que cela est bien injuste : comment
porterai-je la peine d'une faute que je n'ai pas
commise?

— Par la même raison que les bénédictions
données aux vertus de tes ancêtres rejaillissent
aussi sur toi, ainsi que l'annoncent ces paroles :
Que la miséricorde s'étendra à mille généra-

tions. Ici l'indulgence l'emportera sur la sévérité.

— Mais ne vaudrait-il pas mieux que chacun fût puni et récompensé suivant ses propres mérites ? reprit Caroline.

— Le monde est gouverné par des lois générales, poursuivit Léon, et il faudrait des miracles continuels pour le régir au gré de notre faible intelligence. D'ailleurs nous n'en voyons que l'écorce ; en pénétrant au fond des cœurs, nous serions surpris de la différence qui se trouve entre un innocent et un coupable tombés dans la même infortune.

— Je conçois, ajouta Caroline, que la conscience est plus tranquille chez l'un que chez l'autre ; mais lorsqu'on manque d'asile et de pain ; lorsque....

— Il ne faut point s'accoutumer ainsi à disputer contre la Providence, interrompit Léon ; cela n'est ni respectueux ni raisonnable ; il ne faut jamais perdre de vue ces paroles de l'ami de Job : L'homme sera-t-il plus juste que celui qui l'a fait ? Toutes les fois que nous ne comprenons pas une chose, cessons de nous en occuper, comme d'un mystère qu'il ne nous est pas permis d'approfondir ; mais gardons-nous surtout d'offenser Dieu, en l'abaissant jusqu'à nous, faute de pouvoir nous élever jusqu'à lui.

— Que j'ai de plaisir à vous entendre, M. Léon! dit à son tour Antony qui marchait à côté du cheval; je suis comme en admiration de toutes les belles choses que vous dites. Si jeune, avoir tant de piété et de raison!

— Je n'ai d'autre mérite, reprit Léon, que celui d'avoir profité de mon mieux des instructions d'un digne instituteur. Dès mon enfance', j'appris à faire cas de la vertu. Mon père, qui repose dans le petit vallon de Geschen, derrière ces hautes montagnes, m'en donna de bonne heure le précepte et l'exemple. Après lui, Meldorf, qui est aussi un homme vertueux, nous prêcha la nécessité du travail, et ramena à de pieuses habitudes nos cœurs qui commençaient déjà à s'en affranchir. M. Angelmann, aussi sage et plus éclairé, n'a rien négligé depuis pour affermir dans notre âme les premières semences d'une bonne éducation; c'est ainsi que la Providence, comme une mère tendre et généreuse, nous a fait passer de main en main, en proportionnant la nourriture à nos forces.

Ils furent coucher le premier soir dans la chaumière d'Antony, située dans un des vallons latéraux de la belle vallée de Grindelwald. Le père et la mère d'Antony, qui n'avaient point oublié la généreuse conduite des orphelins à l'égard de leur fils, regardèrent comme une bonne fortune de les recevoir dans leur maison, et s'empressèrent de leur offrir tout ce qu'ils avaient de mieux. On ne manqua point surtout de leur faire boire du vin de la vigne dont il a été déjà parlé, et qui surpassait en qualité les vins les plus délicats.

— Je suis surpris, dit Léon, que vous n'ayez pas cherché à vendre ce carré de vigne pour acheter quelque domaine beaucoup plus étendu que celui-ci; car je ne doute pas qu'un amateur, jaloux de posséder un pareil crû, n'en donnât volontiers un prix considérable.

— Dieu me préserve de vouloir jamais m'agrandir, répondit le vieux paysan. Ne vous souvient-il plus que j'ai renoncé de moi-même aux possessions que les bienfaits de M. Anatole m'avaient permis d'acquérir? Mes voisins me haïssaient alors, et ma maison aurait brûlé entièrement qu'ils n'eussent pas jeté une goutte d'eau pour l'éteindre; à présent, nous vivons comme des frères. Eh! d'ailleurs, à quoi me servirait de vendre ma vigne? Elle a reçu dès le commencement un sort qui l'attache à son ancien propriétaire; ils ne peuvent prospérer l'un sans l'autre.

— Voilà une singulière idée, reprit Léon.

— Elle est fondée sur l'expérience, continua

le paysan. Mon père l'avait acquise à ses dépens;
je serais un fou de n'en pas profiter.

— Qu'arriva-t-il donc à votre père? demanda
Caroline.

— Je vais vous le dire , répliqua le paysan;
c'est une singulière histoire.

HISTOIRE DE LA VIGNE DU ROCHER DE L'AIGLE.

Il y a plus de cent cinquante ans que cette
vigne nous appartient, de père en fils, dans le
même état où vous la voyez, c'est-à-dire ni
plus petite ni plus grande. Nous lui conservons
religieusement le même nombre de ceps; rem-
plaçant aussitôt par un jeune celui que le temps
a fait languir. Défendue au nord par des rochers escarpés qui la préservent du froid , elle
ne gèle jamais, et rapporte assez invariablement
la même quantité de raisins. La prospérité de
cette vigne, l'excellence de son vin, le privi-
lége singulier qu'elle paraît avoir de ne jamais
tromper l'espérance de son maître, l'ont toujours
fait regarder comme une chose extrordinaire.
Elle est même passée en proverbe dans ce pays;
car lorsqu'on veut citer quelqu'un dont la fortune se soutient sans s'agrandir , on dit qu'il ressemble à la vigne du rocher de l'Aigle.

Un jour mon père , en voulant arracher un
vieux cep, trouva enfouie dans la terre une in-

scription gravée sur une plaque de cuivre. Il ne
put en déchiffrer les caractères ni les faire lire à
ses amis, qui les trouvèrent écrits dans un langage
inconnu. Mon père serra soigneusement l'inscription et continua de cultiver sa vigne.

Cependant cette vigne faisait beaucoup d'envieux. Un des plus riches du pays, nommé Stéphann, l'ambitionna tellement qu'il offrit à mon
père d'échanger sa vigne et sa chaumière contre
un beau domaine qu'il possédait dans le plus
riche endroit de la vallée. De ce domaine dépen-
daient des vignes très-étendues, des champs de
blé, des prairies et une forêt de sapins, dont le
moins gros avait six pieds de tour. Mon père résista quelque temps à cette offre séduisante ;
mais la vue du domaine de Stéphann, qu'on découvre entièrement du rocher de l'Aigle, le dé-
goûtait de jour en jour de son modeste patrimoine. Il alla consulter un honnête notaire, en
qui il avait de la confiance. Le notaire lui répondit que lorsqu'on était heureux, il ne fallait point
risquer de changer son sort ; que les apparences
ne tiennent pas toujours ce qu'elles promettent,
et que plus les domaines sont étendus, plus il
est difficile de les diriger convenablement.

Mon père trouva ces raisons si justes qu'il
s'en retournait dans l'intention de garder sa vigne, lorsqu'il rencontra Stéphann. Celui-ci le

pressa si vivement de céder à ses désirs, il fit
briller à ses yeux de si grands avantages, que
mon père, oubliant les sages conseils du notaire,
retourna chez lui sur-le-champ avec Stéphann
pour passer l'acte de l'échange. Le notaire,
voyant qu'ils y étaient tous deux résolus, ne songea plus qu'à leur assurer à chacun la possession
de leurs droits. Mon père, tout content qu'il
était, et malgré l'avantage qui paraissait en ré-
sulter pour lui, n'abandonna point sans pleurer
cette vigne et cette chaumière qui appartenaient
depuis si long-temps à sa famille. Il sentait au
fond de son âme quelque chose de ce qu'on
éprouve après avoir fait une méchante action.
C'en était une en effet de quitter, par pure ambition, l'héritage de ses pères, et d'accepter un bien
qui valait six fois plus que cet héritage.

Dès la première année, Stéphann et mon père
se repentirent de leur marché. La vigne gela presque entièrement, ce qui ne s'était point encore
vu ; les voisins prétendirent qu'on l'avait taillée
de trop bonne heure. Mon père recueillit peu de
fruits des siennes, pour les avoir taillées trop
tard, et ses champs de blé furent ravagés par
les eaux, qu'il n'avait point pris la précaution de
détourner. L'année suivante ne fut pas plus heureuse pour les nouveaux propriétaires. Une stérilité désolante ayant frappé toutes les vignes,

celle du rocher de l'Aigle ne fut pas plus épar-
gnée que les autres. Les troupeaux périrent
presque tous dans la vallée ; mon père en tomba
malade de chagrin. Le notaire alla le visiter.

— Ah ! s'écria mon père en le voyant, ce que
vous m'avez prédit est arrivé. En voulant amé-
liorer mon sort, je l'ai rendu plus fâcheux. Si
Stéphann ne consent point à reprendre son bien,
je suis un homme perdu ; mais pourquoi s'y re-
fuserait-il ? son attente a été trompée comme la
mienne, et j'ai appris avec étonnement que la
vigne du rocher de l'Aigle n'a encore rien produit cette année. Cette plaque de cuivre que j'y
ai trouvée et que j'ai emportée avec moi, serait-
elle un talisman qui l'empêche de prospérer ?

Le notaire se fit apporter cette plaque de cuivre, et comme il était fort savant, il expliqua
ainsi à mon père ce qui s'y trouvait écrit :

« Souviens-toi que la modération est une vertu
» qui assure le bonheur des hommes. Tant que
» tu laboureras l'héritage de tes pères, sans t'oc-
» cuper de l'agrandir, tu en recueilleras les fruits
» avec abondance ; mais cet héritage deviendra
» stérile dès que l'ambition s'emparera de ton
» cœur. »

Mon père se fit lire ces paroles jusqu'à ce qu'il
les sût par cœur ; il les regarda toujours comme
un avertissement du ciel, et ne négligea point

de me les faire apprendre à mon tour. Il rendit à Stéphann son riche domaine, et Stéphann abandonna la vigne sans regret, persuadé qu'elle ne prospérerait jamais entre ses mains. Le sens de l'inscription une fois répandu dans le pays, personne ne songea à désirer la vigne du rocher de l'Aigle, qui continua de répondre aux soins de mon père comme elle avait toujours fait.

Léon demanda à voir aussi la plaque de cuivre. C'était une médaille latine du règne d'Auguste. Elle représentait d'un côté la modération, et de l'autre, des vers latins signés du poète Quintilius Varius, dont les ouvrages, célèbres dans leur temps, ne sont point venus jusqu'à nous. Le notaire en avait fidèlement rendu le sens, qui semblait si bien convenir à la situation du grand-père d'Antony, que Léon l'avait regardé d'abord comme une idée ingénieuse de la part du notaire. Quoi qu'il en soit, les habitans de la chaumière attachaient un grand prix à la possession de cette médaille, à laquelle Antony devait peut-être l'esprit de sagesse et de modération qu'on a pu remarquer en lui.

Léon, qui avait assez bien suivi les traces de son frère jusqu'à Oberghestelen, cessant de recevoir là aucune lumière certaine, se trouva fort embarrassé pour continuer sa route. Deux chemins s'offraient à son choix. Le premier, par le

mont Griès, conduit en Piémont, et le second
en Italie par le val Lévantine. Léon choisit ce
dernier, qu'avaient suivi aussi en partie les deux
aventuriers; mais, au lieu d'entrer comme eux
dans le val Caverna, il traversa la chaîne de
montagnes nommée des *Noufenen*, qui conduit
de Griès à Airolo. Léon, supposant que la curiosité était le motif du voyage qu'ils avaient si
singulièrement entrepris, en concluait qu'ils devaient s'être rendus d'abord à Bellinzona, qui
est la ville la plus remarquable de ce pays. Du
défilé nommé en Italie *lo Stretto di Stalvedro*,
Léon et Caroline découvrirent sur les hauteurs
la tour du roi Didier, ancien monument des
Lombards, bâti, dit-on, dans le huitième siècle.
Ils s'arrêtèrent quelques momens sur le pont du
Tessin pour jeter un dernier coup d'œil sur le
mont Saint-Gothard, et atteignirent la bourgade
dal Dazio (du péage), où les voyageurs paient
un léger tribut. Ils admirèrent, en cet endroit, la
superbe chute du Tessin, qui se précipite, en
grondant, du mont Piotino. Le chemin, ou plutôt un escalier pratiqué dans le roc, côtoie pendant un quart d'heure les bords d'une gorge
affreuse, le long de la cascade, et traverse trois
fois cette onde impétueuse sur laquelle on a
construit des ponts. A mesure qu'on approche
de Giornico, les scènes se radoucissent. Le Tes-

sin, long-temps irrité par des blocs de rochers qui s'opposaient à son cours, roule ses flots écumeux avec moins de bruit et de violence. Il se partage pour arroser le village de Giornico, entouré de superbes châtaigniers, et ne forme plus à l'ouest que d'agréables cascades. Ici le val Lévantine s'élargit et se termine par une plaine jusqu'au val Briviera, où les montagnes se rapprochent encore au point de ne laisser de passage que pour la rivière et le grand chemin. Bellinzona, une des portes de la Suisse, s'élève des deux côtés du Tessin sur le penchant de la montagne. De plusieurs endroits de la ville et de ses environs, on a des points de vue admirables sur la Valteline, le lac de Côme et les plaines de la Lombardie.

Léon s'arrêta peu à les contempler, trop occupé de son frère pour en avoir le loisir. Le peu de lumières qu'il avait recueilli dans sa route commençait à le jeter dans de mortelles inquiétudes. Il passa plusieurs jours à parcourir les auberges de la ville et des bourgades voisines, s'informant avec anxiété de ceux qu'il cherchait si ardemment. Tantôt une sèche et négative réponse était prête à le réduire au désespoir, tantôt une déclaration équivoque, en lui rendant un moment l'espérance, le plongeait de nouveau dans une cruelle incertitude. Le chagrin et la fatigue se réunirent pour l'accabler, la fièvre le saisit; mais il ne voulut point y faire attention, et continua ses recherches en se dirigeant sur Lugano par le mont *Cenère*.

L'admirable position de Lugano, placée d'une manière si romantique sur le lac qui lui a donné son nom, entre la montagne de Bré, couverte de jardins et de hameaux, et le mont Caprino, d'un aspect rude et sévère, ne furent point capables de le distraire ni de son mal ni de sa douleur. En vain une foule de guides le suivaient dans les rues pour lui proposer de voir les cavernes d'Éole, au pied du mont Caprino, le mont San-Salvador, qui forme une presqu'île sur le lac, et d'où l'on découvre un pays fort étendu; il n'éprouvait aucune curiosité; toutes ses idées se rapportaient uniquement à son frère.

— Nous ne le reverrons plus, disait-il à Caroline, nous avons entièrement perdu ses traces, et je ne sais plus de quel côté porter mes pas. Le temps que je perds ainsi à le chercher est peut-être un temps précieux. Peut-être quelque danger menace-t-il sa vertu ou sa vie. Non, je ne me consolerai jamais d'avoir été sans lui à Kanderstœg. Dès que je ferme les yeux, il me semble voir mon père me reprocher cette action.

C'est ainsi que Léon ne cessait de se tourmenter. Sa fièvre augmentait toujours sans qu'il y

portât de remède. Il se trouva si mal au pont de
la *Trésa*, qu'il fut obligé de passer trois jours
au lit, dans la cabane d'un pêcheur. A peine put-
il se soutenir, qu'il remonta à cheval malgré les
prières de Caroline, les représentations du pêcheur et celles d'Antony, qui s'offrait d'aller seul
à *Milan*, où Léon avait dessein de se rendre. A
la fin, ses forces l'abandonnèrent tout-à-fait, et
il s'évanouit, à peu de distance de la maison de
Lorenzo, où Antony le transporta péniblement.

CHAPITRE XVIII.

Une personne illustre s'intéresse aux orphelins.

TOUT près de la maison de Marco Lorenzo se
trouvait un petit enclos entouré d'une haie vive,
et dans lequel le solitaire élevait des arbres fruitiers. Un grenadier antique, qui portait encore
avec vigueur ses branches tortueuses chargées
de fleurs du plus bel incarnat, occupait le centre de cet enclos, d'où, comme un vénérable
patriarche, il dominait sur une foule de jeunes
plants croissant autour de lui. C'est au pied de
ce grenadier que Lorenzo fit creuser la tombe de
Léon. Déjà elle était préparée, déjà le cercueil
où l'infortuné devait enfin trouver un asile inva-
riable, attendait ceux qui devaient l'y renfermer

pour toujours. Joseph, Caroline, Antony et leurs hôtes se trouvaient reunis dans la chambre voisine. Un silence morne régnait au milieu d'eux; les uns fatigués, épuisés par les larmes qu'ils avaient déjà répandues, les autres ensevelis dans les sombres méditations que la mort d'un jeune homme ne manque pas d'inspirer.

Tout à coup un léger bruit, des accens que Joseph et Caroline ne sauraient méconnaître, font tressaillir les affligés.... La susprise, la terreur se peignent sur tous les visages.... On écoute avec une nouvelle attention... Un violent battement de cœur s'empare de Joseph et de Caroline.... Le bruit approche; la porte s'ouvre.... Léon paraît à demi enveloppé dans son linceul... Il appelle sa sœur en souriant... Mais, au lieu de répondre à ce doux appel, Caroline, Joseph que Léon n'a point aperçu, tout le monde s'enfuit sans pouvoir commander au sentiment d'effroi qu'on éprouve. Pendant que Léon étonné regardait avec chagrin Caroline s'éloigner de lui, Lorenzo, plus sage, plus expérimenté que les autres; s'approcha de Léon.

— N'attribuez, lui dit-il, qu'à une crainte puérile cette fuite qui vous afflige. Depuis hier, votre mort paraissait si certaine, que votre existence peut ressembler aujourd'hui à un prodige. Béni soit Dieu qui vous a rappelé du tombeau, en vous délivrant de cette effrayante léthargie !

— Où suis-je ? demanda Léon.

— En Italie, sur les bords du lac Majeur, répondit Lorenzo.

— Ah! oui, je me rappelle...., reprit Léon en rassemblant ses idées. J'y suis venu chercher mon frère...., mon cher Joseph.... Monsieur, apprenez-moi de grâce si vous n'auriez point entendu parler de Joseph de Norbert ?

— Je vous en donnerai des nouvelles satisfaisantes, répliqua prudemment le vieillard; mais, pour le moment, il ne faut songer qu'à vous rétablir : on n'éprouve pas impunément un accident semblable à celui dont vous sortez.

Plein de la joie que les paroles de Lorenzo venaient de lui donner, Léon se laissa reconduire dans sa chambre et remettre au lit. En passant, il aperçut le cercueil, et le montrant au vieillard :

— Si je n'avais, dit-il, un frère et une sœur auxquels mon existence peut être nécessaire, je regretterais presque cet asile où j'ai pensé m'endormir si jeune. Là, je serais à l'abri de l'inconstance du sort, et la mort deviendrait pour moi une protectrice assurée.

— Le sort n'est pas toujours contraire, répondit Lorenzo, et dans le temps qu'il paraît le plus insupportable, il se change quelquefois tout à coup en une grande prospérité.

Cependant Joseph et Caroline, qui s'étaient réfugiés dans le jardin, ne tardèrent point à rougir de leur terreur, et à se la reprocher. Ils savaient parfaitement qu'un mort ne marche ni ne parle, et ils en conclurent que le trépas de Léon n'avait été qu'apparent, puisqu'ils venaient de le voir en mouvement et d'entendre sa voix. Mais, malgré la joie que cette réflexion leur causait, malgré leur tendresse pour un frère, un certain frémissement, dont ils ne pouvaient se rendre compte, les agitait en approchant de la maison. Lorenzo, qu'ils rencontrèrent, acheva de dissiper leurs craintes, en leur assurant que Léon était bien vivant, et qu'il brûlait de revoir Caroline. Pour Joseph, on ne lui permit pas encore de se montrer, dans la crainte que sa présence inattendue n'opérât quelque dangereuse révolution ; mais peu de jours après, Lorenzo gouverna si sagement l'esprit du jeune malade, que cette douce réunion put enfin s'effectuer, à la satisfaction de tout le monde. Elle produisit même de si heureuses impressions, que Léon ne tarda pas à se rétablir.

Lorenzo ne voulut accepter aucun argent pour les soins qu'il avait pris des deux frères. Il les pressa même de ne le point quitter avant leur parfait rétablissement ; et, pour les mieux retenir, il s'efforçait de leur rendre sa société agréable, 'en leur faisant le récit des choses qu'il avait vues, dans sa jeunesse à la cour du duc de Parme, et de plusieurs autres souverains.

De leur côté, les deux frères, pénétrés de la plus tendre reconnaissance, n'hésitèrent point à lui confier leur embarrassante position, et la nécessité où ils se trouvaient réduits de vivre désormais dans l'humble chaumière d'un vertueux paysan. Joseph s'accusait amèrement d'en être la cause, et se repentait mille fois le jour de s'être si étroitement lié avec l'ingrat Zaccharie.

— Voilà, s'écriait-il, la source de nos malheurs ! Ses conseils m'avaient détaché de mon frère ; je ne regardais plus Léon que comme un orgueilleux impatient de me ranger sous sa loi, et Zaccharie me semblait seul un véritable ami. Fatale erreur ! celui que je fuyais a tout quitté pour me suivre, et mon faux ami m'a abandonné lâchement pour ses chimères.

— Avec plus d'expérience, répondit Lorenzo, vous seriez moins surpris de cette conduite, et vous n'eussiez jamais été la dupe de l'affection de ce faux ami. La connaissance des hommes vous apprendra qu'une personne romanesque est rarement sensible. Son cœur se jette toujours au-delà des sentimens de la nature, qui sont les seuls véritables, et s'abandonne à des émotions factices, qui la trompent quelquefois elle-même. Quelle confiance pouvait vous inspirer celui qui abandonnait sans nécessité des bienfaiteurs qu'il aurait dû chérir? et qu'aviez-vous fait pour lui de plus qu'eux-mêmes, pour espérer moins d'ingratitude de sa part?

Quelque raison que Léon eût aussi d'en vouloir à ce jeune insensé, son attachement pour M. Angelmann lui faisait prendre intérêt au sort de Zaccharie. Il envoya Antony jusqu'à Milan, afin de tâcher de le découvrir; mais ces soins n'aboutirent à rien, et il ne put faire usage de la lettre que le pasteur lui avait confiée.

A peu près vers cette époque, Lorenzo reçut ordre de la princesse Aurélia de faire tout préparer dans le palais pour la recevoir. Cette nouvelle donna aux orphelins l'occasion de s'informer des particularités qui concernaient cette dame, et Lorenzo y satisfit de cette manière :

— Je ne puis guère vous parler de cette princesse, leur dit-il, sans vous raconter en même temps une partie de ma propre histoire.

Aurélia est la sœur du duc de Parme, à la cour duquel ma famille occupait depuis long-temps un rang assez honorable. Je m'attachai de bonne heure à cette princesse, qui possède, entre autres qualités brillantes, de la générosité, de la grandeur d'âme, et un goût très-vif pour

les sciences. Son frère, sous un mérite moins
éclatant, cacha toujours mille solides vertus
plus propres à faire le bonheur de son peuple.

Quelquefois, ébloui par l'esprit de la princesse, je m'écriais avec l'enthousiasme d'un
jeune homme :

— Certainement la nature s'est trompée en
créant le frère et la sœur. Aurélia méritait de
régner; elle eût fait un prince accompli. Les
obscures qualités du duc n'illustreront jamais sa
couronne.

Mon père, qui voyait les objets d'un œil
éclairé par l'expérience, me répondait alors que
je jugeais peu sensément du mérite de ces deux
personnes. Qu'Aurélia, avec tous ses dehors séduisans, était infiniment moins propre que son
frère à faire le bonheur de ses états, seule véritable illustration qu'un prince raisonnable dût
souhaiter. Que le peuple, plus juste dans son
opinion, avait fait sensément la part à chacun
d'eux, en donnant à l'une son admiration, à
l'autre son amour et sa confiance.

J'écoutais, sans pouvoir m'en convaincre,
ces paroles pleines de sens. Mon aveuglement
était celui de tous les jeunes seigneurs de la cour,
qui ne cessaient de faire retentir autour d'Aurélia un concert de louanges qui éveillèrent enfin
son ambition. Depuis long-temps elle méprisait

son frère, dont les paisibles vertus, ennemies du faste et des conquêtes, lui paraissaient indignes d'un prince. Le duc, persuadé que le maintien des bonnes mœurs dépend de leur simplicité, s'opposait constamment aux progrès du luxe effréné qui régnait dans les cours voisines. Il en donnait à la fois l'exemple et le précepte, et ne voulait point souffrir qu'aucune personne de sa cour ôsât enfreindre les réglemens qu'il avait faits à ce sujet. Aurélia, qui professait une opinion et des goûts entièrement opposés, se plaignit hautement qu'on allait faire retomber le duché dans un état de barbarie, et qu'avant peu la ville de Parme deviendrait un séjour insupportable. Les jeunes gens appuyèrent ses plaintes avec chaleur, tandis que les vieillards applaudissaient aux sentimens du prince. Aurélia, ne prenant conseil que des premiers, s'enhardit jusqu'à former une conspiration contre son frère. Quelque partisan que je fusse de la princesse, je refusai d'y prendre part, par respect pour mon père, dont je connaissais les sentimens, et cette conduite me valut la disgrâce d'Aurélia. Son or et les magnifiques promesses qu'elle répandit ne gagnèrent point un peuple heureux, assez sage pour vouloir toujours l'être; ses intrigues échouèrent honteusement contre l'amour qu'avait inspiré son frère; et la conspiration fut découverte sans avoir produit aucun effet, Mon père, chargé d'arrêter la princesse, lui dit avec beaucoup de fermeté:

— Je vous plains, madame, d'être tombée dans une si grande erreur ; vous ignoriez de quel boulevart inaccessible la vertu et la justice environnent le trône d'un prince; vous avez cru, sur la foi de vos courtisans, être adorée du peuple; détrompez-vous; éblouir n'est pas toucher les cœurs.

Le duc pardonna généreusement à sa sœur un crime dont les suites pouvaient devenir si funestes, et sa clémence s'étendit également sur tous les conspirateurs ; mais Aurélia, abusant de la bonté de son frère, et pleine de ressentiment contre mon père et moi, lui demanda notre exil comme une preuve éclatante du retour de son amitié. Le duc résista courageusement à cette injuste demande, qui devint, entre le frère et la sœur, une nouvelle source de mécontentement. La haine d'Aurélia, ne pouvant se satisfaire ouvertement, nous poursuivit dans l'ombre avec une violence si extraordinaire, que, pour notre propre sûreté, nous fûmes contraints d'abandonner la cour de Parme. Le duc de Florence nous accueillit favorablement; mais Aurélia, nous enviant cet asile honorable, parvint à nous priver de l'appui de

ce souverain. Pendant trois ans elle ne cessa
de nous persécuter et de nous obliger d'errer
de puissance en puissance. Mon père étant venu
à mourir, je quittai l'Italie pour voyager en
France et en Espagne. A mon retour, j'appris
que la princesse Aurélia, ayant tenté une seconde fois de régner, et l'ayant tenté inutilement, s'était fait justice à elle-même en s'exi-
lant des états de son frère, et qu'elle vivait à
Rome uniquement occupée des arts et des sciences. J'essayai alors de retourner à Parme, où
j'espérais obtenir quelque emploi, car ma fortune se trouvait réduite à fort peu de chose;
mais le prince, qui savait à quel point j'avais été
partisan de la princesse, et irrité d'ailleurs par
le mauvais effet qu'avait produit sa clémence,
me fit savoir qu'il ne me voyait point à Parme
avec plaisir. Ces paroles étaient un ordre auquel
je m'empressai d'obéir. Las de mener une vie
errante, dégoûté du monde et des honneurs, je
me retirai dans cette petite maison, où je me
trouve infiniment plus heureux qu'à la cour de
Parme. J'y vivais depuis quinze ans dans l'état
que je viens de vous dire, lorsque j'appris que la
princesse Aurélia venait d'acquérir l'Isola Bella.
Le souvenir de ses anciennes persécutions me
donna de cruelles inquiétudes. Si, d'un côté,
je songeais à fuir pour éviter sa présence, de

l'autre je me sentais attaché à ma solitude par mille petits soins que j'avais pris de l'embellir. Cette dernière considération l'emporta, et j'attendis avec fermeté l'arrivée de la princesse.

— Madame, lui dis-je en me présentant devant elle, je ne sais si vous reconnaîtrez à travers les rides de la vieillesse ce Marco Lorenzo que votre haine a poursuivi si long-temps. Sans connaître les dispositions de votre cœur, mais fatigué de lutter contre la fortune, je vous abandonne sans regret quelques jours qui ne valent pas la peine d'être disputés.

Cette hardiesse plut à Aurélia, qui me tendit la main, et m'assura qu'elle oubliait entièrement le passé. Elle m'offrit de demeurer à Rome, ou dans son palais d'Isola Bella ; mais je la suppliai de me laisser mourir en paix dans ma chère solitude. Alors, pour m'attacher à elle par quelque titre, elle me nomma l'intendant de ses nouveaux jardins, et me donna la surveillance de l'île.

Ce récit, que les orphelins écoutèrent avec intérêt, ne leur donna pas une fort bonne opinion de la princesse; mais ils n'en étaient pas moins curieux de la voir. Ils se récrièrent beaucoup contre son ingratitude envers son frère, et ne concevaient pas qu'on pût haïr si long-temps, et avec tant de violence. Le sage vieillard leur répliqua que les princes devaient être jugés avec plus d'indulgence que les autres hommes, parce qu'ils recevaient rarement une bonne éducation, la crainte de leur déplaire empêchant souvent de les éclairer ; et qu'il se trouve toujours auprès d'eux des âmes viles prêtes à exciter leurs passions pour profiter des désordres qu'elles causent. Il ajouta que l'âge et les avantages d'une vie privée avait sans doute corrigé Aurélia, dont les jours paraissaient tous remplis par de nobles et innocentes occupations.

Les orphelins parfaitement rétablis, et ne pouvant, sans indiscrétion, demeurer plus longtemps avec le généreux Lorenzo, avaient déjà fixé le jour de leur départ, lorsque la princesse arriva. C'était une femme de plus de cinquante ans, d'un visage noble et régulier. La simplicité de son ajustement se faisait d'autant mieux remarquer que toute sa suite était fort brillante ; l'or éclatait sur l'habit de son moindre laquais, espèce de faste assez ordinaire aux personnes ambitieuses. Les orphelins la virent s'embarquer sur une gondole élégante, ornée de peintures très-fraîches et de figures sculptées. Trente musiciens, attachés à sa maison, s'embarquèrent à sa suite sur une autre gondole, ainsi qu'une douzaine d'artistes distingués dont elle se faisait gloire de protéger les talens. De graves personnages qui professaient les sciences faisaient aussi partie du cortége d'Aurélia. Ce spectacle rendit Joseph triste et rêveur ; il prit son frère à part, et lui expliquant ainsi sa pensée :

— Qu'allons-nous faire, dit-il, chez Meldorf ? Notre éducation n'est point achevée ; ce que nous savons ne peut encore nous conduire à rien ; nous l'oublierons à Kanderstœg. Si Lorenzo pouvait nous procurer la protection de cette princesse, cela ne nous vaudrait-il pas infiniment mieux ?

Léon, tout en approuvant ce raisonnement, n'osait proposer au vieillard de faire une semblable démarche auprès de la princesse.

— Maintenant qu'il connaît notre sort, répondit-il à son frère, comment n'a-t-il pas de luimême la pensée de nous rendre ce service ? Ou il le considère comme peu avantageux pour nous, ou il est retenu par quelque autre motif que j'ignore.

Le soir même, le vieillard, qui avait accompagné Aurélia à son palais, raconta à ses jeunes hôtes que la princesse éprouvait de vives contrariétés au sujet d'une médaille qu'elle ne pouvait parvenir à classer, et dont elle s'occupait depuis fort long-temps, elle et les antiquaires de sa suite. Lorenzo ajouta qu'elle la lui avait montrée à luimême, mais qu'il n'avait aucune connaissance en ce genre.

— Ce qu'on peut en lire, poursuivit le vieillard, me paraît plein de sens et de sagesse. C'est un éloge de la modération : on y rappelle aux hommes que cette vertu assure leur bonheur.

— Cela ressemble, dit Léon, à une inscription que j'ai lue dans la chaumière d'Antony.

« Souviens-toi que la modération est une vertu » qui assure le bonheur des hommes. Tant que » tu laboureras l'héritage de tes pères, sans t'oc- » cuper follement..... »

— Ce sont précisément les mêmes paroles ! s'écria le vieillard ; et si vous la pouvez expliquer tout entière, je vous engage à donner cette satis- faction à la princesse.

Aurélia ne fut pas plus tôt instruite de cette circonstance, qu'elle demanda à connaître Léon. Il parut devant elle d'un air timide, et lui apprit que ces vers sur la modération étaient de Quintilius Varius, poète romain, contemporain de Virgile, qui passait pour un des ornemens de la littérature de ce temps-là, mais dont nous ne connaissons les ouvrages que par les éloges des historiens. Il rapporta modestement à la princesse comment le hasard seul lui avait révélé cette connaissance. Aurélia l'écoutait d'un air surpris et touché. Elle lui adressa plusieurs questions sur son pays, sur sa famille, sur les personnes qui avaient pris soin d'eux jusqu'à ce moment ; et

ces informations lui ayant fait connaître le peu
de ressources qui leur restaient, elle résolut de
garder auprès d'elle ces intéressans orphelins,
et de se les attacher par ses bienfaits. En voyant
ses jeunes hôtes s'applaudir de cet heureux événement, Lorenzo leur dit :

— Puisque la Providence a conduit ainsi les
choses, je trouve très-convenable que vous en
profitiez ; mais l'intérêt même que j'avais pris à
ce qui vous regarde m'aurait toujours empêché
d'aller au devant de cette faveur. Je l'ai trouvée
si inconstante pour moi-même, si stérile pour
mon propre bonheur, que j'aimais mieux vous
savoir dans une chaumière qu'au milieu d'un
palais. Toutefois, souvenez-vous de ne point trop
compter sur l'appui qui vous est offert ; n'oubliez
jamais qu'une fortune brillante ressemble aux
neiges dont les glaciers sont couverts : elle éblouit
les yeux et leur cache des abîmes.

Léon fut le seul qui écouta ses sages conseils ;
Joseph et Caroline n'étaient occupés que de
l'ivresse de la joie où les plongeait un si grand
changement de fortune. Aurélia leur donna un
logement dans son palais, et voulut qu'ils y fussent traités d'une manière convenable à leur
naissance. En se voyant dans un appartement
magnifique, où l'or et la soie éclataient de toutes
parts, où de superbes glaces, répandues avec pro--

fusion, répétaient à l'envi des décorations élégan-
tes, Caroline, vivement émue, laissait couler
des larmes de joie. Elle comparait toutes ces
belles choses à la modeste habitation de Meldorf,
appuyant pour ainsi dire sur son bonheur, afin
de le mieux sentir. Joseph, aussi enthousiasmé
que Caroline, lui faisait admirer, l'un après l'autre, les objets précieux qui décoraient leur appartement. Là, c'étaient des peintures admirables, sorties de la main d'un grand maître; ici,
un groupe de marbre antique; plus loin, un vase
et des fleurs d'albâtre, travaillés avec une délicatesse surprenante. Pendant qu'ils se réjouis-
saient ainsi, Léon rendait compte au pasteur et
à Meldorf des nouvelles faveurs que la Providence
venait de répandre sur eux; il leur répétait de
nouveau que le souvenir de leurs bienfaits ne
s'effacerait jamais de son cœur, et que, malgré
l'éclat de leur nouvelle situation, il ne pouvait
regarder comme un bonheur l'obligation où il se
trouvait de vivre loin de ses plus chers amis. Il
priait M. Angelmann de ne point le priver de
ses conseils, qui allaient peut-être lui devenir
plus utiles que jamais dans une position tout-à-
fait nouvelle pour lui. Lorsqu'il demanda à Joseph
et à Caroline s'ils n'avaient rien à dire à leur tour
aux habitans de Bœningen, la jeune fille saisit la
plume, et épancha son cœur ivre de joie dans

celui de sa chère Noémi; mais Joseph, baissant les yeux, ne savait comment écrire au pasteur après sa coupable conduite.

— Ah! reprit Léon, tu l'aggraverais bien davantage en t'obstinant à un coupable silence! As-tu oublié la paternelle indulgence de cet homme respectable? N'a-t-il pas pour nous le cœur d'un père? et un père tient-il jamais rigueur à un fils qui se repent? Ah! crois-moi, l'apparence de ton ingratitude augmenterait encore l'affliction que Zaccharie lui cause; ne fais point de mal à celui qui ne nous a fait que du bien!

Joseph suivit le conseil de son frère, et les trois lettres furent remises au bon Antony, qui repartit aussitôt pour le canton de Berne.

Si le palais d'Aurélia était d'une grande magnificence, les jardins, à leur tour, étaient dignes du palais. L'art avait partout imité la nature en la surpassant, et l'on ne savait lequel admirer davantage, ou de la richesse des sites, ou de la main habile qui les avait disposés. L'architecture mariait partout ses plus beaux ornemens aux simples attraits de la campagne. Ici, on avait imité les ravages du temps, dont la faux elle-même semblait avoir renversé des colonnes et des portiques, épars sur le gazon; là, conduit par le doux murmure d'un ruisseau, on s'égarait dans les routes tortueuses d'un bois resserré entre deux montagnes, et l'on trouvait la grotte de Pan tapissée de lierre, de mousses, de violettes parfumées. Du haut d'une de ces montagnes, se précipite une impétueuse cascade, semblable à celle de Tivoli ; deux temples à demi ruinés se penchent sur les eaux du torrent, dont la vapeur continuelle agite et couvre d'une fraîche rosée les peupliers blancs et les arbustes qui croissent entre les fentes des rochers. Ailleurs, c'est un hameau traversé par une rivière calme et majestueuse. Chaque cabane, avec son jardin et son bouquet de bois, s'élève gracieusement au dessus d'une autre cabane sur un coteau délicieux ; et, en face du village, de l'autre côté de la rivière, s'étendent de riantes prairies, où les troupeaux s'égarent paisiblement. Dans une autre partie de l'île, où la nature triste et sévère ne produit que des rochers nus et stériles, on ne trouve aucune trace de l'homme. Un sable marécageux nourrit à peine quelques joncs ; ce désert borde une plage semée d'écueils ; les eaux du lac s'y brisent avec violence, et, dans les jours les plus sereins, le vent agite la cime des pins qui croissent çà et là sur les rochers. En suivant les rives du lac, on arrive à un promontoire qui s'avance hardiment dans les eaux, et qu'Aurélia avait nommé le cap Sunium, en mémoire de celui où Platon se rendait avec ses disciples. C'est dans le temple qui couronne ce promontoire que la princesse faisait tenir des cours de sciences par les professeurs qui l'accompagnaient; et quelquefois elle professait elle-même. Là, on enseignait l'histoire, les belles-lettres, la philosophie, les langues étrangères, l'astronomie, les mathématiques. Le temple était orné de cartes de géographie, de globes, de sphères, d'instrumens de physique, d'une riche bibliothèque, et des statues des philosophes grecs les plus célèbres. Tous les mois, la princesse tenait aussi en ce lieu des séances académiques, où chaque savant rendait compte de ses ouvrages, et où il s'établissait un concours pour résoudre le mieux une question proposée par la princesse.

Mais ce qu'il y avait peut-être de plus charmant dans l'île, c'était le lieu appelé le *Repos d'Aurélia*, séjour digne d'Armide, où l'on ne voyait que des bosquets de roses, des gazons moelleux et fleuris, des pièces d'eau plus transparente que le cristal, et sur lesquelles se jouaient des cygnes d'une éclatante blancheur, des fontaines de marbre, des ruisseaux égarés dans des prairies, des grottes fraîches, des lits de mousses, des bains délicieux.

Aurélia allait promener dans cet asile ses loisirs et les regrets qu'avait laissés dans son cœur une ambition trompée. Les arbres, les fontaines, les rochers se trouvaient couverts d'inscriptions tracées de sa main, où, à travers des louanges prodiguées au repos et la satire amère des grandeurs, perçait encore l'amour qu'elle conservait pour elles.

CHAPITRE XIX.

La séance académique.

L'ARDEUR avec laquelle Léon s'appliquait à l'étude le fit bientôt remarquer de la princesse, qui voulut diriger elle-même ses occupations. Une conception forte et vigoureuse, un sens droit, l'habitude de la réflexion le rendaient susceptible de se livrer aux sciences les plus abstraites. Il étudia les médailles par complaisance pour la princesse, qui estimait singulièrement cette branche des connaissances humaines. Cette étude lui parut d'abord ingrate et peu intéressante ; mais peu à peu il y prit un goût très-vif, lorsqu'il vint à reconnaître, dans cette suite de petits tableaux, une histoire pour ainsi dire vivante des temps les plus reculés, qui n'en ont souvent pas d'autre. Il admirait avec quelle facilité Aurélia attribuait aux différens siècles les médailles qui leur appartenaient, et avec quelle justesse de coup d'œil elle parvenait à les discerner entre elles. Leur plus ou moins de perfection composait en même temps une histoire intéressante du progrès des arts dans les différentes nations.

Joseph, plus léger et moins avancé que son frère dans ses études, paraissait peu propre aux sciences. Le grec l'effarouchait; il ne savait encore qu'imparfaitement la langue de Virgile; mais sa mémoire se trouvait ornée d'une multitude de poésies françaises, allemandes et italiennes. La grâce et la vivacité de son imagination donnaient à ses discours quelque chose de fort agréable; aussi la princesse, qui aimait tous les genres d'esprit, prenait-elle beaucoup de plaisir à l'entendre. Elle lui faisait répéter quelquefois la relation de son voyage avec Zaccharie, et ne manquait jamais de trouver fort plaisante leur aventure du palais et celle des bains de Lagarino.

De son côté, Caroline flattait un des autres penchans d'Aurélia, en montrant beaucoup de goût pour la musique. Déjà, elle dansait avec une légèreté admirable, et jouait de plusieurs instrumens auxquels sa voix se mariait avec justesse. Sa taille délicate et bien prise se développait lentement, mais avec grâce; elle avait de beaux cheveux avec un visage doux et ingénu, qu'on ne pouvait regarder sans intérêt. Aurélia l'appe-

lait sa petite nymphe. Elle aimait surtout à la
voir danser, et faisait composer exprès pour elle
de petits ballets, où Caroline, vêtue en nymphe,
figurait devant la princesse avec des jeunes personnes de son âge, qui étaient les filles des dames de la suite d'Aurélia. Léon n'approuvait
point ce genre de divertissement, auquel n'as-
sistaient cependant jamais que les habitans du
palais ; il souffrait de voir sa sœur ainsi exposée
à leurs yeux, sous un costume peu convenable
à son état, et craignait que ces jeux imprudens
ne nuisissent insensiblement à sa modestie naturelle ; mais il n'osait montrer ses sentimens,
de peur d'offenser la princesse, qui paraissait
bien loin de les partager. Joseph, au contraire,
moins prévoyant ou moins délicat que Léon,
était tout transporté de plaisir, à l'aspect de ces
agréables représentations. Il applaudissait de
toutes ses forces aux grâces de Caroline, et se
trouvait glorieux de la supériorité qu'on lui accordait sur ses compagnes. Ce triomphe de l'a-
mour-propre, quelque frivole qu'il soit, était
vivement senti par la jeune de Norbert. Il lui tenait lieu d'ardeur et de vivacité. Ce n'était plus
alors cette indolente Caroline du presbytère,
pleurant sur une leçon utile, ou tenant négligemment entre ses mains un voyage éternel ;
animée par le désir d'être applaudie, par celui

de vaincre une difficulté, de rendre parfaitement une attitude gracieuse, elle suait à grosses gouttes pendant des heures entières. Quoiqu'elle aimât aussi la musique, elle y mettait moins d'opiniâ- treté, parce que la récompense était moins im- médiate; mais du reste, ces occupations lui de- venaient d'autant plus chères qu'elles lui ser- vaient d'excuses pour se dispenser de travailler aux ouvrages de son sexe. Ce n'est pas qu'Aurélia, qui ne s'y livrait jamais elle-même, pensât seu- lement à le lui proposer; mais les dames du pa- lais, qui élevaient différemment leurs filles, se permettaient souvent de lui adresser à ce sujet des observations qui embarrassaient Caroline. Elles lui disaient que la princesse était une per- sonne extraordinaire, sur laquelle il ne fallait pas prendre exemple, et qu'à moins de se livrer comme elle à des occupations que tout le monde n'est pas susceptible de remplir, on n'était pas excusable de négliger des travaux essentiels qui font une partie de l'éducation des femmes.

Aurélia, persuadée que l'émulation est le res- sort le plus actif qu'on puisse donner aux facultés des hommes, voulut que Léon et Joseph con- courussent à la solution d'une question intéres- sante, qu'elle proposa dans une de ses séances académiques. Voici cette question : *La vie est- elle un mal ou un bien?* ou *lequel l'emporte, dans*

la vie , du bien ou du mal ? Les deux frères s'en
défendirent vainement, alléguant leur défaut d'expérience pour décider une pareille question ; il
fallut obéir. La séance prochaine étant arrivée,
la princesse, plus richement vêtue qu'à son ordinaire, se plaça dans le fauteuil qu'elle occupait
comme présidente de son académie. Devant elle se
trouvait une table couverte de livres et de quelques couronnes de laurier, destinées aux auteurs
des meilleures compositions. Le secrétaire, assis
plus bas à un autre bureau, taillait sa plume et
préparait ses registres, pendant que les savans,
rangés en demi-cercle, feuilletaient gravement
un manuscrit qu'ils tenaient à la main. Au dessous d'eux, six concurrens, parmi lesquels Léon
et Joseph étaient encore les plus jeunes, attendaient avec inquiétude que la séance commençât.
Les dames du palais, toutes brillantes de parure,
occupaient des gradins élevés au bas de la salle,
et Lorenzo tenait une place distinguée entre les
autres spectateurs.

La princesse ouvrit la séance par un discours
savant sur l'origine des académies et leur utilité, qui fut fort applaudi, comme elle s'y attendait. Les savans lurent ensuite divers mémoires
intéressans, relatifs aux sciences qu'ils professaient. La princesse fit à chacun d'eux plusieurs
observations, dont la finesse les embarrassa, ou

dont ils feignirent peut-être d'être embarrassés, pour donner ce petit triomphe à leur protectrice; ensuite le secrétaire appela l'un des concurrens, suivant le degré d'âge, en commençant par le moins âgé, qui se trouva être Joseph. Il s'inclina profondément devant Aurélia, et, prenant la parole avec moins d'émotion qu'on ne s'y attendait, il dit :

— Illustre princesse, en me donnant à traiter un sujet si fort au dessus de mon âge et de mon expérience, vous vous êtes préparée sans doute à la faiblesse de ma composition, et je dois compter sur votre extrême indulgence. J'ai dû vous obéir; mais je me présente ici sans prétendre à aucune couronne, trop heureux si mon zèle et ma soumission ont pu vous satisfaire.

Incapable de soutenir un raisonnement, j'ai eu recours à la fiction pour établir mon opinion à l'égard du bien ou du mal de la vie et répondre à la question qui m'a été proposée.

On applaudit vivement ce petit préambule, et Joseph, se rassurant de plus en plus, fit la lecture suivante :

LA REINE DES SYLPHES.

Les sylphes forment un peuple aérien et délicat, qui se tient ordinairement sur les nuages; cependant ils descendent souvent sur la terre pendant les charmes d'une belle nuit. Ce sont eux qui font courber, en passant, la pointe des herbes, et rider la surface des eaux; on les reconnaît à l'esprit des fleurs qu'ils nous envoient en se jouant avec elles. La lumière et le bruit les épouvantent, mais ils bravent souvent l'un et l'autre pour s'approcher des hommes et leur faire du bien.

Leur reine Edyle assembla sa cour pendant une nuit solennelle; une couronne de véroniques ceignait son front; elle était mollement couchée sur un nuage que la lune dorait légèrement, et les sylphes qui composaient son conseil, groupés sur d'autres nuages, attendaient autour d'elle qu'elle daignât s'expliquer. Alors Edyle prenant la parole :

— Vous savez, leur dit-elle, que j'ai toujours aimé les mortels, et que le soin de les rendre heureux m'occupe constamment. Je veille, depuis son enfance, sur un prince de Syrie; j'écarte de lui tous les dangers; je favorise ses desseins, je le maintiens dans une prospérité toujours égale, et, malgré tant de soins, je ne puis réussir à le rendre heureux; à la moindre contrariété qu'il éprouve, il s'écrie que la vie est amère. Dans le dépit que me causent ses plaintes continuelles, j'ai résolu de vous consulter. Est-ce qu'en effet la vie humaine est par elle-même tellement insupportable, que rien ne saurait la faire aimer? Comment font les hommes dans les autres parties du monde?

Les sylphes, fort étonnés d'entendre ces paroles, se regardaient avec confusion, sans savoir que répondre. Enfin Abdiel, le chef des sylphes d'Asie, prononça gravement ces paroles, après s'être prosterné trois fois :

— Grande reine ! votre esprit est plus lumineux que l'étoile du matin, et nous nous anéantissons devant vous comme un nuage qui se dissipe en rosée. Les hommes de l'Asie communiquent peu leurs pensées; et jusqu'ici nous n'étions descendus sur la terre que pour folâtrer au milieu des pavots et y respirer l'opium qui procure de délicieuses rêveries. Nous ne savons donc que répondre à votre question.

Zéloïs, le chef des sylphes d'Europe, n'était pas mieux instruit. Il allégua pour son excuse que les mortels de cette partie du monde, au lieu de profiter, comme les sylphes, des délices d'une belle nuit, s'enfermaient à cette heure dans de vastes palais, pour s'y livrer à des amusemens tumultueux.

Ceux de l'Afrique se plaignirent de l'ignorance et de la grossièreté des noirs auxquels ils ne pouvaient accoutumer leur délicatesse, et les sylphes américains dirent des choses plus pitoyables encore. La reine reprit d'un ton sévère :

— Je ne reçois point de si frivoles excuses, et je m'aperçois que, peu fidèles à mes ordres, vous ne vous êtes nullement occupés des mortels ; quelque autorisée que je sois à vous en punir, je consens à vous pardonner une si coupable négligence, pourvu que, dans un an, à pareille époque, vous m'apportiez les lumières que je demande. Attentifs à rechercher tous les moyens de vous instruire, insinuez-vous auprès des hommes, et mettez-vous enfin en état de m'apprendre si je dois plaindre ou abandonner le prince auquel je m'intéresse si vainement.

Elle dit, et, s'élançant légèrement dans les airs, elle alla se perdre dans un nuage qui flottait autour de la lune. Les sylphes se séparèrent en murmurant tout bas contre le dessein de la généreuse Edyle.

—De quoi va s'embarrasser notre souveraine ? se disaient-ils entre eux ; que nous importe que la vie des hommes soit bonne ou mauvaise, pourvu qu'ils ne nous troublent point ?

Malgré cet égoïste raisonnement, il fallut obéir, et chacun s'en alla rêver au moyen le plus expéditif de le faire.

Zéloïs, ayant choisi pour l'objet de son épreuve un puissant roi d'Europe, jeta dans un sommeil magique son plus intime favori, dont il

prit lui-même la figure, afin de pénétrer sans
obstacle dans le conseil secret du roi. Ce monarque, adoré de ses sujets, entouré d'une
famille illustre, et maître d'un fort beau royaume,
laissait voir sur son visage et dans ses paroles,
que la vie avait de grands charmes à ses yeux. Il
s'applaudissait souvent de sa destinée en rendant
au ciel de vives actions de grâces; mais tout à
coup ce prince si heureux se trouva engagé dans
une guerre inquiétante. Quelque juste que fût
sa cause, il éprouva de cruels revers, et son
langage changea avec sa fortune; il ne vit plus
dans la vie qu'une route semée d'épines. L'amour
de ses sujets, sa grande puissance, sa longue prospérité, tous ces avantages s'évanouirent devant
quelques échecs. Deux de ses fils périrent dans
un combat; il en vint jusqu'à souhaiter la mort...
C'est où Zéloïs l'attendait. Il se présenta au roi
sous sa forme naturelle.

— Prince, lui dit-il, je suis un génie de l'air
qui s'intéresse à votre destinée. Je vous ai préparé
depuis long-temps deux breuvages magiques qui
produisent des effets entièrement opposés. L'un
peut doubler le cours de votre vie, l'autre l'a-
brégera tout d'un coup sans aucune souffrance.
C'est à vous de choisir celui qui vous convient le
mieux.

— Puissant génie, répondit le prince fort

étonné, par quelles vertus ai-je mérité de ta part
une semblable faveur? Tu veux doubler la longueur de mon existence! (Car pour le breuvage
contraire je n'y arrête seulement pas ma pensée.
La mort arrive toujours assez vite sans qu'on
prenne le soin de courir au devant.) Hâte-toi
donc, ô génie bienfaiteur! hâte-toi de me faire le
don précieux d'une seconde vie.

— Ne crains-tu pas d'agir avec trop de préci-
pitation? répliqua Zéloïs. As-tu déjà oublié les
plaintes que tu faisais à l'instant même, en appelant la mort à ton secours? Cette guerre injuste
qu'on t'oblige à soutenir, ces batailles perdues,
ces enfans immolés, ne troublent-ils plus ta félicité? La vie t'offrirait-elle encore quelques charmes?

— Hélas! répondit le roi en soupirant, il est
vrai que la mienne est mêlée en ce moment de
cruelles amertumes; mais, au milieu de tant de
chagrins, n'entrevois-tu pas aussi les consolations
qui me restent? Les violences de mon ennemi
font d'autant mieux ressortir la justice de ma
cause, et le triomphe de ma vertu est plus grand
que celui de ses armes. De toutes parts mes alliés
me proposent leurs secours, mes sujets accou-
rent en foule pour me défendre. La perte de mes
fils m'est plus cruelle que la perte de mes batailles : toutefois, ils sont morts avec gloire; et leurs

noms, proclamés avec honneur jusque dans les siècles les plus reculés, conserveront leur mémoire parmi nos descendans. Leurs frères, dans un âge plus tendre, me promettent déjà mille sujets de consolation, et il suffirait de leur tendresse pour m'attacher à la vie.

— C'est donc à tort, répliqua vivement le sylphe, que tu nous importunes de tes plaintes. J'ai voulu te faire apprécier à toi-même le bien et le mal qui composent ta vie; puisque tu reconnais que le premier l'emporte, cesse donc d'appeler faussement un trépas que tu redoutes, et ne te plains plus d'un mal que tu prolongerais avec joie.

Le sylphe s'envola, et laissa le monarque fort confus de la leçon qu'il venait de recevoir. Pendant que Zéloïs, satisfait de son épreuve, se roulait sur l'herbe fleurie des campagnes, le grave Abdiel, déguisé en voyageur, entrait dans la cabane d'un paysan de Lahor. C'était un jour de fête; le paysan, entouré de beaucoup de personnes, les faisait danser au son d'une espèce de tambourin, avec lequel il marquait la mesure. Abdiel ayant demandé l'hospitalité dans cette maison, sa présence interrompit la danse.

— Soyez le bien venu, lui répondit le paysan, et excusez-moi si je ne me lève point pour vous recevoir; il y a dix ans que je n'ai point quitté la place où je suis, à cause de mes infirmités ; que cela ne vous empêche point de rester chez moi ; nous tâcherons de ne vous laisser manquer de rien.

Il ordonna alors à deux jeunes filles, qui se tenaient près de lui, de donner à boire et à manger au voyageur ; et il reprit son tambourin d'un air riant et satisfait. La danse dura une heure ; au bout de ce temps, les danseurs donnèrent quelque argent au paysan et se retirèrent. Il ne resta près de lui que les deux jeunes filles, qui étaient les siennes.

— Le sort ne vous a point épargné, lui dit alors le sylphe voyageur, et vous me paraissez plongé dans une situation bien déplorable.

— Il est vrai, répondit le paysan, qu'on voit peu d'hommes à mon âge aussi infirmes que je le suis ; à peine ai-je atteint quarante ans, et en voilà déjà dix que je ne puis ni marcher ni me coucher. J'étais un habile ménétrier ; je gagnais facilement ma vie à jouer du tambourin aux noces et fêtes un peu considérables. Depuis que je ne saurais marcher, quelques uns par charité, d'autres par goût, viennent danser chez moi ; je n'ai que cette ressource pour subsister et élever ma famille.

— Infortuné, reprit Abdiel, avec quelle patience vous supportez votre misère ! Votre visage respire la gaîté, pendant que votre âme doit être accablée de tristesse. La vie ne peut être pour vous qu'un importun fardeau.

— Je n'ai d'autre regret que celui de m'en dé-charger tous les jours, repartit le paysan, car, dans l'état où je suis, je ne saurais espérer de vivre aussi long-temps que les autres hommes.

— Quoi! s'écria le sylphe, vous ne souhaitez point la mort?

— Eh! pourquoi la souhaiterais-je? continua le paysan; mes infirmités m'empêchent-elles de jouir d'une multitude de biens dont elle me pri-verait? A côté de cette affliction que le ciel m'a envoyée, ne voyez-vous point les tendres soins de mes filles qui l'adoucissent, l'empressement de mes amis à écarter de moi la misère, la gaîté de mon humeur, la vivacité avec laquelle je jouis de la vue d'un rayon de soleil, de l'odeur d'une rose, de la saveur d'un bon fruit?

— Oh! certainement, dit en lui-même le syl-phe en quittant cette chaumière, la vie est quel-que chose d'agréable, puisqu'un tel homme peut lui trouver des charmes!

Les deux autres chefs des sylphes faisaient de leur côté la même réflexion, à la suite d'épreuves à peu près semblables. Prosternés tous les quatre aux pieds de leur souveraine, ils lui rendirent compte de ce qu'ils avaient découvert. Zéloïs, qui portait la parole, lui protesta que les hommes étaient des ingrats indignes de ses bontés; qu'ils se plaignaient sans raison d'une vie qu'ils aiment passionnément, oubliant avec légèreté un siècle de bonheur pour un jour d'infortune.

La reine Edyle leur témoigna qu'elle était satisfaite de leur obéissance; elle cessa, dès ce moment, d'écouter les plaintes de son prince de Syrie, et le menaça de l'abandonner s'il persévérait dans son injustice. Cette menace ne fut point vaine; il apprit à jouir de son bonheur sans trouble, et sans l'empoisonner par des chagrins souvent imaginaires.

De nombreux applaudissemens suivirent cette lecture, qui fut trouvée fort agréable; et la princesse, après avoir félicité Joseph d'une philosophie si gaie et si heureuse, invita Léon à parler à son tour. Il eut beaucoup de peine à obéir, à cause de l'extrême timidité qu'il éprouvait. Sa voix était si tremblante qu'on entendit à peine le peu de mots qu'il prononça avant d'entamer sa lecture; il y parlait cependant en fort bons termes de sa reconnaissance envers Aurélia, de la médiocrité de ses moyens, et de la nécessité où il s'était trouvé de recourir, comme son frère, à une fiction favorable au développement de ses idées; la princesse l'engagea à se rassurer; mais, quelque effort qu'il fît pour cela, sa voix demeura

sensiblement altérée pendant toute la lecture suivante.

LES DEUX PHILOSOPHES.

Il y avait dans la ville de Sicyone un jeune
homme nommé Lysimaque, qui possédait de
grands biens ; il était orphelin depuis l'enfance,
et venait d'entrer en possession de sa fortune. On
ne parlait partout que de son bonheur, de ses
avantages, de sa beauté. Lui-même avait peine
à contenir les transports de son âme lorsqu'il ré-
fléchissait à son heureuse situation ; son superbe
palais était orné des objets d'arts les plus précieux, et de toutes les commodités de la vie. Sa
taille, son visage prévenaient favorablement les
étrangers ; son humeur douce et riante achevait
de lui gagner leur affection ; il ne recevait en tous
lieux que des louanges et des marques d'honneur ;
chacun s'empressait de lui faire sa cour comme
à un roi ; mais il était plus heureux qu'un monarque, parce qu'il était libre d'inquiétudes et de
soins.

Lysimaque accueillait avec plaisir tous les
étrangers de mérite qui arrivaient à Sicyone,
et il goûtait singulièrement les relations qu'ils
lui faisaient de leurs voyages. Ces étrangers,
frappés du luxe qui l'environnait, lui demandaient souvent comment il pouvait s'ensevelir

13.

ainsi à son âge dans une ville telle que Sicyone, au lieu de choisir pour son séjour la magnifique cité d'Athènes qui était comme une reine entre les villes de la Grèce. Ils lui vantèrent tellement la beauté de ses édifices, le grand nombre de ses écoles célèbres, et l'agrément de ses promenades, que le désir de la voir s'empara vivement de son esprit. Il se fit préparer un char somptueux, et partit accompagné de vingt-quatre esclaves à cheval. Il traversa les belles campagnes de Sicyone toutes parsemées de tombeaux, à cause d'une loi qui défend d'enterrer personne dans la ville, et il se rendit d'abord à Corinthe. Il aperçut de loin la citadelle et le temple de Vénus, bâtis au sommet d'une montagne, au pied de laquelle s'étend l'opulente Corinthe, dont le territoire est baigné par deux mers. On lui montra le tombeau des fils de Médée, victimes des fureurs du peuple, qui rejeta ensuite son crime sur cette infortunée princesse. Euripide fut, dit-on, gagné par les magistrats de Corinthe pour accréditer cette fable calomnieuse; mais l'ancien usage de faire raser la tête des enfans et de les revêtir d'une robe noire jusqu'à un certain âge, rappelle ce crime et son expiation.

Lysimaque traversa l'isthme de Corinthe, qu'on a comparé à un pont naturel jeté sur l'un et l'autre continent de la Grèce pour les unir ensemble, et, sans s'arrêter à Mégare, ville déchue de son ancienne grandeur, il se hâta de prendre la route d'Athènes, où il arriva avec empressement. Il la trouva fort au dessous de tout ce qu'on lui en avait dit, et, dans le premier mouvement de sa surprise, il demandait à tout le monde où était cette célèbre ville d'Athènes. Des rues étroites et mal alignées, des maisons petites et irrégulières, d'autres plus belles, mais désagréablement masquées par une longue avenue, formaient un ensemble peu conforme à l'idée qu'il s'en était faite; mais lorsqu'il put examiner à loisir les édifices publics qui décoraient la ville de Minerve, il eut peine à modérer les transports de son admiration. Tous les arts s'étaient réunis pour les embellir. L'histoire d'Athènes se trouvait pour ainsi dire peinte dans les tableaux qui couvraient ses portiques et ses temples; on la retrouvait encore dans une foule de monumens précieux par leur antiquité.

Lysimaque fut si charmé de tout ce qu'il voyait, qu'il forma le dessein de se fixer à Athènes. Son faste, sa jeunesse, son indépendance lui attirèrent bientôt une foule d'amis, avec lesquels il passait sa vie au milieu des plaisirs. Ils l'avaient surnommé le *Fortuné*, et lui-même portait orgueilleusement ce surnom; mais en même temps il faisait tout ce qu'il faut pour le perdre, en se

livrant avec excès aux divertissemens les plus
frivoles. Déjà il en jouissait avec plus de froideur ;
les fêtes commençaient à lui devenir importunes ;
la lassitude et le dégoût pénétraient dans son
cœur. Un jour qu'il se promenait seul dans la
campagne, en rêvant vaguement à ce qui se passait en lui, il rencontra sur le chemin de Tyra un
philosophe entouré de ses disciples ; Lysimaque
se joignit à eux pour l'écouter.

— Le sage, leur disait-il, fait peu de cas de
la vie. Il la supporte comme la goutte, la fièvre
et tous les maux dont la mort seule peut nous
délivrer. Si elle n'est composée que d'amertumes, il redouble de patience, et se nourrit de
l'espoir qu'elle finira bientôt, ou deviendra plus
supportable. Si elle présente quelque apparence
de félicité, il se tient prêt à quelques revers,
sachant bien qu'il ne peut en être long-temps à
l'abri. L'indigence humilie et condamne à de
dures privations, la richesse aveugle, et expose
l'innocence. L'indigent n'a point d'amis, le riche
croit en avoir et ne possède que des flatteurs.
Le malade soupire après la santé, l'homme sain
travaille imprudemment à se rendre malade, et
chaque instant peut nous apporter les maux les
plus cruels. La vieillesse se traîne lentement vers
le même tombeau où la jeunesse se précipite.
Enfin si le crime est en horreur, la vertu est mal

appréciée ; de sorte qu'il n'est point de situation dans la vie qui ne puisse devenir un rigoureux tourment. Les uns sentent leur misère, les autres ne s'en aperçoivent pas encore ; mais aucun n'est véritablement heureux.

— Je suis du nombre de ces derniers, se dit en lui-même Lysimaque ; je me croyais au comble du bonheur ; mais je reconnais mon aveuglement. Ceux que je regardais comme mes amis ne sont que des perfides, amoureux de ma fortune, et qui m'abandonneraient au premier revers. Lorsque je crois jouir d'une santé robuste, peut-être se développe-t-il en moi le germe de quelque funeste maladie. On ne saurait se trouver heureux avec de pareilles craintes, et certainement la vie est un cruel supplice.

Dès ce moment, Lysimaque cessa de revoir ses amis. Il renonça aux fêtes, aux plaisirs. Son humeur devint sombre et défiante. N'ayant point de maux réels à déplorer, il s'affligeait sans cesse de ceux qui pouvaient le menacer, et ne regardait la vie que comme un don de la colère des dieux, cherchant toujours aux événemens les plus heureux un côté funeste qui les défigurait. Un de ses parens de Sicyone vint le voir à Athènes, et comme il s'informait si Lysimaque ne voulait point retourner dans sa patrie, celui-ci lui répliqua qu'il lui importait peu de traîner à Athènes ou à Sicyone une vie infortunée; qu'un malheureux condamné à l'esclavage n'avait point de patrie. L'étonnement de ce parent fut extrême d'entendre Lysimaque s'exprimer ainsi; il crut qu'il lui était arrivé de grands malheurs.

— N'en est-ce pas un que de vivre? répliqua Lysimaque; et pouvez-vous imaginer un seul genre d'infortune dont je sois parfaitement à l'abri?

— Non sans doute, lui répondit son parent; mais quelle folie est-ce là que d'être malheureux pour l'avenir? ne pouvez-vous attendre en paix l'ordre des dieux? et, quant à votre vie présente, n'est-elle pas pleine de douceurs?

— Le ciel me préserve de le croire, repartit Lysimaque; je serais comme un homme endormi sur un fumier, qui rêve qu'il se repose sur l'or et sur la pourpre. Je me suis laissé tromper comme vous par cette apparence de félicité; mais la philosophie m'a arraché mon bandeau.

Dès le soir même, il mena son parent à son école; celui-ci le conduisit à son tour chez un philosophe de ses amis, qui avait peu de disciples, quoique son école fût fort estimée des personnes raisonnables; car il y en a beaucoup plus qui se laissent éblouir par des sophismes, que persuader par la raison. Ce philosophe combattit l'opinion de Lysimaque.

— Il est aussi insensé, lui dit-il, de voir tout en mal dans la vie, que d'y voir tout en beau. On peut la comparer à une couronne de fleurs parmi lesquelles il y en a de riantes et de sombres, de parfumées et d'inodores, de salutaires et d'empoisonnées. La nature réunit tout cela et en forme quelque chose d'agréable pour les uns, d'un peu amer pour les autres, de supportable pour tous. Comme il est une infinité de maux, il est aussi une infinité de plaisirs. En nous tenant prêts à résister aux uns, n'allons pas corrompre les autres par une prévoyance insensée. La sagesse ne consiste pas à noircir ou à colorer la vie, mais à la voir telle qu'elle est. Si l'indigence et la richesse présentent des malheurs et des dangers, elles sont aussi la source de mille vertus. La constance relève noblement l'abaissement de la première; la générosité, la modération font respecter les hommes riches. La maladie même, cette affliction qui semble anéantir toutes les douceurs de la vie, ne sert qu'à les rendre plus vives. Il est une foule de jouissances inconnues à celui qui a toujours vécu dans une parfaite santé. La nature a attaché un plaisir à chaque besoin, comme elle a renfermé chaque orange dans une écorce amère. Si la vie n'avait que des douceurs, il nous serait trop cruel de l'abandonner; si elle n'était composée que de peines, le poids en serait insupportable; mais son mélange nous flatte et nous rebute tour à tour, sans nous jeter dans aucun excès. Cessez donc de nourrir dans votre âme des pensées fausses et funestes. Retournez dans votre patrie, usez libéralement de vos biens, sans faste et sans prodigalité. Modérez-vous dans vos plaisirs ; cherchez généreusement l'infortune, protégez le mérite; et si quelque revers vous atteint au milieu de votre course, recevez-le comme un hôte que vous attendiez depuis long-temps.

Ce discours ouvrit les yeux à Lysimaque. Il comprit enfin la véritable sagesse, et résolut d'en profiter. Il suivit quelque temps l'école de son nouveau maître, afin de s'affermir dans la doc-trine qu'il enseignait, et retourna ensuite à Si-cyone, où il vécut heureux et sage au milieu de ses concitoyens.

Cette histoire, dont chacun admira le raisonnement, remporta le premier prix à l'académie d'Aurélia. La princesse, en le décernant au jeune compositeur, lui dit qu'il avait parfaitement ré-solu la question proposée, en se tenant également éloigné des deux extrêmes, et que c'était la meilleure manière de juger sainement de toutes choses. Joseph reçut à son tour un prix d'encouragement, qui le flatta d'autant plus, qu'il ne s'y attendait pas. L'auditoire, en se séparant, comparait le maintien des deux frères pendant le cours de la séance.

— Joseph, disait-on, ne manque ni d'esprit ni d'imagination ; mais son air assuré laisse connaître la bonne opinion qu'il a de lui-même. Léon, au contraire, a fait preuve d'une extrême modestie.

— Détrompez-vous, répliqua un vieux courtisan ; l'assurance de Joseph naissait au contraire du peu de prétentions qu'il nourrissait. Il sentait sa faiblesse et ne s'en mettait pas en peine ; tandis que Léon, animé d'une noble ambition, désirait ardemment une couronne, et tremblait de ne pas l'obtenir. Croyez qu'en pareille circonstance, le plus modeste n'est pas toujours le plus embarrassé.

CHAPITRE XX.

La maison de Virgile.

La belle saison disparaissait insensiblement, emportant avec elle une partie des attraits de l'Isola Bella ; mais, bien loin de s'en affliger, les orphelins attendaient impatiemment que la chute des feuilles vînt donner à la princesse le signal de son départ; car ils désiraient l'accompagner à Rome. Ils étaient transportés de plaisir à l'idée de voir un pays si célèbre; et le nom magique de Rome confondait dans leur souvenir tous les grands hommes qui l'ont à jamais illustrée.

Avant leur départ, Lorenzo, qui les aimait sincèrement, leur répéta de nouveau qu'il fallait jouir de leur bonheur avec prudence et sagesse, et se conduire toujours comme devant le perdre bientôt. Il leur rappela que la vie ne doit être considérée que comme une promenade dans laquelle on rencontre plusieurs points de vue, qu'on admire quelquefois avec plaisir, mais qu'on est toujours prêt à quitter sans se plaindre. Il les invita surtout à garantir leurs mœurs des dangers de l'exemple, au milieu d'une grande ville. Jusque-là, ils avaient toujours vécu à la campagne, et dans le sein d'une nation où elles sont généralement pures. Lorenzo ne les voyait point aller à Rome, pour ainsi dire, sans guide, à l'âge où les passions se développent, sans éprouver de vives inquiétudes. Aurélia n'était point propre à les conduire. L'amour des sciences et de la domination l'occupait beaucoup plus que celui de la vertu, et le désir de faire de ses élèves des hommes dont les talens distingués rejailliraient un jour sur leur illustre protectrice, la flattait uniquement. Le savant était tout pour elle, et l'homme de bien fort peu de chose. Lorenzo, qui lisait trop clairement dans le cœur d'Aurélia, s'efforça, par de sages exhortations, d'affermir la vertu dans l'âme de ses jeunes protégés. Ils lui promirent de ne point les oublier, et de lui rendre fréquemment un compte sincère de leur conduite.

Six belles voitures composaient le cortége de la princesse. Elle occupait la troisième avec des dames d'honneur et la jeune Caroline, qu'elle affectionnait singulièrement. Léon et Joseph suivaient dans une autre voiture, avec quelques jeunes gens, attachés comme eux à Aurélia par quelques talens remarquables; car elle aimait surtout à passer pour un nouveau Mécène, et se piquait d'une grande sagacité à découvrir les dispositions de la jeunesse. L'heureux Joseph, se livrant à toutes les saillies d'un esprit libre et enjoué, comparait en riant son voyage actuel à celui qu'il avait entrepris avec le romanesque Zaccharie, et il en concluait qu'il vaut infiniment mieux parcourir l'Italie dans une bonne voiture, que de cheminer modestement à pied une guitare sur le dos.

— Je conviens, répondit Léon, que cette manière de voyager est la plus commode; mais elle n'est pas la plus instructive. Que de sites intéressans la rapidité des chevaux nous fait perdre!

Nous passons peut-être sans les voir auprès des monumens les plus curieux.

— Ce n'est pas dans des voitures que voyageaient Lycurgue, Solon, Pythagore et les autres philosophes qui abandonnèrent leur patrie pour s'instruire, poursuivit un des jeunes gens de la compagnie ; ils marchaient sans suite, un bâton à la main, s'arrêtant partout où ils pouvaient recueillir quelques lumières, dans la cabane du pauvre, dans le palais du riche, à la cour des rois et dans les écoles les plus célèbres.

— Ces temps sont loin de nous, repartit un autre jeune homme ; aujourd'hui on ne voit plus à pied que des barbouilleurs et des misérables. Plus on voyage rapidement, plus on est satisfait ; de sorte qu'on peut traverser les plus beaux pays du monde, sans se douter seulement qu'on y soit.

— Voilà précisement, messieurs, reprit Joseph, ce que me disait le poète Zaccharie. Je ne m'attendais point à vous trouver si bien d'accord avec lui, et Léon me permettra d'être surpris d'une pareille conformité. Puisque telle est ton opinion, pourquoi nous regardais-tu comme des insensés ? L'exécution serait-elle plus folle que le projet ?

— Ne conçois-tu pas, lui répondit Léon, que

votre entreprise était bien différente de celle dont nous parlons? et ce qui serait sagesse dans des hommes, devenait en vous une véritable folie? Que pouviez-vous espérer, à votre âge, sans expérience, sans ressource, et dans un costume ridicule? Quelle instruction avez-vous retirée de cette folle conduite? D'ailleurs ce n'était pas pour vous instruire que vous abandonniez votre famille et vos amis.

— Il est bien vrai, reprit Joseph, que nous nous sommes fort peu occupés de connaître les mœurs des différentes contrées que nous avons parcourues. Nous ne nous soucions pas non plus de leurs beautés naturelles; nous n'aspirions qu'à rencontrer des châteaux et des palais où l'on accueillit avec empressement les enfans d'Apollon, comme disait Zaccharie.

— Je gage, répliqua un des jeunes gens, que vous avez passé le mont Griès sans aller voir la magnifique cataracte de la Toccia, qui s'y précipite de quatre cents pieds de hauteur? C'est, après la chute du Rhin à Schaffouse, celle de la Suisse qui offre la masse d'eau la plus considérable. Sa forme est celle d'une pyramide extrêmement large à sa base, et dont le sommet a tout au plus quatre à cinq pieds de largeur.

— Je n'en ai seulement pas entendu parler, répondit Joseph d'un ton chagrin.

— Vous aviez aussi à votre droite, continua
le même jeune homme, une vallée fort remarquable, nommée la Verzasca, du nom de la rivière qui l'arrose. C'est moins une vallée qu'une
lacune profonde entre les rochers, dont l'escarpement est si raide, qu'on ne peut suivre, sans
un grand danger, les bords de la Verzasca et des
autres ruisseaux. Les maisons sont bâties les unes
au dessus des autres, et comme suspendues aux
rochers. La rivière coule à une grande profondeur entre les deux parois, le long desquelles les
pêcheurs grimpent comme de véritables chamois. Du côté de Locarno, on trouve, pour se
rendre à cette vallée, un passage qui porte le
nom de Scalette, parce qu'en effet il faut y descendre par des degrés taillés dans le roc. Les
hommes de cette contrée sont d'un naturel fé-
roce et vindicatif. Ils portent tous à leur ceinture un grand couteau, dont la pointe est re-
courbée en forme de serpe, qu'ils appellent *falce*.
Ils s'en servent pour assouvir leurs vengeances;
et jamais dans le canton du Tessin, les meur-
tres ne sont aussi fréquens que dans cette vallée.

— Cette dernière observation me console de
ne l'avoir point visitée, reprit Joseph; mais je
m'aperçois avec regret que nous pouvions jouir,
dans le cours de notre voyage, de beaucoup de
choses intéressantes, auxquelles nous n'avons

seulement pas songé. Zaccharie méprisait la Suisse.

— C'est une preuve de son peu de discerne-ment, poursuivit Léon. Il n'est guère de pays plus remarquable et qui abonde davantage en richesses naturelles; mais Zaccharie n'estimait que les choses étrangères. S'il fût né en Italie, il aurait abandonné l'Italie pour la Suisse, comme il a quitté la Suisse pour l'Italie. Quel-qu'insensé qu'il soit, je ne puis m'empêcher de m'inquiéter de son sort. Que sera-t-il devenu, en s'éloignant de la maison de Lorenzo?

— Mérite-t-il de notre part le plus léger in-térêt? s'écria Joseph. Ne te souvient-il plus de l'ingratitude avec laquelle il m'a abandonné?

— Je m'en souviens, répondit Léon; mais le souvenir des bienfaits de son oncle est encore mieux gravé dans ma mémoire; c'est lui qui me force à m'intéresser au sort de Zaccharie; car je sais que notre respectable ami ne pourra ja-mais se consoler de sa fuite.

— A la bonne heure, continua Joseph; mais pour lui, il est indigne de nos regrets. Dieu l'a puni, en lui inspirant la pensée de m'abandon-ner. S'il fût demeuré près de moi, il aurait peut-être partagé aussi les bontés de la princesse. Les talens de Zaccharie l'eussent fait réussir au-près d'elle.

— Des talens ! reprit un des jeunes gens en souriant d'un air incrédule ; l'amitié ne vous aveugle-t-elle point encore ?

— Non, non, ajouta Léon ; on ne saurait disconvenir que Zaccharie a reçu de la nature les dispositions les plus heureuses. Il joue parfaitement de la guitare ; il apprend tout avec une extrême facilité, parle aisément plusieurs langues, et tourne assez bien les vers pour son âge.

Ah ! s'écria tout à coup Joseph, quelle est cette ville que j'aperçois là-bas ?

— C'est Milan, répondit un jeune géographe ; cette belle et ancienne ville, d'où sont sortis tant d'hommes illustres du temps des Romains, est sur la rivière d'Olona, au milieu d'un pays très-riche. Cette flèche, que vous voyez s'élever à une si grande hauteur surmonte la coupole du dôme de l'église, magnifique morceau d'architecture, exécuté tout en marbre. Milan fut prise dans le douzième siècle, par Frédéric Barberousse, qui fit raser toutes ses maisons, passer le soc de la charrue et semer du sel sur son terrain.

— Et pourquoi du sel ? demanda Joseph.

— On vouait ainsi à la stérilité la terre sur laquelle on le répandait, continua le géographe ; c'était une espèce de malédiction ; mais le ciel

n'a point écouté la prière impie d'un prince barbare, et la ville de Milan est sortie de ses ruines
plus florissante qu'avant sa destruction.

Pendant que la princesse s'y arrêtait pour déjeuner, Léon et Joseph obtinrent la permission
de visiter à la hâte les endroits les plus remarquables. Ils se firent conduire rapidement à la
bibliothèque Ambroisienne, à l'académie de
peinture, à l'amphithéâtre, etc. Le jour suivant,
on prit la route de Mantoue, où Aurélia voulait
se reposer. Dès le lendemain de son arrivée, elle
conduisit elle-même les orphelins au village des
Andes, où naquit Virgile. On y voyait encore sa
maison, qui appartenait alors à une illustre famille de Mantoue, digne d'ailleurs de la posséder par les soins qu'elle apportait à sa conservation. Cette maison s'élevait au milieu d'un
bosquet de lauriers toujours verts, que cette
même famille avait fait planter autour d'elle; et
une inscription en lettres d'or, gravée au dessus
de la porte, avertissait le voyageur instruit d'honorer en passant le berceau de Virgile.

Aurélia se fit apporter dans la maison même
un déjeuner champêtre, et, s'adressant à ses
jeunes protégés:

—Vous regardez avec surprise, leur dit-elle,
ces fenêtres étroites, ces murs grossiers et
toute cette humble demeure, d'où est sorti l'un

I.   14

des plus grands génies de l'univers [1]. Vous vous
attendiez à trouver un asile somptueux, digne
du prince des poètes ; mais cessez de vous éton-
ner. La nature, qui se plaît dans les contrastes,
a voulu que Virgile naquît pauvre et obscur, afin
de faire mieux ressortir les richesses de son esprit, et de le combler d'une gloire qui n'appartient qu'à lui seul. Il était le fils d'un potier de
terre. Il chanta d'abord le charme et l'innocence de la vie pastorale ; la douceur de ses accens le fit surnommer le cygne de Mantoue.
Avec quelle complaisance il revient sans cesse
au souvenir de sa patrie ! Les rives du Mincio
lui paraissent préférables aux bords fortunés du
Gange et de l'Indus. On le prive injustement de
son patrimoine pour enrichir de farouches sol-
dats ; il s'écrie :

« Hélas ! ne reverrai-je jamais ma chère pa-
» trie, ma chaumière, mon champ qui était pour
» moi un royaume ? Un soldat inhumain va s'em-
» parer de ces campagnes que j'ai cultivées avec
» tant de soin ! Ces moissons deviendront la proie
» d'un barbare ! »

Ces plaintes touchantes pénétrèrent dans le

---

[1] Tous les auteurs n'étant pas d'accord sur l'origine de
Virgile, j'ai suivi l'opinion qui m'a paru la plus favorable au
développement de la morale.

cœur d'Auguste, qui lui fit rendre son héritage. Sa vive reconnaissance éclate en mille endroits de ses ouvrages; il ne peut se lasser de louer et d'admirer son bienfaiteur. Il composa, sous ses auspices, le poëme délicieux des Géorgiques, et la majestueuse Enéide, où son génie rivalise avec celui d'Homère. Cependant la mort l'empêcha de polir ce dernier ouvrage, qu'il ordonna de jeter au feu comme indigne de paraître; mais on ne suivit pas, heureusement, cet ordre rigoureux. Virgile, doué d'un si rare talent, reçut encore en partage les plus estimables qualités. Il était chaste, tempérant, modeste, plein de douceur et de modération. Si sa gloire lui attira d'obscurs ennemis, la bonté de son caractère lui acquit un grand nombre d'amis et de protecteurs célèbres. L'éclat de son mérite, au lieu de s'affaiblir avec le temps, en reçoit chaque jour un nouveau lustre, et il sera à jamais l'amour et le modèle des grands poëtes.

Après cet hommage rendu à la mémoire de Virgile, la princesse et ses élèves allèrent se promener aux environs du village. Ils saluèrent un peuplier qui s'élevait à la place même de celui qu'on avait planté à la naissance du poète, selon la coutume de ce temps-là. Ils visitèrent aussi, en retournant à Mantoue, la Virgiliana, maison de plaisance des ducs, dans les jardins de laquelle se trouve une grotte charmante, où le chantre d'Énée se retirait. On découvrait de là une partie de la ville de Mantoue, qui est assise au milieu d'un lac formé par le Mincio.

En poursuivant le cours de leur voyage, nos orphelins traversèrent, à quelque distance de la petite ville de Sabionetta, le Pô ou l'Eridan, que Virgile appelle le roi des fleuves. Il coulait alors paisiblement; mais ses eaux, grossies par les torrens et les rivières qu'il reçoit dans son cours, deviennent souvent furieuses et indomptables. Léon et Joseph se rappelèrent que c'est dans ce fleuve que tomba le fils du Soleil, l'imprudent Phaéton, lorsqu'il osa monter sur le char de son père, et ils crurent reconnaître ses sœurs dans les beaux peupliers qui bordaient le rivage [1].

On leur montra, à Reggio, la maison paternelle de l'Arioste; et à Modène, celle du Tasse.

Une légère indisposition ayant retenu Aurélia dans l'antique et savante Bologne, au pied des Apennins, Léon et Joseph profitèrent de ce temps pour observer les beautés de la ville. Ils admirèrent à loisir les magnifiques palais de Caprara et de Ranozzi, la superbe fontaine de mar-

---

[1] Les sœurs de Phaéton vinrent pleurer sa mort au bord du fleuve, où les dieux, suivant la mythologie, les métamorphosèrent en peupliers.

bre qui décore la place du Géant, la tour élégante des Arsinelli, et la tour penchée qui
s'élève, en s'inclinant, jusqu'à 140 pieds de
hauteur. On leur montra des peintures du
Guide, du Dominiquin, et de l'Albane, qui trouva
dans sa propre famille les modèles des Amours
et des Grâces dont il faisait le sujet de ses tableaux.

CHAPITRE XXI.

Rencontre inattendue.

Il était nuit ; les deux frères venaient de se
retirer dans leur appartement, dont les fenêtres
donnaient sur la terrasse d'un hôtel voisin. La
lune brillait d'un vif éclat, et le plus grand calme
régnait dans cette partie de l'hôtel, éloignée de
la rue. Les sons d'une guitare attirèrent l'attention de Joseph ; ils paraissaient venir de la terrasse, et produits par une main exercée.

— Ecoute, dit-il à son frère.

— C'est une guitare, répliqua Léon ; cette
espèce de sérénade n'est pas rare en Italie.

— Je ne saurais entendre cet instrument sans
penser à Zaccharie, reprit Joseph. Il me semble
même reconnaître son morceau de musique favori.... Si c'était lui ?

— Sur cette terrasse, dans un si bel hôtel !....
quelle apparence? poursuivit Léon.

— Ouvrons un peu la fenêtre, ajouta Joseph;
je suis curieux de voir ce musicien.

— Mais si on s'en aperçoit, on se plaindra
peut-être de notre curiosité, dit Léon.

— Paix! répondit Joseph à voix basse; j'entends chanter !... Oh! pour le coup, je n'y tiens
plus, il faut absolument que j'ouvre.

Il entr'ouvrit la fenêtre le plus mystérieusement
possible, et se mit à écouter le chanteur pendant
que Léon faisait sa prière. On chantait l'aventure d'Olinde et de Sophronie, épisode de la
Jérusalem délivrée. Tout à coup Joseph se retire
vivement de la fenêtre.

— Léon! Léon! je n'en saurais douter; c'est
lui, c'est Zaccharie! je reconnais sa voix.

— Serait-il possible! reprit Léon tout ému,
et en jetant à son tour les yeux sur la terrasse.

Il crut effectivement reconnaître la voix de
Zaccharie, sa taille, sa tournure; mais on ne
pouvait voir son visage. Le cœur de Léon était
vivement agité; il pensait à M. Angelmann.

— Ah! s'il pouvait tourner la tête de ce côté,
dit-il bas à son frère, nos soupçons se changeraient bientôt en certitudes.

Le chanteur s'arrêta au milieu de sa romance,
posa la guitare à côté de lui, et, se croisant les

bras sur la poitrine, parut tomber dans une profonde rêverie. Les deux frères cherchèrent alors à s'attirer son attention; ils toussèrent plusieurs fois, parlèrent assez haut de la beauté de la soirée, prononcèrent même le nom d'Angelmann; mais tout cela fut inutile, le chanteur ne sembla rien entendre.

— Ce ne peut être lui, reprit Léon; nous en avons dit assez pour être entendus de Zaccharie.

Ces paroles prononcées distinctement ne firent pas plus d'effet que les autres; et les deux frères allaient se retirer, lorsqu'une voix, qui partait de l'hôtel dépendant de la terrasse, appela deux fois Zaccharie. Le chanteur ne bougea pas davantage; mais Léon et Joseph, plus incertains qu'auparavant, demeurèrent à leur place pour voir la fin de cette aventure. Une femme âgée parut sur la terrasse, et s'approchant du musicien :

— Voilà deux fois que je vous appelle, lui dit-elle; ne voulez-vous point rentrer? Il est minuit, que faites-vous là? le serein vous rendra malade; on vous a défendu de sortir la nuit.

Le jeune homme continuant de rêver, elle le prit par le bras. Il se leva alors, et la suivit lentement en répétant ces vers du Tasse :

« Jouet long-temps d'une trompeuse espé-

» rance, je souffris les rebuts et les dégoûts.
» Enfin mes beaux jours s'écoulèrent, et avec
» eux mon espoir et mon ambition : je pleurai les
» loisirs de cette vie simple et paisible, je sou-
» pirai après le repos que j'avais perdu ; je dis
» adieu grandeurs, adieu palais ! Et, rendu à nos
» bois, j'y retrouvai la paix et le bonheur. »[1]

Léon et Joseph n'entendirent point la fin de
ces derniers vers ; ils se retirèrent de la fenêtre
fort troublés de cette aventure ; car ils venaient
de reconnaître parfaitement le visage de Zaccharie.

— N'est-il pas surprenant, disait Léon, qu'il
n'ait fait aucune attention à nos paroles ? et cette
profonde rêverie est-elle naturelle ?

— Je gage qu'il composait quelque pièce de
vers, répondit Joseph ; mais que fait-il dans
cette maison ? A quel titre l'y a-t-on reçu ? Qu'est-
ce que cette femme qui l'emmène avec autorité ?

Les orphelins passèrent une partie de la nuit
à former mille et mille conjectures sur cette
étrange rencontre. Ils n'avaient plus qu'un jour
à demeurer à Bologne ; il leur restait à voir la
bibliothèque, l'académie et plusieurs beaux éta-
blissemens ; mais ils préférèrent employer ce
jour à prendre de sûrs renseignemens sur la des-

___

[1] Traduction de Mirabaud.

tinée de Zaccharie, pensant devoir ce petit sacrifice aux bontés que sa famille avait eues pour
eux. Dès qu'il leur fut permis de saluer Aurélia,
ils lui parlèrent de cette aventure et lui demandèrent ses conseils pour se conduire dans cette
occasion. La princesse approuva le dessein où
ils étaient de voir le neveu du pasteur, et les fit
accompagner à l'hôtel qu'il habitait. Au nom
d'Aurélia, les deux frères furent introduits auprès
d'une dame respectable, autour de laquelle tout
annonçait l'opulence et la grandeur.

Léon la pria d'excuser leur démarche en faveur du vif intérêt que leur inspirait un jeune
homme dont la disparition avait plongé sa famille
dans le deuil; qu'un hasard assez singulier leur
donnait lieu de croire que ce jeune homme,
nommé Zaccharie, avait trouvé un asile dans sa
maison, et qu'ils la suppliaient de leur permet-
tre de le voir. La dame, après avoir répondu, d'un
ton agréable et poli, qu'elle n'avait aucun motif
de leur refuser cette satisfaction, ajouta qu'ils
allaient être affligés de son état.

— Ce malheureux enfant a perdu la raison,
continua-t-elle; il ne se souvient plus de sa famille, de son pays; il s'est oublié lui-même et
s'imagine être le Tasse; j'ai essayé vainement
de le faire guérir.

Léon et Joseph furent saisis de douleur à ces

14.

paroles.; le premier ne put même se défendre de verser quelques larmes.

— Seriez-vous de ses parens ? demanda la dame.

— Nous ne sommes que ses amis, répondit Léon ; mais le sentiment de la plus vive reconnaissance nous attache à celui qui lui servait de père, et je ne puis songer à la douleur qu'éprouvera cet homme respectable, sans un profond attendrissement.

La dame les conduisit elle-même dans l'appartement de Zaccharie, agréablement situé sur la terrasse. Il écrivait.

— Madame, dit-il en se levant, et sans faire attention aux orphelins, lisez cette lettre, que j'écris au duc de Ferrare pour qu'il me rende ses bonnes grâces. N'est-il pas inouï qu'on poursuive avec tant d'acharnement un homme dont les vers font les délices de l'Italie ? Mais je m'en vengerai en composant de nouveaux chefs-d'œuvre.

— Vous ferez bien, mon ami, répondit la dame avec douceur ; mais oubliez un peu toutes ces choses, et regardez ces deux jeunes gens que voici. Ils prétendent que vous êtes le neveu de M. Angelmann, pasteur de l'église de Bœningen, et que vous les connaissez pour être Léon et Joseph de Norbert.

—Dites-moi, messieurs, répliqua Zaccharie, n'étiez-vous point au siége de Jérusalem? Il me semble vous avoir vu quelque part.

— Quoi, Zaccharie! reprit Joseph, ne vous souvient-il plus de votre ancien ami, et du voyage que nous avions entrepris ensemble? Avez-vous oublié le presbytère de Bœningen, le lac de Brientz, et la colline verdoyante de Rinken-berg, où nous nous sommes promenés tant de fois?

—Vous me parlez de l'Helvétie, répondit Zaccharie; je l'ai aussi chantée dans mes vers :

« Alceste vient aussi, le regard menaçant, la » démarche altière. . . . . » . . . . Six mille Helvétiens sont descen- » dus avec lui du sommet des Alpes. Ce peuple » audacieux et fier a donné des formes nouvelles » et un plus noble emploi au fer qui traçait des » sillons et déchirait le sein de la terre. D'une main » accoutumée à conduire de vils troupeaux, il va » défier les rois. [1] »

Les orphelins n'obtinrent de cette épreuve que la triste certitude que le mal de Zaccharie était devenu incurable, et ils se retirèrent d'auprès de lui, pénétrés de sa situation. La dame leur raconta alors de quelle manière Zaccharie

[1] Jérusalem délivrée, traduction de Mirabaud.

était venu dans sa maison ; mais j'ajouterai à ce récit des détails qui n'étaient point parvenus à sa connaissance.

Zaccharie, en quittant la demeure de Lorenzo, comptait prendre le chemin de Mantoue, ainsi qu'il l'avait annoncé ; mais, tout occupé de ses pensées chimériques, il suivait au hasard les bords du lac. Il arriva le soir dans une prairie charmante, entourée de bois, et, s'étant assis sur l'herbe, il se mit à chanter en s'accompagnant. Des enfans, qui gardaient un troupeau, accoururent aux sons de sa guitare ; mais une défaillance soudaine, qui s'empara du poète voyageur, le fit souvenir que la nature ne perd jamais ses droits. Il n'avait rien pris depuis le matin, et ne savait où s'adresser pour se procurer de la nourriture sans argent. Triste et affaibli, il s'appuyait en rêvant sur sa guitare.

— Signor ! signor ! s'écriaient les enfans, *fate ballarci*, faites-nous danser.

— Je ne le puis, répondit Zaccharie ; je n'ai pas mangé, je perds mes forces.

Les enfans lui présentent aussitôt du pain et du lait, restes de leur repas. Zaccharie se jette avidement sur cette nourriture frugale qui répare ses forces épuisées. Les enfans attendaient avec impatience qu'il eût achevé son repas. Ils ne le virent pas plus tôt accorder sa guitare, qu'ils se

prirent tous par la main en poussant des cris de
joie. Il leur joua une allemande et une vénitienne.
Ce petit bal champêtre fut interrompu par l'arrivée d'une jeune fille qui reprocha aux enfans le
peu de soin qu'ils prenaient de leur troupeau.
La bande joyeuse se dissipa. Zaccharie, voyant
le jour prêt à finir, demanda à la jeune fille un
asile où il pourrait passer la nuit; elle l'emmena
avec elle dans la cabane de son père.

— Habitans de cette maison hospitalière, dit
le poète en entrant, je vous salue. Je ne vous apporte ni or, ni argent, ma lyre est toute ma fortune; mais si vous êtes sensibles aux charmes de
la musique, si le langage des dieux n'est point
étranger à vos oreilles, vous vous souviendrez,
je l'espère, d'avoir reçu sous votre toit le poète
Zaccharie.

Le bon paysan à qui Zaccharie adressait ces
paroles ne comprit pas un mot à ce discours;
mais un jeune colonel, qui était assis dans un
coin, se leva, et fixant notre poète :

— Je suis ravi de vous retrouver, monsieur le
troubadour, lui dit-il, mes traits vous seraient-
ils parfaitement inconnus?

— Pardon, répondit Zaccharie, un souvenir
confus...

— Je vous ai vu pour la première fois dans la
maison de plaisance d'un de mes parens, tout

près de Luvino, répliqua vivement l'étranger.

A ces mots, une rougeur subite couvrit le visage de Zaccharie, et il regarda ce souvenir comme un nouvel affront.

— Ne croyez pas, reprit le jeune homme qui devinait sa pensée, qu'une raillerie cruelle m'inspire ces paroles. J'ai blâmé la conduite indiscrète de mon parent ; j'ai reconnu, à travers la singularité de vos manières, les indices certains d'une bonne éducation. Votre jeunesse m'intéresse, et je me sens un véritable désir de vous être utile.

Il s'informa alors de ce qu'était devenu Joseph. Zaccharie, ne voulant pas avouer qu'il l'avait abandonné mourant, répondit qu'une aventure les avait séparés ; mais qu'ils s'étaient donné rendez-vous au village des Andes.

— Croyez-moi, reprit le jeune colonel, renoncez à cette vie vagabonde qui n'est point sans danger, et attachez-vous plutôt à quelque protecteur qui fasse valoir vos talens. Je vous offre, en attendant, mon crédit et ma fortune. Mon nom est Laurentino ; je demeure à Bologne avec ma mère ; suivez-moi dans cette ville ; un accident arrivé à ma voiture m'a forcé de m'arrêter ici.

— Je vous rends grâce de vos offres généreuses, répondit Zaccharie ; mais l'indépendance est ma passion favorite, et, pour tous les trésors du monde, je ne voudrais pas y renoncer.

Quelques instances que lui fît le colonel, l'insensé Zaccharie s'obstina à refuser sa protection. Il combattit, par des vers et des sophismes, les plus solides raisonnemens. Ils passèrent la nuit dans la même chambre ; Laurentino, touché de l'égarement de ce jeune homme, et voulant lui faire du bien malgré lui, lui glissa à son insu une bourse dans la poche pendant qu'il dormait encore d'un profond sommeil.

Le village dans lequel on réparait sa voiture se trouvant sur la route de Milan, Laurentino, sans attendre le retour de ses gens, partit seul à pied avec Zaccharie, qu'il s'efforça encore de gagner pendant le chemin. Zaccharie s'arrêtant tout à coup :

—Suivez votre route, lui dit-il, voici la mienne. Je crains les piéges séduisans que vous tendez à ma liberté. Adieu, fils de Bellone.

Et, sans vouloir écouter plus long temps le Bolonais, il s'éloigna en tirant des accords de sa guitare. Il logea encore ce jour-là dans une chaumière où sa musique le fit bien accueillir ; mais au moment qu'il en sortait pour se remettre en route, il se vit saisir par des gens armés qui l'emmenèrent à cheval jusqu'à Milan. On le fouilla, on trouva sur lui la bourse de Laurentino, et comme il en témoignait sa surprise, un valet du colonel l'apostropha tout furieux, en le traitant de monstre et d'assassin. On le conduisit, ou plutôt on le traîna dans une chambre où Laurentino, percé de coups, paraissait près d'expirer. Il avait été trouvé ainsi dans un bois ; des voleurs inconnus l'y avaient entraîné pour lui voler sa montre et les bijoux qu'il portait sur lui ; mais, comme on ignorait les auteurs de ce crime, les soupçons se dirigèrent naturellement sur Zaccharie, avec lequel il s'était mis en route.

Zaccharie eut beau protester de son innocence, il fut plongé dans un obscur cachot et mis au rang des plus grands criminels. L'état de Laurentino laissait peu d'espérance ; il ne reconnaissait personne, et sa mère elle-même gémissait depuis trois jours à côté de son lit, sans qu'il cessât de l'appeler de la manière la plus touchante. Quelque déplorable que fût la situation du colonel, celle de l'infortuné Zaccharie était bien plus affreuse. Si Laurentino mourait sans retrouver sa connaissance, une mort infâme paraissait réservée au jeune poète, qui ne voyait déjà plus devant ses yeux qu'un funeste échafaud. La crainte et le désespoir l'accablèrent, son imagination, facile à s'exalter, se troubla ; il perdit entièrement la raison ; mais, par une dernière faveur du ciel, il perdit en même temps le souvenir de son horrible aventure, et, confondant dans son esprit les malheurs d'un poète célèbre avec les persécutions qu'il éprouvait, il s'imagina être le Tasse. On crut d'abord qu'il faisait l'insensé pour échapper au châtiment ; mais le rétablissement de Laurentino, en faisant connaître à tous son innocence, donna bientôt la triste certitude que sa folie n'était que trop réelle. Laurentino ne pouvait se consoler d'en être la cause involontaire. Il emmena avec lui le malheureux poète, et le fit traiter par le plus habile médecin de Bologne. On a vu le peu de succès de ses efforts. Le colonel, obligé de partir pour Rome, confia Zaccharie aux soins de sa respectable mère, qui adoucissait de tout son pouvoir une si déplorable situation.

CHAPITRE XXII.

Les orphelins arrivent à Rome.

CAROLINE, naturellement sensible, écouta avec bien de l'intérêt ce que ses frères lui racontèrent de cette triste aventure. Léon passa toute la soirée à l'écrire au pasteur ; son papier était couvert de ses larmes.

Le jour suivant, on prit la route de Florence. Léon, encore tout affligé, ne remarqua rien de ce qui s'offrait à sa vue. Cependant les exclama

tions de Joseph le tirèrent un peu de sa rêverie,
et il se vit au milieu du jardin qui environne
Florence, car on ne peut appeler autrement ces
magnifiques campagnes. La ville elle-même se
présenta bientôt avec tous ses palais, ses temples, ses places publiques décorées de statues.
Nos voyageurs ne firent, pour ainsi dire, que
passer dans cette superbe Florence, qu'on appelle la rivale de Rome. Insensiblement la campagne prend un aspect monotone; les arbres,
les fleurs disparaissent; une terre nue, déserte,
dépouillée, remplace les coteaux cultivés du
Florentin : mais on croit les retrouver sur les
bords du lac Trasimène, célèbre par la bataille
sanglante qu'Annibal y remporta sur les Romains. On les perd de nouveau en approchant
de Rome, et la campagne redevient triste, semée de ruines et de tombeaux. A mesure qu'ils
approchaient du but de leur voyage, les orphelins éprouvaient une vive impatience, un intérêt
croissant. Leur tête était pleine de héros:

— Voilà peut-être, se disaient-ils entre eux,
le champ que labourait *Cincinnatus.* Cette plaine
fut peut-être le théâtre de l'enlèvement des Sa-
bines. Les Scipions, César et Pompée ont
parcouru mille fois cette même route que nous
suivons.... Mais qu'est-ce que ces maisons? cet
édifice?

— C'est Rome ; c'est le tombeau de Néron.

— Que n'y plaçait-on plutôt celui de *Titus* ? Le parricide Néron méritait-il l'honneur d'annoncer Rome au voyageur impatient ?

A peine descendus de voiture, Léon et Joseph demandent à voir le Tibre, le Capitole. On les conduit au bord d'une petite rivière, profondément encaissée, qui roule avec lenteur une eau trouble et limoneuse.

— Quoi ! c'est là ce Tibre si renommé ! c'est là le fleuve de Rome ! est-ce dans cet endroit que Clélie le traversa à la nage ? Est-ce là le pont qu'Horatius Coclès défendit ?

De là, ils courent au Capitole, qui, de toute sa grandeur passée, n'a conservé qu'un nom illustre. La citadelle, le temple de Jupiter, le sénat sont détruits, la roche Tarpéienne est à moitié ensevelie sous le sable. Voilà le lieu qui retentit si long-temps du bruit des victoires romaines ! Voilà ce Capitole, où Scipion, injustement accusé, se défendit d'une manière si glorieuse, où César reçut le coup mortel, où une foule de héros occupèrent le monde entier de leurs noms et de leur vaillance !

Les premiers mois de leur séjour à Rome furent uniquement employés à visiter cette foule de beautés antiques et modernes qui en feront toujours la première ville du monde. Elles sont

trop connues pour que je m'applique à les dé-
tailler ici. Que dirai-je du Panthéon, ce temple
admirable, dédié à tous les faux dieux, mais bien
plus digne d'être consacré au seul et véritable
auteur de l'univers? du *Forum romanum*, où se
trouvent entassés les débris de la ville des Cé-
sars? de la colonne Trajane, moins célèbre par
ses belles sculptures que par la vertu de celui
dont elle porte le nom? Que dirai-je du Colisée?
de ce triple rang de portiques qui s'élèvent si
majestueusement dans les airs, théâtre où la
barbare oisiveté des Romains se plaisait à voir
d'innocentes victimes lutter jusqu'à la mort contre les tigres et les lions? Ces ruines sanglantes
reposent maintenant sous la protection des mar-
tyrs qui périrent dans leur enceinte. Assez d'autres ont parlé du dôme de Saint-Pierre, chef-
d'œuvre de Michel-Ange, et de cette multitude
d'édifices religieux dont les matériaux les plus
précieux le sont beaucoup moins que le travail
même. On a décrit ces palais, asile des arts, où
toutes les nations viennent chercher des modèles,
ces places publiques, ces fontaines abondantes,
ces *villas* enrichies des dépouilles d'Athènes, des
trésors de tous les siècles écoulés; on a tout dit
enfin, et de nouveaux efforts n'ajouteraient rien
à ces relations intéressantes.

Nos jeunes héros, au milieu de ces grands objets, se trouvaient comme plongés dans un enchantement continuel. Non seulement ils passaient tout le jour à les admirer, mais ils avaient l'imagination tellement remplie de marbres, de dômes, de colonnes, de tableaux et de statues, qu'ils ne pouvaient s'entretenir d'autres choses. Aurélia les faisait accompagner par des artistes qui dirigeaient leur goût incertain encore. Ils leur apprenaient à discerner les chefs-d'œuvre d'avec les ouvrages médiocres, à préférer la noble simplicité aux ornemens fastueux, à comparer entre eux les différens ordres d'architec-tecture : le dorique, l'ionique, le corinthien, auquel l'élégant palmier servit, dit-on, de modèle; le toscan et le composite, inventés par les Romains, et cette architecture trop surchargée d'ornemens, mais où l'on ne peut s'empêcher d'admirer la délicatesse du travail, qui succéda aux constructions massives des anciens Goths.

Caroline ne suivait point ses frères dans la plupart des lieux qu'ils ne cessaient de parcourir. Léon lui avait déclaré que la vue de ces chefs-d'œuvre ne convenait point à la modestie d'une jeune fille, dont les regards devaient être blessés d'un si grand nombre de figures entièrement nues. Aurélia ne fut point de cet avis.

— De pareils scrupules, dit-elle à Léon, ne sont propres qu'à étouffer le génie. Ne savez-vous pas que l'aspect d'un chef-d'œuvre suffit quelquefois pour enflammer un talent qui s'ignorait encore ? C'est en admirant un tableau de Raphaël que le Corrége s'écria : *Anch' io son pittore!* moi aussi, je suis peintre !

Léon, qui ne supposait pas que sa sœur pût devenir jamais ni sculpteur ni peintre, et qui préférait d'ailleurs lui voir les vertus de son sexe plutôt que des talens capables de leur porter atteinte, n'osa cependant rien répliquer à la princesse ; mais il tâcha de faire comprendre à Caroline que sa seule amitié pour elle lui faisait souhaiter qu'elle s'imposât ce léger sacrifice ; qu'il désirait que les regards de sa chère Caroline demeurassent aussi purs que sa pensée ; et qu'enfin, la modestie étant la vertu la plus aimable d'une jeune fille, il fallait soigneusement éviter de la ternir. Quelque désir qu'éprouvât Caroline de voir des objets qu'elle entendait vanter tous les jours, elle promit à son frère d'y résister pour l'amour de lui. En effet, lorsque Aurélia voulut l'emmener avec elle dans une des salles du Vatican, Caroline, fidèle à sa promesse, pria la princesse de ne point exiger d'elle une démarche qui chagrinait son frère, ajoutant avec sensibilité que cette seule pensée l'empêcherait de prendre plaisir à rien. Aurélia eut beau lui représenter que cette observation de

Léon n'était pas raisonnable, qu'elle n'en devait tenir aucun compte, Caroline lui montra une résistance qui, toute respectueuse qu'elle était, ne laissa pas d'offenser la princesse.

— Ainsi donc, dit-elle à Caroline, vous me croyez moins de lumières ou de vertu qu'à votre frère Léon ?

Caroline, embarrassée, se contenta de baisser les yeux, et ce silence choqua singulièrement l'impérieuse Aurélia, qui lui ordonna sèchement de s'expliquer. Ce ton irrité augmentant le trouble de Caroline, elle leva sur la princesse des regards supplians et pleins de larmes ; mais Aurélia ne se laissa point toucher et voulut connaître la pensée de Caroline.

— Hélas! madame, répondit-elle enfin, je ne sais si mon frère a véritablement raison de me défendre la vue de ces marbres ; je ne me soucie même pas de le savoir, et c'est assez pour moi qu'il le désire. Je n'ai d'autre motif que celui de lui complaire ; je ne balance jamais entre ma satisfaction et la sienne.

Cette réponse tendre et ingénue désarma aussitôt l'orgueilleuse princesse. Elle embrassa affectueusement Caroline, et cessa de la presser de la suivre.

— Charmante enfant! s'écria-t-elle, ton âme sensible et indolente vient de se montrer ici à découvert. Toutes tes pensées sont dans ton cœur; tu ne sais ce que c'est que de raisonner.... et je vois que tu ne t'éleveras jamais au dessus de ton sexe.

Ne t'en afflige pas, dit Léon à sa sœur lorsqu'elle lui rapporta les paroles de la princesse; on en sort rarement sans qu'il en coûte quelque chose à la vertu. Il vaut mieux honorer son sexe que de l'abandonner. Une femme aimable et sage a d'ailleurs un assez beau rôle à remplir.

M. Angelmann annonça bientôt à Léon que Zaccharie était de retour à Bœningen. Le digne pasteur l'avait été chercher lui-même à Bologne, n'osant confier à personne la garde de cet infortuné; non seulement Zaccharie ne l'avait pas reconnu, mais ni l'aspect des lieux où il était né, ni les tendres caresses de Séphora et de Noémi ne purent dissiper les ténèbres de son imagination. Le pasteur peignit à Léon comment, à leur triste arrivée, son épouse et sa fille versèrent un torrent de larmes en voyant ce jeune insensé pâle, maigre, les yeux égarés. Hélas! à leurs larmes, à leurs touchantes paroles, il n'avait répondu que par des vers et des plaintes chimériques, appelant l'une Clorinde, l'autre Herminie, et répétant sans cesse, au milieu de ses véritables amis, qu'on en veut à ses jours.

Ce déchirant spectacle sera pour moi un reproche continuel, ajoutait M. Angelmann ; je n'ai point assez étudié le caractère de Zaccharie. Je devais me méfier davantage de cette humeur rêveuse et solitaire qui l'entraînait si souvent loin de nous. En dirigeant mieux ses lectures, en tournant ses pensées vers des objets graves et sérieux, j'aurais peut-être mis un frein à cette imagination désordonnée, et le malheur affreux que je déplore aujourd'hui ne ferait pas le tourment de ma vieillesse.

Les orphelins étaient attachés depuis un an à la princesse Aurélia, lorsque cette dame parla ainsi à Léon :

—Vous voilà dans votre dix-neuvième année, lui dit-elle ; vous n'êtes plus un enfant. Les hommes de votre âge commencent ordinairement à se choisir une carrière ; n'y songez-vous point aussi ?

— Madame, lui répondit Léon, mon père me destinait à la magistrature ; mais notre sort a tellement changé depuis ce temps-là, que cette carrière ne paraît plus me convenir. On revêt rarement un étranger d'un pareil emploi, et le dépôt des lois n'appartient qu'aux citoyens les plus recommandables d'un pays.

— Si vous aviez le goût des armes, reprit Aurélia, je pourrais vous procurer un grade dans l'armée du prince Eugène de Savoie.

— Qui? moi! porter les armes contre mon pays!... interrompit vivement Léon; non, jamais. Quelque injuste qu'il soit envers nous, nous mourrons plutôt que de le ravager. C'est ainsi que pensait mon père, et son exemple est toujours présent à mon souvenir.

— Eh bien! reprit la princesse avec une satisfaction marquée, soyez donc un philosophe indépendant; livrez-vous entièrement aux sciences. En attendant que vous obteniez par elles quelque distinction plus remarquable, je prétends vous accorder une existence dans le monde, et vous revêtir d'un titre honorable. Je vous fais mon secrétaire particulier, avec un traitement de six mille livres.

Léon, plein de reconnaissance, baisa la main de la princesse, et courut annoncer à Joseph et à Caroline cette nouvelle marque de sa protection. Dès le soir même, il reçut mille écus que la princesse lui faisait payer d'avance, et on ne l'appela plus que M. le secrétaire particulier. Joseph commença, à la même époque, l'étude du droit, pour lequel il se sentait des dispositions. L'avenir de nos orphelins commençait enfin à s'éclaircir; ils pouvaient espérer de porter avec honneur le nom de leur généreux père. Léon se hâta

de faire part de ses succès à Lorenzo et à ses
amis de Bœningen. M. Angelmann, qui ne connaissait ni les grands ni les cours, félicita naïve-
ment son jeune ami d'un poste qu'il trouvait honorable et lucratif. Ill'exhorta à ne jamais perdre
de vue cette divine Providence qui les protégeait
si visiblement, et à ne pas imiter les orgueilleux
qui oublient Dieu dans leur prospérité, pour n'en
rendre grâce qu'à leur mérite. Lorenzo s'exprimait bien différemment.

— «Dieu veuille, écrivait-il à Léon, que cet
» horizon éclatant ne recèle point quelque orage.
» Plus la faveur est grande, moins il faut compter
» sur elle. L'emploi que vous allez occuper est
» d'une délicatesse dangereuse. Initié dans les
» secrets de la princesse, souhaitez surtout qu'elle
» n'en ait point de criminels. Vous deviendriez
» nécessairement ou son complice ou sa victime.
» On ne possède pas impunément la confiance
» des grands. Si vous êtes résolu de maintenir
» votre vertu, attendez-vous à mille persécutions.
» Si vous sacrifiez votre conscience à votre inté-
» rêt, vous deviendrez méprisable. De quelque
» manière que j'envisage les choses, je ne vois
» pour vous que des périls; mais le plus grand
» serait de cesser d'être honnête homme. »

Cette lettre affligea Léon en lui mettant dans
le cœur de vives inquiétudes; mais Joseph, qui

souffrait avec peine que des pronostics malheureux vinssent troubler leur bonheur, s'efforça de dissiper ses chagrins.

— Lorenzo, lui dit-il, a eu à se plaindre des princes, et son humeur un peu misanthrope lui fait tout voir sous de sombres couleurs; mais qu'avons-nous à craindre d'une princesse généreuse, qui ne cesse de nous accabler de bienfaits? et quels secrets criminels pourrait avoir celle qui ne s'occupe que des arts et des sciences? N'a-t-on pas dit mille fois que l'étude rend les cœurs purs et innocens?

Léon avait trop de penchant à se flatter pour ne pas accueillir les raisons de son frère, et les tristes prédictions de Lorenzo s'effacèrent insensiblement de son esprit.

CHAPITRE XXIII.

La fontaine de Numa.

Un jour que Joseph était absent de l'hôtel, Léon conduisit Caroline à la fontaine de Numa, qu'elle avait le désir de visiter. Ils firent arrêter le carrosse à quelque distance de la fontaine, et, s'y étant rendus seuls, ils s'assirent sur le tronçon d'une colonne qui décorait autrefois un temple élevé dans ce lieu. Ses débris couvraient encore la terre, et on apercevait çà et là les rejetons du bois sacré qui l'environnait.

— Cette fontaine est justement célèbre, dit Léon. C'est sur ses bords que Numa, le plus grand des rois de Rome, venait méditer de sages lois propres à adoucir les mœurs d'un peuple qui ne savait encore que combattre. Il y réussit en lui inspirant le goût du travail et le respect des dieux. Il fonda le culte de Vesta, dans le temple de laquelle des vierges entretenaient le feu sacré, symbole de pureté et de lumière. Il mêla ensemble deux peuples, les Sabins et les Romains, qui, quoique réunis, formaient encore dans la ville des partis opposés. Il mérita enfin d'être regretté, non seulement des Romains, mais des peuples voisins avec lesquels il avait vécu en bonne intelligence.

— Il est dommage qu'un si grand roi n'ait été qu'un imposteur, repartit Caroline; car enfin il mentait en attribuant ses lois à la nymphe Egérie.

— Il ne faut point l'en blâmer, continua Léon; ce mensonge était nécessaire; il trompait les Romains pour les forcer à devenir vertueux. Un code ordinaire eût été mal reçu d'un peuple dur et grossier; mais, envoyé de la part d'une déesse, il fut accueilli avec respect et soumission.

—Explique-moi un peu ce que c'était que cette nymphe Egérie ? demanda Caroline.

— Il y a plusieurs opinions sur son compte, répondit Léon ; les uns la regardent comme l'hydromancie, ou la divination par l'eau personnifiée; d'autres prétendent qu'elle fut femme de Numa et qu'elle lui donna d'excellens conseils. Ovide ajoute à cette supposition qu'après la mort de son époux, elle se retira dans le bois d'Aricie, où ses gémissemens continuels troublaient les sacrifices de Diane, et que cette déesse, touchée de sa douleur, la métamorphosa en fontaine.

— Cette fiction me plaît mieux que l'autre, reprit Caroline, et je ne veux point quitter ces lieux sans boire de l'eau de la fontaine Egérie.

Ils se levèrent pour faire le tour de la fontaine, et découvrirent, au pied de quelques colonnes encore debout, un peintre qui travaillait à un tableau de moyenne grandeur. Un petit enfant jouait sur l'herbe aux pieds du peintre, et à ses côtés se tenait en silence une femme âgée, dont le visage respectable annonçait un profond attendrissement. De temps en temps elle regardait le tableau en s'essuyant les yeux.

Léon et Caroline saluèrent poliment ces personnes, et demandèrent au peintre la permission de considérer son ouvrage, qui paraissait déjà avancé. Le peintre se prêta complaisamment à leurs désirs. Le tableau représentait parfaitement la partie de la fontaine Égérie qui se trouvait alors sous leurs yeux; mais ils ne comprirent absolument rien à une scène composée de trois ou quatre personnages qui faisaient le sujet de ce tableau. Léon en ayant demandé l'explication, le peintre répondit, en rougissant, que c'était une scène de famille qui n'intéressait que lui; mais la personne qui était présente prenant aussitôt la parole :

— Mon cher fils, lui dit-elle, pourquoi veux-tu cacher une chose qui t'est si honorable? Pour moi, quoiqu'elle ne soit point à mon avantage, je voudrais que le monde entier la connût, et je suis certaine que notre histoire intéresserait ces jeunes étrangers. Permets, mon fils, que je soulage ma reconnaissance en la racontant, pendant que ton pinceau en imprime sur la toile la scène la plus touchante.

Pour toute réponse, le peintre embrassa sa tendre mère, et, les orphelins ayant pris place à côté d'eux, elle reprit ainsi la parole :

HISTOIRE DE LA VEUVE ET DE SES DEUX FILS.

Je suis née dans la Valteline au pied des Alpes. Il y a environ dix ans que mon époux mourut et me laissa avec deux fils, déjà sortis de l'enfance, nommés Pic et Grimaldino. Une injuste préférence s'était établie dans mon cœur en faveur de l'aîné de mes fils ; mon époux l'avait inutilement combattue ; après sa mort je m'y abandonnai sans contrainte. Pic l'augmentait chaque jour en desservant son frère auprès de moi, tantôt par de fausses accusations, tantôt par le soin qu'il prenait d'aggraver les fautes les plus légères. Grimaldino, toujours rebuté, paraissait triste et silencieux en ma présence ; mais, au lieu d'être touchée de sa tristesse, je l'attribuais à la haine, et son respectueux silence à une affreuse hypocrisie. C'est ainsi qu'une injuste prévention dénature presque toujours les actions les plus louables.

La guerre se déclara dans notre pays ; mes deux fils, appelés par les lois, tirèrent au sort ; Pic amena le fatal billet. Dans mon désespoir, j'accusai le ciel de cruauté, je m'oubliai jusqu'à reprocher à Grimaldino d'avoir été plus heureux que son frère. Le malheureux jeune homme fondit en larmes et sortit précipitamment sans me répondre ; il revint après une courte absence, et se jetant à mes pieds :

— Ne pleurez plus, me dit-il, votre fils ne partira point ; j'ai obtenu l'échange de nos billets ; c'est moi qui vais courir les hasards de la guerre ; trop heureux d'acheter votre repos au péril de mes jours.

Ces généreuses paroles me causèrent un saisissement inexprimable. Je m'attendais si peu à une pareille conduite de la part de Grimaldino, que je n'osais en croire mes oreilles.

— Est-il possible, lui répondis-je, que vous ayez fait une telle chose?

— Hélas! continua-t-il, il vaut bien mieux que ce soit moi qui parte, puisque je ne saurais trouver grâce devant vous. Je vous délivre d'une présence qui vous est odieuse, et j'assure à votre vieillesse les secours d'un fils sans lequel vous ne pourriez vivre. Pour moi, soit que je vive, soit que je périsse, votre repos n'en sera point troublé.

— N'en accusez que vous-même, lui répliquai-je fort émue; je n'ignore point la haine que vous me portez, et les discours injurieux qui en sont la suite.

— Moi vous haïr! moi vous injurier! s'écria-t-il.... (Un long soupir qui retentit jusqu'au fond de mon cœur acheva sa pensée.) Ma mère, reprit timidement Grimaldino, pardonnez-moi de n'avoir pu me faire aimer de vous; et, au nom du Dieu de miséricorde, accordez-moi votre bénédiction.

— Que le Seigneur soit avec vous, et vous fasse prospérer! m'écriai-je d'une voix tremblante en étendant la main vers lui.

15.

Grimaldino saisit cette main, la baisa passionnément et disparut. Quelques momens plus tard,
la nature lui rendait tous ses droits. Sa générosité, sa douceur, sa modération (il n'avait pas
proféré une plainte contre son frère) me paraissaient si opposées aux couleurs sous lesquelles
Pic me le peignait chaque jour, que je commençais à me reprocher ma crédulité.

— Ah! mon fils! m'écriai-je en revoyant l'aîné;
est-il possible que votre frère soit ce que vous
dites, après la conduite admirable qu'il vient
de tenir ici? Il assure votre vie aux dépens de la
sienne.

— Je le paie assez cher pour cela, me répondit Pic; il m'emporte les trois quarts de l'héritage
de mon père; je vous conseille de l'admirer.

— Ce que vous me dites là, mon fils, est-il bien
vrai? Si vous saviez quelle retenue il a gardée envers vous!...

Je lui répétai alors l'entretien que je venais
d'avoir avec Grimaldino.

— Eh! mon Dieu, répliqua-t-il impatiemment,
ne découvrez-vous pas, dans cette feinte douceur,
la preuve même de sa perversité? S'il était innocent, s'il mettait quelque prix à votre estime,
ne se hâterait-il pas de se justifier? S'il vous aimait, abandonnerait-il à un autre le soin de votre vieillesse? Ses torts ne sont que trop visibles;

mais vous aimez mieux m'accuser que d'en convenir. Sacrifiez à ce fils coupable celui qui ne
vous a jamais outragée ; rappelez-le bien vite auprès de vous, et laissez-moi partir.

Quelques larmes, que Pic répandit en achevant
ces paroles, ranimèrent si bien tout mon amour
pour lui, que j'oubliai l'infortuné Grimaldino,
ou du moins je ne m'en occupai que pour lui
porter préjudice ; car, dès ce même instant, dans
la fausse persuasion où j'étais que Pic lui avait
donné la meilleure partie de sa fortune, j'assurai
à ce dernier toute la mienne. Une détermination
si impie ne manqua point de tourner contre
moi-même. Pic se livra à une prodigalité effrayante. Il attira de nombreux amis qui l'aidè-
rent à dissiper mes bienfaits. Le jeu, les festins,
les beaux habits remplacèrent le travail, la frugalité, la simplicité. Je combattis vainement une
conduite si insensée par toutes les raisons que
la tendresse et l'expérience me suggérèrent. Une
somme assez considérable me restait encore, je
la réservais comme notre dernière ressource.

— Quand l'imprudent aura tout dévoré, me
disais-je, je me retirerai avec lui dans quelque
endroit solitaire, où il retrouvera la paix et le
bonheur.

Pic, bien loin de se montrer touché d'une prévoyance dont il était encore l'unique objet,

essaya de m'abuser par des projets chimériques,
pour obtenir ce reste d'une fortune abîmée; mais
je demeurai inébranlable. C'est alors qu'il forma
le plus odieux complot. Il feint tout à coup de
ressentir un mal extraordinaire ; il appelle à
grands cris les secours de la médecine ; il veut
que j'aille moi-même les lui chercher. Effrayée,
tout en larmes, je fais, en courant, une demi-
lieue de chemin pour trouver le médecin le plus
habile; je le supplie de m'accompagner auprès
de mon fils...... Hélas ! quelle récompense m'attendait au retour ! je vole au lit de l'ingrat......
Ses vêtemens et lui-même avaient disparu......
Je veux le chercher dans ma maison, j'aperçois
des armoires ouvertes, des serrures forcées,...
tout ce qui caractérise le vol le plus odieux. A
cette vue, le médecin devina aisément mon
aventure.

— Ah, monsieur ! m'écriai-je, plaignez une
malheureuse mère, mais ne perdez pas mon fils !
Je ne veux être vengée que par ses remords.....
Il reviendra..... N'apprenez à personne un événement si funeste.

Le médecin me répondit qu'un tel excès d'indulgence n'était propre qu'à encourager le vice,
et que je ferais bien mieux d'appeler les lois à
mon secours.

—Les lois ! contre mon fils ! repris-je en pleu-

rant ; ah ! laissez agir celles de la nature, et ne
perdez pas mon enfant !... D'ailleurs, poursuivis-
je avec vivacité, nous l'accusons sans avoir la
preuve de son crime. Savons-nous les circonstances de cette déplorable aventure ? S'il en était
la victime plutôt que le complice ?

Ma tendresse ingénieuse cherchait ainsi à détourner les soupçons dans l'esprit d'un témoin
dangereux ; mais j'étais bien loin de croire moi-
même ce que je disais. Le médecin secoua la
tête d'un air incrédule, et se retira après m'avoir
assurée de sa discrétion. Deux valets, que mon
fils avait aussi éloignés à dessein, furent très-
surpris, à leur retour, de l'absence de leur maître
et du désordre de la maison. Je leur cachai de
mon mieux la plus grande partie de mon malheur ; mais qu'il m'en coûtait cruellement de
paraître tranquille, lorsque mon cœur était brisé
de douleur ! Les informations secrètes que je fis
prendre au sujet de l'ingrat ne me laissèrent aucun espoir de le retrouver. Quand je voulus approfondir la perte que je venais de faire, je
trouvai qu'il ne me restait absolument rien. Ainsi
cet enfant que j'avais si exclusivement aimé m'a-
bandonnait dans ma vieillesse, sans me laisser
un morceau de pain ! Je vendis quelques meubles
pour subsister, me nourrissant, malgré moi, de
l'espérance que Pic, ramené par ses remords,

viendrait à la fin me tirer d'une si cruelle situation; mais le temps s'écoula sans m'apporter de
ses nouvelles; je ne l'ai point revu, et il fallut
me résigner à toutes les horreurs de mon sort.
J'achevai de vendre ce qui me restait; je payai
mes domestiques, la ferme de ma maison, les
dettes de mon fils, et je me rendis à Bergame,
où je cherchai à me mettre en service. J'eus
beaucoup de peine à me faire accepter; on me
trouvait trop vieille, et la pâleur de mon visage,
fatigué par les larmes, faisait craindre que je ne
fusse pas d'une bonne santé. J'entrai cependant
au service d'une dame de Viterbe, qui était venue
passer quelques mois à Bergame, où elle avait de
la famille. Elle était généreuse et compatissante;
mon sort fut assez doux avec elle sous le rapport
de la condition; car rien ne pouvait me consoler
de l'ingratitude de mon fils, et j'eusse été aussi
malheureuse sur un trône que dans la servitude.
Le souvenir de Grimaldino augmentait encore
mon désespoir; je ne doutais presque plus maintenant de son innocence et de mon injustice.

Ma maîtresse repartit pour Viterbe, où, à
peine arrivée, elle tomba dangereusement malade. Je la soignai comme ma sœur, comme ma
bienfaitrice; rien ne put la sauver : elle expira
en me recommandant à sa propre fille. J'espérai
qu'on aurait égard à cette recommandation et

aux soins que j'avais pris de la malade ; je fus
bientôt désabusée. Cette fille était une ingrate.
Elle me trouva trop vieille pour rester à son service, et m'envoya à Rome avec des certificats
avantageux qui ne me servirent à rien.

En traversant une place publique, je rencon-
trai une jeune femme qui conduisait par la main
un petit enfant dont la figure me frappa par sa
ressemblance avec Pic. Cette vue excita mes
larmes.

— Hélas ! m'écriai-je tout haut et sans penser
que l'on pouvait m'entendre, puisses-tu, pour
le bonheur de ta mère, ne lui ressembler que
par les traits !

— Que voulez-vous dire, ma bonne ? me demanda la jeune femme.

— Excusez-moi, lui dis-je ; je parle comme
une insensée ; l'excès de la douleur me trouble.

— Vous êtes malheureuse, me répliqua-t-elle ;
si je pouvais vous être utile ? Vous avez l'air bien
respectable ; parlez, seriez-vous dans le besoin ?

— Je sors de condition, lui répondis-je en
soupirant ; je voudrais en trouver une autre, mais
mon âge me fait rebuter partout.

— Pauvre femme ! reprit la jeune dame d'un
ton attendri ; venez avec moi, je tâcherai de
vous faire aimer mon service.

Je la suivis. Elle se nommait Olimpia, et se

trouvait mariée depuis trois ans à un jeune peintre appelé Zampiéri. Ils n'avaient que cet enfant dont j'ai parlé. Zampiéri se tenait depuis quatre mois chez un cardinal, à six lieues de Rome, occupé à peindre les plafonds de son palais.

Olimpia ne démentit point par sa conduite ce que la sensibilité de son accueil m'avait fait espérer. Tout en me croyant née pour le service, elle accordait à mon âge les plus tendres égards, et me traitait avec une bonté tout-à-fait touchante. Zampiéri écrivit à sa femme qu'un accident peu dangereux, qui lui était arrivé à l'œil gauche, l'empêchant, pour un temps, de continuer ses travaux, il allait venir passer quelques semaines dans le sein de sa famille. Olimpia voulut le surprendre agréablement, en allant à sa rencontre jusqu'à la fontaine de Numa. Nous partîmes de grand matin, afin d'éviter la chaleur, Olimpia, son enfant et moi. Nous déjeunâmes sur l'herbe, et, pendant que la jeune épouse se promenait en jetant sur la route des regards impatiens, je me prosternai devant cette petite madone que vous voyez là. J'avais à peine achevé ma prière, que des cris de joie m'annoncèrent l'arrivée de Zampiéri. Je me levai, et je lui fis une révérence modeste. Je vis un jeune homme grand et bien fait, mais dont le visage était à moitié couvert par un large bandeau noir, suite de son accident.

— Qu'avez-vous, mon ami? lui demanda sa femme.

Cette question m'ayant fait de nouveau jeter les yeux sur lui, je crus m'apercevoir qu'il changeait de couleur.

— Ce n'est rien, répondit-il; un reste de fatigue.... Comment se nomme cette dame?

— Benedetta.

C'était le nom modeste sous lequel je cachais mes malheurs.

— J'espère, ma chère Olimpia, que vous avez toujours eu pour elle le respect,.... les égards que méritent..... son âge, son infortune.....

— Je ne pense pas qu'elle se plaigne de moi, répondit Olimpia; je sais ce qu'on doit aux serviteurs fidèles.

— Non, vous ne savez pas ce que vous lui devez, repartit vivement le peintre.

— Ah! monsieur! interrompis-je, je ne trouverai nulle part autant de bontés que dans votre maison.

— Je l'espère, dit encore Zampiéri.

Nous reprîmes le chemin de Rome. J'allais porter l'enfant à mon cou; Zampiéri ne voulut jamais y consentir; il s'en chargea lui-même, et remit à son épouse le panier qui avait contenu notre déjeuner.

— Mais, mon ami, disait à demi-voix la jeune

femme, Benedetta n'est-elle pas là pour me servir ?

Je réclamai inutilement un fardeau qui n'avait plus rien de pénible ; le peintre n'écouta ni mes plaintes, ni celles de sa femme, et nous retournâmes à Rome, mécontens et préoccupés. Fort étonnée de la conduite de Zampiéri, j'appréhendais avec justice que des attentions si outrées ne me fissent perdre l'amitié d'Olimpia. Je me couchai inquiète, et sans vouloir prendre place à la table de mes maîtres, où mon couvert se trouva mis. Le lendemain, comme je me disposais à me lever, Olimpia entra dans ma chambre, et m'embrassant avec une tendresse extraordinaire :

— Pourquoi vous lever si tôt ? me dit-elle ; la promenade d'hier a dû vous fatiguer. Vous n'avez point soupé ; je vais vous faire apporter du chocolat. J'ai pris une jeune fille pour nous servir ; regardez-la comme à vous.

— Hélas ! répondis-je, que signifient de si étranges paroles ? Vous faites-vous un jeu de ma confusion ? D'où peuvent venir tant d'honneurs à la pauvre Benedetta ?

— Vous n'êtes plus pour nous Benedetta, reprit vivement Olimpia, nous savons maintenant que ce nom modeste en cache un autre qui est véritablement le vôtre, que vous êtes née dans

la Valteline, que vous aviez deux fils, Pic et Grimaldino...

— C'est assez, c'est assez, interrompis-je en
me cachant le visage; je vois que vous connaissez
tous mes malheurs... Mais par quel étonnant hasard votre époux a-t-il su percer le mystère qui
m'enveloppait? aurait-il connu l'un de mes fils?

— Il est l'intime ami de Grimaldino.

— Est-il possible? Quoi! Grimaldino existe!
il sait où je respire et je ne l'ai point encore vu!...
Malheureuse mère! hélas! j'ai perdu le droit de
me plaindre de celui-là....

— Grimaldino n'ose paraître à vos yeux; il
craint de ranimer votre haine.

— Cette crainte est un reproche affreux pour
mon cœur.... Mais s'il pouvait lire dans ce cœur
désespéré, il apprendrait bientôt que sa mère
gémit de ses injustices, et ne demande au ciel
que l'occasion de les réparer.

Olimpia m'ayant quittée précipitamment, je
me levai dans un état d'émotion difficile à décrire. J'étais à peine habillée que j'entendis du
bruit à la porte de ma chambre. Quoiqu'on par-
lât à voix basse, je distinguai parfaitement un
débat entre Olimpia et son époux; persuadée
que ce débat me concernait, je prêtai l'oreille,
et j'entendis ces paroles :

— Elle quittera notre maison si je me découvre.

Ces mots furent pour moi un trait de lumière. L'impression que ma vue avait produite sur Zampiéri, ses attentions respectueuses, les discours récens d'Olimpia, tout me révéla en un instant que son époux était mon fils. Je vole à la porte, je me jette dans les bras de Zampiéri, je m'écrie :

— Mon fils ! mon cher fils ! c'est toi, je n'en saurais douter !

C'était lui, c'était Grimaldino. Ce fils généreux reçut le retour de ma tendresse avec autant de reconnaissance que s'il eût jamais mérité de la perdre. Il ignorait les malheurs qui m'avaient réduite dans l'état de détresse où il me rencontrait. Je lui appris en pleurant l'ingratitude de son frère.

— Ah ! ma mère, répondit Grimaldino, laissez-moi m'applaudir d'un événement qui vous a conduite entre mes bras, et cessez de vous reprocher rien à mon sujet ; c'est à votre bénédiction que je dois le bonheur dont je jouis maintenant.

Il me raconta alors qu'ennuyé du service, et protégé par le colonel de son régiment, il avait enfin obtenu son congé ; mais qu'au moment de retourner en Valteline, il apprit que je l'avais déshérité en faveur de son frère. Cette nouvelle preuve de mon aversion lui ôtant dé-

sormais tout espoir de m'attendrir, il prit la résolution d'oublier une famille qui le repoussait
de son sein. Il avait liquidé, avant son départ,
les droits qu'il conservait à la succession de son
père; aucun intérêt ne le rappelait dans son
pays. Cependant, comme sa fortune était trop
peu de chose pour le faire subsister sans travailler, il vint à Rome, et, toujours protégé par le
généreux colonel, il entra dans l'école du célèbre peintre Grimaldi, dit le Bolognèse, qui était
le parent et l'ami du colonel. C'est là qu'il acquit et perfectionna son talent pour la peinture,
et qu'il parvint à se mettre en état de gagner
honorablement sa vie. Sa bonne conduite, son
ardeur pour le travail, lui gagnèrent tellement
l'affection de ses protecteurs, qu'ils lui firent
épouser Olimpia, dont l'aisance et les agrémens
faisaient depuis trois ans le bonheur de sa vie.

Tel fut le récit de Grimaldino. Depuis ce jour
je passe paisiblement ma vie au sein de leur ménage, chérie et respectée comme si j'eusse toujours été pour mon fils la meilleure des mères.
Vous devinez à présent le sujet de ce tableau.
Zampiéri, voulant éterniser le souvenir du jour
qui lui a rendu sa mère, m'a représentée aux
pieds de cette madone telle que je m'y trouvais
alors. Voilà sa femme, son enfant et lui-même.
Je voudrais que tous ceux qui verront cette

peinture pussent deviner en même temps la vertu de mon fils, et les consolations qu'il a versées dans le cœur de sa mère.

— Ah! madame, dit Caroline en essuyant ses larmes, que votre récit est touchant, et combien ce tableau m'intéresse! comme toute la personne de ce bon fils exprime bien les divers sentimens qui l'agitent! La surprise, la tendresse, une crainte respectueuse se mêlent et se confondent sur son visage. Cependant, avec quelque talent que le peintre ait traité ce sujet, il a besoin de la touchante explication que vous avez eu la bonté de nous donner.

— Ce tableau n'est point destiné au public, répondit Zampiéri ; il restera dans le sein de ma famille, où cet événement, qui n'est intéressant que pour elle, se perpétuera de souvenir en souvenir.

Cette rencontre procura à Léon et à sa sœur une société agréable, dont ils voulurent profiter en se rendant à pied avec le peintre et sa mère jusqu'aux portes de Rome. Avant de remonter en voiture, ils s'informèrent de leur demeure en leur témoignant le désir de les revoir.

FIN DU PREMIER VOLUME.

TABLE DES MATIÈRES

DU PREMIER VOLUME.

———

FIN DE LA TABLE.

www.ingramcontent.com/pod-product-compliance
Lightning Source LLC
Chambersburg PA
CBHW050320030726
47505CB00003B/796